FOLIO SCIENCE-FICTION

Estelle Faye

THYA

La voie des Oracles, I

Gallimard

Née en 1978, Estelle Faye a suivi des cours de théâtre à Paris et à San Francisco. Elle a scénarisé plusieurs courts métrages dont un a été récompensé par le prix France Télévisions au Festival de Cannes. Aujourd'hui, Estelle Faye se consacre à la réalisation et à l'écriture. Elle est l'auteur de plusieurs romans dont *Porcelaine* (prix Elbakin en 2013), *Un éclat de givre* et la trilogie *La voie des Oracles*, dont le premier tome, *Thya*, a reçu, dans la catégorie « Jeunesse », le prix Imaginales et le prix Elbakin en 2015.

Pour Yvette, en souvenir.

1

La forêt d'Aquitania

Le Faune se dissimula vivement derrière un grand chêne. Dans le mouvement, une mèche de ses cheveux bruns bouclés passa devant ses yeux d'or. D'un geste nerveux, il la ramena derrière ses oreilles levées. La chasse approchait, les grognements des chiens portaient jusqu'aux rives de la Doronoma, dont les flots, à quelques pas des arbres, charriaient des éclats de soleil. Un printemps précoce recouvrait de vert tendre les forêts de Gaule. En ce début du cinquième siècle après Jésus-Christ, la vie, l'espoir semblaient renaître, après quelques années difficiles qui avaient ébranlé la puissance de Rome. Après des décennies d'invasion, les Huns avaient été repoussés jusqu'au-delà des *limes*, les postes avancés qui marquaient les frontières de l'Empire. Le Faune avait vu, enfin, les soldats quitter sa forêt, retourner dans leurs garnisons. Cependant, pour lui, la paix n'apportait ni soulagement, ni repos.

Car son monde à lui continuait de mourir. L'ancienne religion s'éteignait lentement. Les dieux païens, ses dieux, avaient été mis au ban de l'Empire. À Rome même, depuis près d'un siècle, les empereurs étaient chrétiens. Le Faune se souvenait avec nostalgie des temps anciens, où des prêtres-loups les priaient en grande pompe, lui et ses semblables, à chaque fin d'hiver. Depuis, il avait vu les sylvains, les naïades, les centaures… tout son peuple surnaturel reculer au fond des forêts, dans les recoins obscurs des cavernes et des combes. Ils avaient laissé les chrétiens prendre le pas sur eux, pénétrer dans les clairières interdites, piétiner les cercles de fées, arracher les arbres et briser les branches des buissons… Des moines en haillons répandaient la nouvelle foi dans tout l'Empire, prônaient un monde sans magie, en prêchant sous les yeux de bronze des statues de Cybèle et Diane.

Le Faune s'ébroua, faisant onduler la fourrure soyeuse sur son dos. L'heure n'était plus à l'amertume. Seul, contre l'avis de ses dieux mêmes, il avait choisi de se battre. Une expression décidée durcit son visage fin, aux pommettes hautes, qui semblait avoir été taillé par un sculpteur des temps anciens. Sa main se crispa sur le manche de son poignard, une arme rituelle qui avait connu bien des sacrifices, autrefois.

Les chasseurs approchaient. Le Faune dressa les oreilles. Deux hommes et trois chiens. Ils devaient se sentir en confiance, pour courir les forêts à deux seulement. Sans doute croyaient-ils les plus grands périls éloignés, à présent que les Huns avaient reflué vers l'est. Le Faune plissa les narines, renifla, huma le savon et le parfum par-delà les odeurs de cheval et les relents de sueur. Ceux qui arrivaient étaient des gens de qualité. C'étaient ceux qu'il attendait.

Soudain, les deux cavaliers bondirent hors des fourrés, armés d'épieux et de dagues. En apercevant la rivière, le premier, le plus âgé, tira sur les rênes de son cheval. Il n'avait pas dû prévoir de se laisser entraîner aussi loin. Autour de lui, les chiens sautillaient en jappant. Il était vêtu très simplement, une tunique blanche, des braies à la mode de Gaule, et d'épaisses bottes de cuir. Il était encore athlétique, malgré son âge avancé. Il portait ses cheveux blancs coupés court, et ses yeux vert sombre étincelaient. Il n'avait pas besoin d'artifices pour asseoir son rang. C'était Gnaeus Sertor, sénateur, ancien général, héros de la guerre contre les Vandales, vingt ans plus tôt. Tout l'Empire connaissait son nom.

— Tu es sûr qu'il est parti par ici ? demanda-t-il au deuxième cavalier.

— Le sanglier ? répondit celui-ci. Je ne sais plus, père… Je l'ai cru, en tout cas…

Le deuxième cavalier, le plus jeune, paraissait être une version plus molle et moins affûtée de l'homme âgé. Sa chevelure brune, à peine dépeignée par la chevauchée, retombait en ondulations souples autour de son visage indolent. Ses habits étaient trop riches pour une partie de chasse, tunique élégante de lin jaune vif et broche d'or à l'épaule. Il s'agissait d'Aedon, le fils du sénateur. Le Faune le savait. Il avait rôdé autour de la villa de Gnaeus, étudié pendant des jours entiers ses proies. Ou plutôt sa proie. Car il voulait avant tout abattre Gnaeus. Un général, un héros. Le jeune Aedon, son rejeton sans mérite, était quantité négligeable. Mais si Gnaeus Sertor mourait aujourd'hui, sur les rives de la Doronoma, transpercé par un poignard sacrificiel… alors les humains apprendraient à respecter les ombres des bois, à nouveau. Ou, du moins, à les craindre.

Déjà le Faune s'apprêtait à lui sauter à la gorge, déjà il pliait ses jambes de bouc… Ignorant du danger, Aedon mit pied à terre :

— Puisque nous avons perdu le sanglier… Si tu le permets, père, j'aimerais me rafraîchir un peu.

Gnaeus se rembrunit. Il n'appréciait pas les manières de son fils. Il les connaissait, pourtant, mais il ne s'y habituait pas. Malgré cela, faisant contre mauvaise fortune bon cœur, il descendit de cheval à son tour. Les flots gazouillaient à quelques pas, ambrés par le soleil de printemps. Le Faune se rencogna contre son chêne. Ses oreilles velues frémissaient. Il avait perçu une autre présence. D'autres hommes, remontant le fleuve. Cela n'avait rien d'inhabituel, bien sûr, les bateaux de commerce affluaient sur la Dorononia. Cependant, l'esquif qui arrivait avait une odeur singulière. Il puait la crasse, le métal. Et la violence.

La violence avait pour le Faune un parfum spécial, un goût particulier, qu'il avait appris à reconnaître, et ce, depuis longtemps. Sur la rive, Aedon leva son épieu, comme s'il étirait le bras. Presque aussitôt, une barque apparut en amont du fleuve. Un bateau peu profond, la coque recouverte de peaux de bêtes. L'ancien général Gnaeus, qui s'approchait de l'eau, recula. Mais trop tard. Brusquement, une quinzaine d'hommes surgirent de sous les peaux de bêtes. Des barbares enragés, grimaçants, le visage peint de signes bleus. Des Pictes, armés d'arcs et de flèches. Gnaeus repoussa Aedon en arrière, pour le protéger.

Les Pictes armèrent leurs arcs, tirèrent avec un ensemble parfait. Une dizaine de flèches se plantèrent dans le torse du général. Aucune n'atteignit Aedon. Gnaeus tourna vers son fils des yeux pleins d'incompréhension. Un rictus de triomphe déforma le visage pourtant avenant d'Aedon. Gnaeus tomba en arrière, sur la rive boueuse.

Le Faune se recroquevilla dans les fourrés, tandis que les Pictes accostaient brutalement. Le chef des barbares débarqua d'un bond. Il donna un coup de pied au général à terre, sans provoquer de réaction. Puis il se dirigea vers Aedon et ordonna, dans un mauvais latin :

— Maintenant, paye-nous.

Le jeune homme tira une bourse de sa ceinture, la tendit au Picte, avec une légère répugnance.

— Tenez.

Le Picte vida la bourse dans sa main large et sale, recompta les pièces.

— C'est bon, déclara-t-il enfin, avant de faire disparaître l'argent dans une poche sous sa pelisse.

Aedon grimaça un sourire :

— Bien sûr que c'est bon. Je tiens toujours parole. Alors, nous sommes quittes ?

Le chef picte eut une moue. Brusquement, il tendit la main vers son commanditaire, arracha sa broche en or. Avant qu'Aedon ait pu protester, le pirate lui allongea une claque monumentale, puis, sans crier gare, tira sa dague et lui sabra le torse.

— Plus crédible, déclara-t-il, alors que le jeune homme dardait vers lui un regard courroucé.

Aedon essuya sa lèvre, qui saignait à cause de la gifle.

— Maintenant, dit-il, nous sommes quittes ?

Le Picte hocha la tête, puis lâcha un ordre dans son idiome et repartit avec ses hommes, vers l'estuaire du fleuve.

De son côté, Aedon claqua la langue pour rassembler ses chiens qui geignaient autour du général. Puis il remonta sur son cheval et s'en alla au galop. Le Faune l'entendit hurler, plus loin dans la forêt :

— À l'aide ! Les Pictes ! Les Pictes ont tué mon père !

Le Faune patienta, les oreilles frémissantes. Lorsqu'il fut certain que les assassins s'étaient éloignés, il s'approcha du général, d'un pas circonspect. Il éprouvait des sentiments difficiles à démêler. De la déception, à n'avoir pas pu accomplir son acte. De la lassitude, aussi, presque de la résignation. À présent, le Destin lui-même semblait jouer contre le monde païen. Peut-être que la nouvelle foi avait gagné, se dit le Faune. Peut-être qu'il n'y avait plus d'espoir.

Son plan avait été, depuis le début, un peu fou, pas très bien conçu. Quel bien cela aurait-il amené, au fond, de tuer l'ancien général ? Qui, parmi les chrétiens, aurait encore pu voir dans cette mort une révolte de l'Ancien Monde ? Mais même cet acte inutile, le Destin l'avait empêché de le commettre. *Oui*, gambergea le Faune, amer, *notre peuple est vraiment condamné*.

Il en était là de ses réflexions, quand un froissement dans la ramure lui fit lever la tête. Au-dessus de lui, les feuilles s'amalgamèrent en une forme humaine. Bientôt, une silhouette de femme élancée se dessina parmi les branches. Elle était d'un vert très pâle, et parée d'une splendide chevelure lisse entremêlée d'arabesques végétales. Un respect immédiat se peignit sur les traits fins du Faune, et il esquissa une rapide révérence. La dryade se coula le long du tronc d'un aulne, posa un pied délicat sur la rive du fleuve. Du coin de l'œil, le Faune reluqua son splendide corps vert.

— Il n'est pas mort, j'espère ? s'inquiéta la dryade d'une voix modulée, en désignant Gnaeus du regard.

Le Faune se redressa, interloqué. La dryade ne pouvait pas compatir pour cet humain, qui n'avait jamais cru en elle. Alors que lui importait sa mort ? Cependant, ce n'était pas à lui, un simple coureur des bois, de demander ses raisons à une princesse des arbres.

Obéissant, il se pencha sur le corps, tendit les oreilles, perçut un très faible battement de cœur. Non, le général n'était pas mort. Mais la vie le fuyait, par toutes ses blessures de flèches. Le Faune haussa les épaules.

— Il n'en a plus pour longtemps…

— Alors, il faut que je le sauve, soupira la dryade.

Cette fois le Faune ne put retenir son étonnement :

— Mais pourquoi ? Il n'est pas des nôtres !

— S'il meurt maintenant, daigna répondre la dryade, *elle* sera anéantie. Elle ne partira jamais sur les routes. Et nous avons besoin qu'*elle* parte.

— Je ne comprends pas, avoua le Faune.

La dryade ne s'embarrassa pas d'explications,

s'agenouilla auprès du mourant, écarta d'une main la petite croix qu'il portait en pendentif et lui posa ses doigts fins et verts sur la gorge. Une faible lueur apparut au bout de ses ongles, passa sous la peau de Gnaeus, irrigua comme de la sève les veines de son cou. Un peu de couleur raviva les joues du vieux général.

La dryade, à peine plus pâle, se remit debout en vacillant.

— Il vivra, déclara-t-elle.

— Mais pourquoi ? répéta le Faune.

— Pour que sa fille parte le sauver, répondit la dryade, le visage délicatement encadré par ses cheveux clairs. C'est *elle*, qui est importante.

Elle se retourna vers le Faune, le fixa de son regard couleur d'herbe.

— Et *elle*, tu vas la protéger.

Le ton était sans appel. Le coureur des bois tenta malgré tout d'argumenter :

— Mais je ne la connais même pas…

— Allons, répliqua la princesse des arbres, cinglante, depuis le temps que tu surveilles la villa de Gnaeus, tu dois avoir une idée de ce à quoi elle ressemble ?

Le Faune cherchait quoi répondre, comment se dépêtrer de cette responsabilité inopinée, quand soudain, un bruit nouveau lui fit dresser les oreilles.

— Les humains, chuchota-t-il. Ils reviennent.

— Tu sais ce qu'il te reste à faire, souffla la dryade.

D'un pas rapide, elle retourna vers l'aulne, se fondit dans l'écorce du tronc. En quelques bonds, le Faune disparut dans les broussailles.

À l'abri des buissons, il capta quelques paroles, des bribes de conversation.

— *Le général, il est à terre…*

— *Ce sont bien des flèches pictes…*

— *Hé, il est vivant… Il est toujours vivant…*

2

Une jeune oracle

Thya se réveilla en sursaut, en sueur. Son cœur battait la chamade. D'une main fébrile, elle repoussa ses épais cheveux noirs, qu'elle avait hérités de sa mère. Elle tremblait malgré la tiédeur de l'air. Elle ne pouvait pas s'empêcher de trembler. Car elle venait de voir son père mourir.

Le décor était resté flou, le lieu et la date imprécis. Cependant, dans son rêve, Thya avait vu son père s'écrouler sur la rive d'un fleuve, le torse criblé de projectiles. Avec une clarté et une vérité impitoyables. Ce n'était pas un simple songe, c'était une vision, une prédiction. Un éclat cruel de l'avenir.

Thya se redressa. Son corps maigre tremblait sous sa chemise blanche. À seize ans, elle avait encore une silhouette de garçonnet, à peine féminisée par la masse sombre de ses cheveux. Une lueur d'angoisse tremblait dans ses yeux vert forêt, des yeux de sauvageonne, couleur de sous-bois. Assise sur son lit, elle s'efforça de maîtriser sa respiration. Elle expira puis inspira en comptant lentement : *un deux trois quatre... un deux...* jusqu'à ce que son pouls se calme et qu'elle puisse réfléchir.

Allons, se rassura-t-elle, son père n'allait pas mourir aujourd'hui. Le général Gnaeus Sertor, qui avait été victorieux des Vandales, qui avait survécu aux raids meurtriers des Huns, n'allait pas s'effondrer sans raison par un beau matin de printemps, alors que la Gaule était pacifiée, et que la province d'Aquitaine n'avait jamais été aussi calme...

À peine apaisée, Thya se leva, se prépara sans perdre de temps. S'il était peu probable que son père soit blessé aujourd'hui, il n'en restait pas moins vrai qu'un danger planait sur lui. À cette idée, l'adolescente avait la chair de poule. Elle devait prévenir Gnaeus, et le plus tôt serait le mieux. Elle enfila une ample tunique mauve, trop grande pour elle, noua autour de sa taille une ceinture de cuir tressé, sans réussir à gagner en élégance. Elle se coiffa en un chignon serré. Elle n'était pas coquette, Gnaeus l'avait compris, et avait renoncé à lui imposer une camériste. Et puis, pour qui Thya se serait-elle apprêtée ? Ici, dans la villa d'Aquitaine, elle ne côtoyait que des domestiques, quelques agriculteurs locaux qui livraient leurs fruits et légumes, et parfois les vieux amis de son père, des militaires de carrière qui la remarquaient à peine, l'esprit perdu dans la nostalgie d'anciennes batailles. Quant au frère aîné de Thya, Aedon, il séjournait rarement en Gaule Aquitaine, préférant, à la vie rustique de cette province, le forum de Rome et ses intrigues.

Thya serra la bride de ses sandales, sortit de sa chambre, descendit d'un pas rapide l'escalier qui menait aux pièces communes. Avec un peu de chance, son père serait encore à l'écurie. Elle se débrouillerait pour lui parler, sans que les palefreniers la surprennent. Si elle devait avertir son père, l'adolescente ne devait surtout pas être entendue de quelqu'un d'autre que lui. Car elle était une devineresse, dans un monde où les devins étaient pourchassés et maudits.

Seul son père savait qu'elle avait le don de voir l'avenir. N'importe qui d'autre aurait pu la trahir. Aedon lui-même – *surtout Aedon*, redoutait-elle parfois – se serait fait un plaisir de livrer à l'Église une petite prophétesse. Car la nouvelle religion de l'Empire avait banni les oracles. À Rome, les chrétiens étaient allés jusqu'à brûler les Livres Sibyllins, les recueils de prophéties où s'inscrivait l'avenir du monde. Leur Bible elle-même ne mettait-elle pas en garde contre « les devins, les augures, les astrologues, ceux qui invoquent les esprits et ceux qui consultent les morts » ?

Pourtant, quand Gnaeus Sertor avait pris conscience des dons de sa fille, il ne l'avait pas dénoncée aux prêtres. Au contraire, il l'avait aidée, épaulée, protégée de son mieux. Il l'avait envoyée dans sa villa d'Aquitaine, loin de Rome et des espions qui tournaient autour du Sénat et de l'Empereur. Il prétendait que sa fille était de santé fragile, que la campagne et le climat de Gaule, plus tempéré que celui d'Italie, lui convenaient mieux.

Il passait la voir chaque fois qu'il le pouvait. En son absence, Thya se retrouvait sans ami ni confident. Les domestiques n'auraient jamais agi en égal avec la fille du général. Les propriétaires terriens des environs avaient cessé de rendre visite à la villa, quand ils avaient compris que Thya n'épouserait jamais leurs fils. Gnaeus n'avait jamais pu se résoudre à marier sa fille, craignant que dans une maison étrangère, elle dévoile par mégarde son secret. Thya ne s'en plaignait pas, elle avait pris goût à sa liberté relative. Elle n'avait aucune envie de devenir prisonnière d'un homme et d'un foyer romains. Tant que son père veillait sur elle, elle ne se sentait jamais seule.

Au fond, Thya n'avait jamais été proche de personne d'autre que de son père, depuis ce jour lointain où sa mère était morte. Ce jour, aussi, où elle avait découvert ses pouvoirs, et tout ce qu'ils impliquaient d'effrayant. Elle se le rappelait souvent. Ce souvenir triste était devenu, avec le temps, mélancolique et doux comme un morceau de verre dont les contours se seraient émoussés, mais qui serait encore capable de vous couper la peau, si vous appuyiez vraiment.

À cette époque, Thya vivait encore à Rome, avec toute sa famille. C'était l'hiver et, phénomène rare, il neigeait sur la cité aux Sept Collines. La petite Thya, cinq ans alors, découvrait avec étonnement la poudre blanche et froide qui tombait depuis les nuées. Sa mère avait pris froid, mais les médecins assuraient que son état n'était pas grave, qu'elle allait vite se remettre. Dès qu'il aurait cessé de neiger.

Il n'y avait aucune raison de s'inquiéter. Pourtant, un matin, Gnaeus Sertor avait trouvé Thya toute pâle sous le péristyle. Son visage était bouleversé, mais elle restait très droite, presque raide. Des larmes coulaient en silence sur ses joues, gerçaient à cause du froid sur son menton fin. La fillette ne s'était pas retournée à l'approche de son père. Elle fixait un point en haut d'une colonne, sous le toit du péristyle. Gnaeus s'était agenouillé à côté d'elle, lui avait demandé :

— Que regardes-tu ?

— Le rouge-gorge, là-haut, avait répondu la fillette d'une toute petite voix. Il s'est abrité sous les tuiles. Bientôt il va chanter. Et quand il chantera, maman sera morte.

Gnaeus avait enveloppé sa fille dans son épaisse cape de laine, l'avait prise dans ses bras pour la réconforter.

— Mais non, elle va guérir. Les meilleurs médecins de Rome sont à son chevet.

Thya aurait aimé croire ce que lui assurait le général. Elle serra sa main musclée, rendue rugueuse par des années passées à manier le glaive. Jusque-là, la fillette avait toujours regardé son père comme un géant, capable de terrasser tous les dangers qui les menaçaient, elle et sa famille. Mais aujourd'hui, elle sentait qu'il ne pourrait rien contre la mort qui rôdait autour de la maison romaine. Thya grelottait, l'épais manteau militaire ne réussissait pas à la réchauffer. Elle déclara, retenant un sanglot :

— Elle ne guérira pas. Je l'ai vu, dans l'eau et dans l'huile.

— Tu n'as rien vu, insista Gnaeus. C'est ton inquiétude qui a créé des illusions. Des mensonges.

— Non, souffla la gamine, et sa voix s'étrangla dans sa gorge. Ça devient vrai, ce que je vois. Tout le temps.

Gnaeus frissonna, mais pas à cause du froid. Il

savait que des dons couraient dans sa famille, et dans celle de sa femme, descendante des anciens prêtres étrusques. Est-ce que sa propre fille… ? Il secoua la tête. Non, il se laissait gagner par l'angoisse de la fillette, voilà tout. Pas sa Thya. Pas elle…

Soudain le rossignol chanta, trois pauvres notes à peine, mais pour le général et Thya, elles sonnèrent comme un glas funèbre. Malgré lui, le général leva la tête. À ce moment précis, un domestique déboula dans le péristyle.

— Général, votre épouse…

Gnaeus blêmit. Dans ses bras, Thya perdit connaissance.

Ce soir-là, la fillette ne quitta pas sa chambre. Recroquevillée sur son lit, les yeux rougis, elle ne pleurait plus. Elle n'avait plus de larmes. La porte grinça derrière elle. Elle se pelotonna davantage, comme pour disparaître sous ses couvertures de peaux. Gnaeus entra d'un pas las et vint s'asseoir à côté d'elle. Elle leva vers lui un visage douloureux et en même temps plein de confiance, plein d'espoir. Son père allait l'aider, elle en était persuadée. Mais ce qu'elle vit dans ses yeux, une dureté, une résolution froide, la glaça d'un coup. Elle recula, se pelotonna contre ses oreillers.

— Personne ne doit savoir, martela-t-il. Que tu vois des choses qui se réalisent. Personne, tu m'as bien entendu ? Jamais.

Elle hocha la tête, tétanisée. Jamais elle n'avait connu son père aussi sévère. Ses yeux verts s'étaient assombris, étaient devenus presque noirs.

— Personne, et surtout pas ton frère, dit encore le général. Sinon tu mourras.

Il la fixa un instant, pour être certain qu'elle avait bien compris. Puis il sortit en coup de vent de la chambre, et Thya le détesta soudain, avec une violence inouïe.

Trois semaines plus tard, il l'envoyait dans sa villa en Aquitaine. Pour sa protection, la fillette était accompagnée d'un de ces mercenaires barbares qui avaient aidé le général à vaincre les Vandales, des années plus tôt. Un colosse roux, taciturne, couturé de cicatrices, avec un trait bleu, comme une larme, tatoué au coin de l'œil. Plusieurs fois, pendant le voyage, la petite Thya avait été tentée de s'enfuir. Mais pour aller où ? Et vers qui ?

Pendant les premiers mois, la première année de son semi-exil, Thya en avait voulu à son père. Et puis elle avait compris. En écoutant les prêches à l'église, en surprenant des conversations aux cuisines. Les gens qui voyaient l'avenir, comme elle, s'appelaient des devins, des oracles. Et ces oracles étaient persécutés, pourchassés, tués, maudits.

Quand son père était revenu la voir, elle s'était jetée dans ses bras, avait bégayé des *merci*. Le général avait souri, ému. À partir de ce jour, il avait passé de plus en plus de temps en Aquitaine. De toute façon, en tant qu'ancien militaire, il ne se sentait plus le bienvenu à Rome. L'aristocratie comme la plèbe jugeaient les soldats ridicules et grossiers. L'armée coûtait trop cher, les légions s'arrogeaient trop de privilèges… Le Forum était devenu le domaine des jeunes gens comme Aedon, des êtres délicats, élégants et parfumés, plus occupés d'intrigues que d'exploits guerriers. Aucun d'eux n'aurait sacrifié ne serait-ce qu'un peu de sang pour Rome. Gnaeus avait peine à se l'avouer, mais il ne se reconnaissait pas dans Aedon. Thya, par contre… Thya recelait dans un corps frêle un courage et une volonté dignes des premiers Romains. *Si seulement elle était née quelques siècles plus tôt*… déplorait le général. Hélas, les temps avaient changé.

Gnaeus appréciait peu ce que devenait l'Empire. Alors il se réfugiait dans son passé. Dans sa villa d'Aquitaine, il racontait pendant des heures à Thya les batailles qui avaient fait sa gloire, et aussi les voyages qui l'avaient emmené jusqu'à Constantinople et au-delà, jusqu'aux limites des terres sassanides. La gamine recluse se passionnait pour les histoires de son père. Il rejouait pour elle ses duels, ses plus grands combats, armé de son vieux *gladius*. Ses mouvements projetaient de grandes ombres sur les murs décorés de fresques. Thya suivait l'action, fascinée.

Pour ses dix ans, son père lui avait offert, non pas un collier ou une fibule, mais des rouleaux de lin couverts de caractères étrusques.

— Ce sont des livres de divination, qui viennent de la famille de ta mère. Tu ne dois les montrer à personne, inutile de le préciser.

Les yeux brillants, la fillette étala sur ses genoux le premier rouleau. Il était couvert de caractères étranges, qui évoquaient de loin l'alphabet grec.

— Merci, père, souffla-t-elle sans lever le regard des lignes incompréhensibles.

— Y a-t-il autre chose qui te ferait plaisir ? demanda Gnaeus.

— Un précepteur pour apprendre cette langue, répondit la fillette d'un trait.

Le général sourit.

À douze ans, alors que les filles de son âge, à Rome, pensaient déjà au mariage, Thya se plongeait dans les secrets des augures du passé. La divination étrusque était très ancienne, plus encore que celle de Rome. À l'aide des livres de lin, l'adolescente apprenait à lire l'avenir, non seulement dans l'eau et l'huile, mais aussi dans les nuages, dans le vol des oiseaux, dans la brume… Et même dans le foie de petits animaux sacrifiés, qu'elle attrapait en posant des collets dans les vergers et le potager de la villa.

Elle se demandait certains jours pourquoi elle mettait autant d'ardeur à se perfectionner dans un domaine interdit. Mais son don était là, impérieux, il tapait au fond de son crâne, demandait à s'exprimer, à s'aiguiser telle la lame d'un gladius. Et puis la divination était son unique vrai jeu. Quand elle se projetait dans les futurs possibles, elle oubliait le présent. Elle ne se sentait plus recluse.

Cependant, parfois, son don la dépassait. Des visions s'imposaient à elle sans le moindre contrôle ni la moindre sollicitation. Le plus souvent, dans ses rêves. Des rêves prémonitoires. Comme celui de cette nuit.

Thya descendit quatre à quatre dans la cour et héla un palefrenier.

— *Vale !* le salua-t-elle. Sais-tu où est mon père ?

— *Vale*, Thya, lui répondit l'homme. Ton père est parti chasser, avec ton frère, tôt ce matin.

L'adolescente frémit. Pourtant, elle n'avait aucune raison de s'inquiéter. La journée s'annonçait splendide, la matinée était douce, le ciel d'un bleu absolu.

Soudain, un mouvement vers le sud attira l'attention de Thya. Une nuée de passereaux s'envolaient au-dessus de la forêt, du côté de la Dorononia. La jeune fille pâlit. Ils volaient vers l'ouest, bas, en rasant la cime des arbres. Un vent se levait, une brise douce, mais qui allait dans le sens contraire. Les passereaux s'éparpillèrent. Ce n'était pas un simple vol d'oiseaux, c'était un signe. Un mauvais présage. Quelque chose allait finir, aujourd'hui. Thya serra les poings. Aujourd'hui, un destin allait être brisé.

Alors, Aedon sortit des arbres à cheval, au grand galop, son élégante tunique déchirée, le visage tuméfié et le torse plein de sang. Il s'arrêta en plein milieu de la cour. La robe de son cheval fumait, la pauvre bête était à bout de souffle. Sans même descendre à terre, le jeune homme balbutia :

— Les Pictes… les Pictes ont tué mon père…

Thya enfonça ses ongles dans sa paume, si fort qu'elle se fit saigner.

3

La vision

L'alerte déclencha un véritable branle-bas de combat. Thya eut l'impression que des hommes sortaient de partout, des serviteurs, des aides de camp. Des chevaux hennissaient dans la cour. Les chiens d'Aedon aboyaient. Thya s'écarta de la bousculade, pour ne pas prendre un coup par mégarde.

Les cavaliers partis, elle alla se poster devant la porte de la villa, juste au bord du chemin qui poudrait sous le soleil. La lumière de cette matinée splendide lui brûlait les yeux, lui sembla soudain injuste et cruelle. Comment le monde osait-il être aussi beau, alors que son père était… Elle renifla, resta froide face à la route, le soleil tapant sur son crâne. C'est là que la retrouva une vieille domestique, qui l'avait servie depuis son arrivée en Gaule, onze ans plus tôt.

— Tu n'as rien mangé depuis hier, remarqua-t-elle. Tiens.

Elle lui tendit un gâteau à la semoule et au miel, largement assaisonné de *garum*, cette sauce de poisson âcre que la cuisinière, en bonne Romaine, utilisait dans presque toutes ses recettes, salées ou sucrées. La pâtisserie avait un goût d'enfance. Thya sentit les larmes lui monter aux yeux.

— Tu ne veux pas rentrer ? demanda la servante.

L'adolescente secoua la tête. Son visage se durcit. Elle n'avait pas envie de rentrer, ni qu'on la console ni qu'on la plaigne. Car alors, la perte de son père deviendrait beaucoup trop réelle.

Au bout d'un temps qui lui parut interminable, elle vit les hommes revenir. Ils avançaient lentement, avec précaution. La plupart étaient descendus de leurs montures. Quatre d'entre eux portaient une civière, sur laquelle reposait un corps recouvert d'un linge. Le brancard laissait tomber derrière lui des gouttes de sang. Le cœur de Thya se serra à l'étouffer. Elle courut vers la petite troupe. Elle voulut s'approcher de la civière. Son frère Aedon l'arrêta.

— Notre père a besoin d'air. Il est toujours vivant.

Le cœur de Thya bondit dans sa poitrine. Dans un état second, elle laissa son frère la repousser sur le bord du chemin. Son père était vivant. *Vivant.* Elle se raccrocha à ce mot de toutes ses forces. Moins insensible qu'Aedon, un ancien aide de camp, qui avait servi avec Gnaeus dans la guerre contre les Vandales, prit l'adolescente par l'épaule.

— Le général a reçu de nombreuses blessures. C'est un miracle qu'il soit encore en vie. Mais nous avons envoyé un messager à Varatedo, chercher les meilleurs médecins de la ville…

Thya s'efforça de sourire. L'aide de camp était gentil, compatissant… Cependant, la jeune fille avait appris, depuis longtemps, à ne pas accorder toute sa confiance aux docteurs. Elle jeta un coup d'œil vers la civière, tenta de discerner les traits de Gnaeus sous le linge. La voix d'Aedon, dans son dos, la cingla comme un coup de fouet.

— Rentre dans ta chambre, ordonna-t-il.

Thya hésita. Elle ne voulait pas abandonner son père. Mais il n'aurait servi à rien de s'opposer à son frère. Pas ici. Pas maintenant. De toute façon, en plein jour, au vu et au su de tous ces hommes, elle n'avait aucune marge pour agir. Elle se détourna, essuya d'une main rageuse les traces de ses larmes, et regagna la villa.

Elle remonta quatre à quatre dans sa chambre au premier étage, au fond du couloir, referma la porte et tira sa commode devant. Le meuble était presque trop lourd pour elle, il raclait bruyamment le sol, mais il n'y avait pas âme qui vive à l'étage pour l'entendre. Tous se pressaient en bas, dans la cour. Thya acheva sa besogne en sueur. Si quelqu'un tentait d'ouvrir la porte, on trouverait son comportement étrange, mais elle pourrait toujours se défendre en prétendant qu'elle avait besoin de solitude, à cause du choc, de son père… Et personne ne devait surprendre ce qu'elle allait faire. Surtout pas Aedon.

Thya secoua sa crinière brune, son chignon se défit et ses cheveux croulèrent sur ses épaules. Elle tira les rideaux de sa chambre, alluma des lampes en terre cuite, sortit d'un coffre son matériel, une large coupe qu'elle remplit d'eau et d'huile, et du laurier qu'elle mâcha consciencieusement, pour mieux éveiller son don. Puis elle s'assit en tailleur devant la vasque, se concentra, et plongea son regard, son esprit, toute sa volonté, dans les volutes mouvantes de l'huile et de l'eau.

Tout d'abord, elle ne vit que ce à quoi elle s'attendait. Des images de son père mort, des cérémonies funéraires. Elle s'était préparée à cela, elle savait qu'elle allait le voir, c'était l'avenir le plus probable, celui qui surnagerait sur la vasque. Autour de la villa s'assemblaient les mercenaires barbares, ceux qui avaient aidé Gnaeus autrefois, et qui aujourd'hui vivaient, ou plutôt survivaient sur leurs *sortes*, les terres que l'Empire leur avait accordées après la victoire. Thya s'étonna de les voir aussi tristes, aussi marqués par la mort de l'ancien général. Aussi loyaux. Pourtant, leur existence n'était pas si facile, ils vivaient comme des exilés au cœur de l'Empire. Était-ce vraiment Gnaeus Sertor qu'ils pleuraient d'ailleurs, ou leur passé héroïque et les promesses que le présent n'avait pas tenues ? Thya refusa de s'appesantir là-dessus. Assister à la mort de son père, même si ce n'était qu'une conjecture, lui faisait déjà assez mal. En même temps, elle puisait dans cette douleur, dans cette perspective terrible, une énergie supplémentaire, une force sombre qui l'aidait à fouiller plus loin, toujours plus loin, dans les futurs les moins probables, les plus difficiles à atteindre. Dans un état second, elle fit tourner l'eau et l'huile dans la vasque.

Ses yeux lui cuisaient, un début de migraine lui martelait les tempes, des tremblements saccadés lui secouaient la colonne vertébrale, comme si elle était devenue une vieille femme. Elle le sentait à peine, pourtant, elle s'acharnait, examinait les moindres mouvements des liquides… Et soudain, elle l'aperçut.

Au début, ce n'était qu'une tache, une ombre verte. Et puis, peu à peu, un paysage entier se déploya devant elle. D'abord une forêt, épaisse, profonde, bien plus sombre et plus menaçante que les bois clairs d'Aquitaine. Puis des montagnes, des sommets arrondis, usés par des millions d'années. Au milieu de ces montagnes, un col. Une forteresse qui, sans paraître aussi âgée que les crêtes elles-mêmes, avait déjà beaucoup vécu. Elle semblait abandonnée. Des lichens, des champignons et du lierre couraient sur ses murs, des petits reptiles logeaient dans les lézardes de la pierre, et des chouettes nichaient en haut des tours. Plus personne n'habitait ses murs. *Personne ?* Non, une femme se tenait sur le seuil. Thya la voyait maintenant, silhouette mince et altière. Ses vêtements de couleurs vives, ses bijoux d'argent et de coquillages, ses cheveux tressés en nattes complexes, teints en roux très vif, quasi rouge, à la mode des élégantes citadines… tout en elle détonnait dans ce paysage sauvage. Comment était-elle parvenue là ? Et d'ailleurs, qui était-elle ? Thya ne connaissait aucune fille aussi apprêtée, et elle avait beau s'approcher, scruter l'inconnue de son mieux, elle ne parvenait pas à voir son visage. Les traits de la fille restaient flous. Cependant, sa voix se fit entendre. Elle demandait :

— Où sommes-nous ?

— À Brog, répondit une voix d'homme dans son dos.

La fille se retourna. Thya sursauta. Car celui qui venait de parler, c'était son père, Gnaeus Sertor. Mais Gnaeus debout, bien vivant, un peu aminci. Il paraissait rajeuni même, les cheveux plus longs aussi. Et ses iris verts étincelaient.

Thya étouffa une exclamation. La vision disparut d'un coup. L'adolescente s'évanouit.

Quand elle reprit connaissance, le crépuscule s'avançait, les lampes s'étaient éteintes. Une douce odeur d'huile chaude imprégnait l'air. Quelqu'un frappait à la porte. Thya se redressa. Depuis le couloir, sa vieille servante l'appela d'une voix inquiète.

— Je vais bien, grimaça l'adolescente.

Sa tête l'élançait. Ses cheveux trop lourds lui tiraient la peau du crâne, si elle l'avait pu, elle les aurait coupés court, comme ceux d'un légionnaire. Derrière la porte, la servante annonça :

— Les médecins sont arrivés, ils se sont occupés de ton père. Et toi, tu devrais descendre manger. Ou veux-tu que je t'apporte quelque chose ?

L'adolescente jeta un regard autour d'elle. Son matériel de divination s'étalait bien en vue sur le sol. Elle répondit très vite :

— Non. Non, je vais descendre.

— Très bien, maîtresse.

Thya retint son souffle. Dans le couloir, elle entendit les pas de la servante s'éloigner. Elle respira, se releva en chancelant. Elle alla rouvrir son rideau, regarda dans le jardin en contrebas. Personne. Elle vida sa coupe d'eau et d'huile par la fenêtre, la mit à sécher sur son coffre.

Elle se recoiffa, descendit au rez-de-chaussée. Aedon avait posté des gardes dans les couloirs et aux portes d'entrée de la villa, comme si les Pictes pouvaient achever Gnaeus jusque dans les murs de sa propre maison. Thya haussa les épaules. Les pirates pictes ne quittaient jamais le fleuve, ils ne s'éloignaient pas de leurs bateaux, ils ne prendraient jamais le risque de s'aventurer dans les terres. Avec ces mesures de sécurité, Aedon voulait surtout se faire bien voir des hautes personnalités romaines qui ne manqueraient pas de venir au chevet du général. Dans la cuisine, Thya avala une bonne portion de lentilles sans parler, sans lever les yeux de son bol. Sa dernière vision l'obsédait. La forteresse, Brog, elle en avait déjà entendu parler, bien sûr. C'était là que son père avait connu sa plus grande victoire, contre les Vandales, il y avait vingt ans. Cette bataille, Gnaeus la lui avait souvent racontée. Les sommets tout autour, c'était le *Monte Vosego*. La forêt était, autrefois, avant la nouvelle religion, le domaine d'un génie obscur. Thya n'avait pas tout compris de sa vision. C'était souvent le cas, quand ce qu'elle voyait était important. Par contre, une chose lui était apparue comme une évidence. La réponse se trouvait à Brog. À Brog, Gnaeus serait à nouveau debout, en bonne santé. Vivant. Surtout il serait vivant.

Son repas terminé, Thya se dirigea vers la chambre de son père. Deux hommes en gardaient la porte, deux jeunes palefreniers de Varatedo réquisitionnés pour jouer les soldats d'emprunt, brandissant des pilums d'un air peu convaincu. Quand elle voulut entrer, ils lui bloquèrent la route.

— Personne ne passe.

Thya redressa la tête. Les deux garçons savaient qui elle était, elle les avait croisés parfois quand son père allait acheter un nouveau cheval. Et s'ils avaient oublié, elle se chargerait de leur rappeler son rang. D'un ton cassant, elle déclara :

— Je dois voir mon père.

Elle avança sans plus se préoccuper des gardiens, les forçant à écarter leurs armes.

Le général reposait sur des draps blancs, les yeux clos, son souffle à peine perceptible. La peau cireuse, comme si tout son sang avait été retiré de son corps, à la manière des momies d'Égypte. Dans un coin de la pièce, assis sur un tabouret pliable, son vieil aide de camp veillait. Il adressa un signe de tête à Thya. L'adolescente avait du mal à croire ce qu'elle vivait, il lui semblait qu'elle marchait dans une illusion, un leurre créé par quelque fée perfide. Les images de son père tel qu'elle l'avait toujours connu se bousculaient dans sa mémoire, la haute silhouette altière de Gnaeus chevauchant vers la villa, les ombres fabuleuses qu'il projetait sur les murs du péristyle, quand il mimait pour elle ses anciens combats… Ce jour d'hiver, onze ans plus tôt, à Rome, où il l'avait enveloppée dans sa cape de laine, tandis qu'elle attendait, fillette désespérée, le chant du rouge-gorge.

Son père était une force de la nature. Le voir ainsi, si faible, sans défense, lui paraissait encore inconcevable. Et pourtant… L'adolescente prit la main du général qui gisait, inerte, sur ses draps. Elle était à peine tiède, et ses doigts glissaient dans ceux de Thya. Celle-ci les serra davantage, dans une pitoyable tentative pour les réchauffer, pour communiquer à l'homme étendu un peu de son énergie à elle. Soudain, elle comprit, avec une clarté aveuglante, que désormais c'était à elle de protéger son père. À elle de lutter pour lui. Elle partirait, elle irait à Brog, ou du moins elle tenterait tout pour rejoindre la forteresse.

— Je te le promets, père, murmura-t-elle.

— Que lui promets-tu ? lâcha une voix froide dans son dos.

Aedon, bien sûr.

— Je lui promets de tout faire pour qu'il aille mieux, répondit l'adolescente sans se retourner.

Elle devina sans le voir le rictus de son grand frère.

— Très bien, railla-t-il. Alors pour commencer, tu vas retourner à Rome. Tu as trop longtemps vécu comme une sauvage. Il faut que tu fasses honneur à ta famille. Et tu ne me serviras à rien ici.

Thya n'essaya pas d'argumenter, de plaider sa cause. Ça n'aurait servi à rien, qu'à amuser Aedon. Elle lâcha la main parcheminée de Gnaeus, jeta un dernier regard vers son visage, et sortit sans se retourner.

Elle remonta dans sa chambre en ignorant volontairement les gardes. L'atmosphère, dans la villa, avait changé d'un coup. Les couloirs que Thya arpentait depuis son enfance lui paraissaient à présent étrangers. Elle se sentait dépossédée d'une part d'elle-même. *Tant mieux*, raisonna-t-elle. Cela rendrait les choses plus faciles. Une boule glacée grossissait dans sa poitrine maigre. Elle ne pouvait se fier à personne, elle devait agir seule, et vite. Ce qui impliquait de quitter la villa, dès cette nuit si possible. De s'en aller sur les routes alors que, depuis onze ans qu'elle habitait Aquitania, elle n'avait jamais dépassé Varatedo, la bourgade voisine.

Tout ce qu'elle avait pour elle, au fond, c'était son don, ses pouvoirs interdits de devin. Pour la première fois, elle comprit pourquoi son père lui avait donné les livres de divination étrusque, pourquoi il avait accepté qu'elle s'exerce à prédire l'avenir. Son don était bien une arme, et grâce à Gnaeus, elle avait appris à s'en servir. En bon soldat, son père l'avait préparée au combat. Elle se montrerait digne de lui.

Une fois dans sa chambre, elle tira une besace de son coffre, y glissa ses rouleaux de lin ainsi qu'une grosse écharpe de laine, car elle allait voyager vers le nord, et le climat des montagnes sombres n'était pas des plus cléments. Elle emporta aussi un peigne, quelques collets et pièges à oiseaux, un petit couteau que lui avait offert son père, ainsi qu'une poignée de bijoux, qui venaient de sa mère ou de ses grands-mères, et qui représentaient toute sa fortune. Enfin, elle enfila sa pénule, une longue cape sans manches. Voilà, elle était prête.

Mais comment sortir de la villa malgré les gardes ? Elle se pencha par sa fenêtre. De là, elle apercevait la porte de derrière, au rez-de-chaussée. Celle-ci était surveillée par deux hommes fatigués, sans doute des paysans du coin. Contrairement aux palefreniers de tantôt, eux ne la connaissaient pas. C'était aussi bien.

Elle dissimula sa besace sous sa pénule, redescendit aux cuisines, attrapa du pain, du fromage et des figues sèches du dernier automne. Elle disposa le tout sur un plateau et se dirigea vers la sortie. Les gardes se redressèrent à son approche. Sans se démonter, elle leur présenta les victuailles :

— Le chef vous envoie de quoi tenir la nuit.

— Pas trop tôt, grommela l'un des deux paysans.

Son collègue étouffa un bâillement, avança une pogne poilue vers le morceau de fromage.

— La moitié seulement ! prévint Thya. Le reste, c'est pour les gars qui surveillent le mur d'enceinte.

Les gardes renâclèrent un brin, puis coupèrent en deux le fromage et le pain. Pendant qu'ils se servaient, Thya attendait la tête baissée, les épaules rentrées, dans l'attitude humble d'un grouillot des cuisines. Puis elle récupéra son plateau, s'éloigna vers le fond du jardin.

Elle n'avait pas de lumière, mais la nuit était très claire, le ciel constellé d'étoiles. Cette partie du jardin, à l'arrière de la villa, était laissée en friche depuis des années. Thya se faufila entre deux massifs de buis, par un sentier qui disparaissait presque entre les lauriers et les ifs. Dès qu'elle fut hors de vue de la villa, elle rafla la nourriture qui restait sur le plateau, la fourra dans sa besace. Il n'y aurait pas de gardes au mur d'enceinte, pas là où elle comptait passer en tout cas. Parce qu'il n'y avait pas de porte. Enfin, pas de porte qu'Aedon connût.

Là où Thya se rendait, le mur était recouvert d'une vigne vierge exubérante, démesurée. À ses pieds, à demi enfoncée dans la terre meuble, une statuette en bronze représentant Culsans, un ancien dieu à deux visages, avait échappé aux prêtres et aux fidèles de la nouvelle religion. Thya s'agenouilla, souleva les vrilles de la vigne juste à côté de l'idole, dévoilant un trou dans le mur. Ce passage, elle l'avait découvert naguère, par hasard, en cherchant à dégager du sol l'effigie du petit dieu. La faille entre les pierres n'était pas très large, juste assez pour le corps mince de l'adolescente. Pourtant, celle-ci n'était jamais passée au-delà. Jamais avant cette nuit.

Le cœur battant un peu plus fort, elle se faufila à travers l'ouverture. Elle mit un pied hors de l'enceinte, un deuxième. De l'autre côté du mur, elle s'arrêta, inspira profondément l'air nocturne. La nuit, ici, portait des odeurs de sève, de plantes vertes et de sous-bois. L'adolescente avait appréhendé ce moment, pourtant, elle ne se sentait pas perdue, pas autant qu'elle l'avait craint. Son père lui avait appris à s'orienter grâce aux étoiles. Il lui avait appris comment poser des collets et des pièges à oiseaux. Au fond, son père avait toujours su que ce jour arriverait, où sa petite fille se retrouverait seule, livrée à elle-même, dans le vaste monde hors de la villa. Thya le remercia en pensée.

Et maintenant, où aller ? Thya avait déjà étudié des cartes de Gaule. Varatedo se trouvait à l'est, à moins d'un jour de marche. Et de là, en allant vers le nord, elle arriverait à la Via Agrippa. Une première étape, sur le long chemin qui l'amènerait jusqu'à Brog, jusqu'à cette forteresse où s'était forgée la renommée de son père. Ce lieu dont elle avait si souvent entendu l'histoire, sans l'avoir encore jamais vu, sauf dans sa vasque. Elle remonta sur son épaule la sangle de sa besace, rajusta la capuche de sa pénule. D'un pas décidé, elle s'enfonça dans la forêt.

À quelques pas de la piste, caché dans la futaie, le Faune la couvait de son regard d'or. Depuis qu'elle avait émergé de sous la vigne, il ne la quittait pas des yeux.

4

La fuite dans la nuit

Thya avançait sous les arbres. La forêt était dense et ses yeux durent s'habituer à l'obscurité. Elle savait qu'à sa place d'autres jeunes filles, d'autres aristocrates romaines, auraient été pétrifiées de peur. Cependant, elle n'éprouvait aucune angoisse, au contraire. Elle avait l'impression que la nuit la protégeait, la cachait d'Aedon et des serviteurs de son père, qui, pour de bonnes ou de mauvaises raisons, auraient pu la chercher. La forêt veillait sur elle, elle n'aurait su dire comment ou pourquoi, mais elle en était certaine, au fond de son cœur. Une ou deux fois, elle tourna à demi la tête, de manière très discrète, comme pour apercevoir un esprit ou un ami dans le sous-bois. Elle ne vit rien, bien sûr. Mais elle entendait la forêt vivre autour d'elle, les appels des oiseaux nocturnes, les froissements des mulots sous les herbes, les crapauds coassant près des trous d'eau… Son instinct lui soufflait que tant que les bois bruisseraient, cela signifierait que tout allait bien.

Le Faune la suivait à distance, ombre parmi les ombres. Il ne l'avait pas trop observée jusqu'à cette nuit. Avant, il s'intéressait plutôt à son père. Quel âge pouvait-elle avoir ? En la voyant, on aurait dit une petite fille, mais son odeur était celle d'une jeune femme. Elle était bizarre, intrigante. Plus intéressante que le Faune l'aurait pensé au premier abord. Beaucoup plus. Elle s'orientait plutôt bien dans la forêt, pour une humaine. Les étoiles étant voilées par les feuilles, elle devait se diriger grâce à la mousse sur les troncs. Cependant, elle avait oublié un point d'importance en quittant la villa. Elle n'avait pas l'habitude de marcher sur de longues distances. Au bout de deux heures, ses jambes commencèrent à lui faire mal. Ses cuisses et ses mollets l'élançaient, les muscles brûlants, et ses pieds gonflaient dans ses sandales de cuir. Elle serra les dents, progressa pendant encore une heure. Elle déboucha dans une clairière, avec, sur sa gauche, un amas de gros rochers auxquels s'accrochaient des lichens. Elle se coula dans une faille entre les rocs, s'enroula dans sa pénule. Ses paupières lourdes se fermèrent malgré elle. Elle s'abîma dans un sommeil sans rêves.

Le Faune se rapprocha alors en silence. En deux mouvements souples, il se glissa à côté d'elle dans la fissure. Il la contempla un long moment, comme s'il cherchait à comprendre pourquoi elle suscitait autant d'intérêt du côté de ses amis surnaturels. Pourquoi lui avait-on demandé de la protéger ? Elle devait avoir eu une journée difficile. Même endormie, elle semblait épuisée. Le regard d'or du fauve glissa de son visage maigre jusqu'à ses pieds terreux, qui sortaient de sous sa pénule. Les brides de ses sandales appuyaient sur ses chevilles gonflées. Le Faune les desserra sans la réveiller. Il pouvait être délicat, à l'occasion, quand il s'en donnait la peine. Dans son sommeil, Thya s'étira sous sa cape. Le Faune se demanda si elle était courageuse ou simplement inconsciente, de se lancer dans un voyage à pied alors qu'elle tenait si mal sur ses jambes. Quelques cheveux, échappés à son chignon, lui barraient la joue. Le Faune la recoiffa du bout des doigts. La jeune fille frémit. Un instant, le coureur des bois crut qu'elle allait se réveiller. Il avait déjà trop poussé sa chance. Il s'éloigna sans un bruit, se fondit parmi les fougères. Thya se pelotonna contre la pierre, comme autrefois contre son oreiller.

Le silence la réveilla. Elle rouvrit les yeux, il faisait encore nuit noire. La forêt s'était tue. Ce n'était pas normal. Thya rabattit son capuchon plus bas sur son visage, chercha d'une main preste son couteau dans sa besace. Ses doigts se refermèrent autour du manche en bronze. Même si elle n'aurait pas su poignarder le moindre adversaire, à ce simple contact elle respira mieux. Soudain, un craquement à l'autre bout de la clairière lui fit dresser l'oreille. Elle jeta un coup d'œil par une faille du rocher.

Un groupe d'hommes se frayait un passage au travers des broussailles. Un instant, Thya se demanda s'ils n'avaient pas été envoyés à sa poursuite. Mais ils ne venaient pas de la villa. Plutôt de la direction opposée, de Varatedo.

Un gars court sur pattes, très nerveux, ouvrait la marche. Il était suivi de deux forts à bras qui portaient un quatrième quidam, un corps flasque entre leurs bras. Un cadavre ? Non, l'individu bougeait et geignait faiblement. Pendant quelques instants, il tenta même de se débattre, mais sans grand succès. À ce que distinguait Thya, il avait les chevilles et les poings liés. Le cortège approchait des rochers. Thya se plaqua contre la paroi, retint son souffle. C'était bien sa veine. Pourquoi avait-il fallu que ces maraudeurs choisissent précisément cette nuit et cette clairière pour… pour commettre leur forfait du moment, quel qu'il soit… Car l'homme ligoté avait mal commencé sa nuit, c'était une évidence. Et sa situation avait peu de chances de s'améliorer.

Au son, Thya comprit qu'on déposait le prisonnier contre le roc.

— Il est encore vivant ? demanda une voix aiguë, qui devait être celle de Court-sur-Pattes.

— Oui, si on veut… grogna une voix grave en réponse.

Et pour s'en assurer, quelqu'un, probablement Voix Grave, donna un coup de pied dans le blessé, qui gémit.

— Il est vivant, conclut-il.

— On ne peut pas le tuer maintenant, remarqua Court-sur-Pattes, ce serait un meurtre.

— Bah, au point où on en est… lâcha Voix Grave.

— Nous n'avons qu'à le laisser ici, proposa le troisième homme, celui qui n'avait pas encore parlé. Personne ne vient jamais dans ce coin. S'il ne meurt pas de ses blessures, les bêtes se chargeront de lui.

— Comment peut-on en être sûr ? s'emporta Court-sur-Pattes, l'angoisse affleurant dans sa voix. Et si quelqu'un passait avant que… ? Et s'il se libérait ? Et si… ? Dans quel bourbier nous sommes-nous plongés ?

— Je veux bien l'achever, proposa Voix Grave. Un coup de serpe, et finis les ennuis.

— Non, non, s'épouvanta Court-sur-Pattes, de plus en plus fébrile. Non, Marcellus a raison, abandonnons-le à son sort, aux bêtes sauvages ou Dieu sait quoi…

Un silence. Les trois apprentis tueurs cogitaient.

— Bien, admit enfin Voix Grave. On va le laisser en l'état.

Au fond de sa cachette, Thya relâcha sa tension. Enfin, les intrus allaient rentrer chez eux. Elle se croyait presque en sûreté, quand Voix Grave reprit la parole et anéantit ses espoirs de repos.

— Je vais juste inspecter les lieux, déclara-t-il. Histoire de partir tranquille.

Le sang de Thya se glaça. Si ces hommes la découvraient, sa quête avait de grandes chances de s'arrêter là, et pas de plaisante manière. Elle devait agir, avant qu'ils la serrent comme un brochet pris dans une nasse. De sa main gauche, elle racla le rocher derrière elle, détacha une petite pierre de la paroi, la lança au loin dans les fougères. Le Faune la reçut en plein dans l'épaule, retint un cri.

— Là-bas ! s'écria Court-sur-Pattes.

— J'y vais, grinça Voix Grave.

Thya tressaillit. Devait-elle essayer de s'enfuir pendant que Voix Grave allait inspecter les fourrés ? Dans l'état où étaient ses pieds, elle ne courrait pas loin. Mais si les trois reîtres poussaient un peu trop leur inspection des lieux… S'ils la découvraient… À ce moment, un grognement de fauve jaillit de derrière les fougères. Voix Grave réagit aussitôt :

— Un lynx, souffla-t-il. Ou un ours.

— On… on y va… bégaya Court-sur-Pattes.

— Oui, approuva Voix Grave. Je crois que notre ami va finir dévoré d'ici peu.

Le prisonnier tenta de protester, mais il avait perdu trop de force. Tout ce qui sortit de sa gorge fut un geignement étouffé. Sans autre forme de procès, ses bourreaux l'abandonnèrent à son sort. Dans les fougères, le Faune soupira, soulagé.

Thya, elle, patienta, immobile, le temps de savoir si un fauve allait sortir du sous-bois. Mais rien ne bougea. L'animal, quel qu'il fût, était reparti. Son couteau à la main, l'adolescente s'extirpa de son abri avec précaution. Le prisonnier, allongé au pied des rocs, n'émettait plus aucun son. Peut-être avait-il fini par mourir. Ou bien il avait perdu connaissance. L'un dans l'autre, ce n'était pas le problème de Thya. Certes, les maraudeurs de tantôt n'inspiraient aucune confiance, mais cela ne faisait pas forcément de leur victime quelqu'un de bien. Thya allait dépasser le blessé sans lui prêter plus d'attention, quand celui-ci lança, d'un timbre faible mais très clair :

— Aide-moi, je t'en prie.

L'adolescente se figea. Ainsi, le prisonnier était moins mal en point qu'il ne l'avait laissé paraître. Cela faisait de lui quelqu'un d'intelligent. De dangereux ? Comme s'il avait suivi ses pensées, le blessé l'assura :

— Je ne suis pas en état de te faire du mal, et de toute façon, je n'en ai aucune envie.

Ses paroles sonnaient sincère. L'adolescente le considéra avec circonspection. Qu'aurait fait son père en pareille circonstance ? Il n'aurait pas laissé un inconnu mourir. Sans lâcher son couteau, Thya se pencha vers le prisonnier. Dans la pénombre, elle distingua les liens à ses chevilles et à ses poignets. Ses bourreaux n'y étaient pas allés de main morte, les cordes mordaient profondément dans sa chair.

— Qu'est-ce que tu as fait pour mériter ça ? s'enquit-elle, soupçonneuse.

— Je suis maquilleur, expliqua-t-il en grinçant des dents. Ces imbéciles m'accusaient d'avoir vendu des fards contrefaits. Ah, et aussi d'avoir séduit la fille aînée de leur maître.

— C'était vrai ?

— Pour les fards ? Certainement pas !

La figure même de l'innocence outragée, spécula Thya, peu amène, avant de demander :

— Et pour la fille ?

— Là, oui, ils n'avaient pas tort, reconnut le maquilleur. Mais est-ce de ma faute, si les femmes ne sont pas insensibles à mon charme ?

Un sourire séducteur glissa sur ses lèvres encroûtées de sang. Thya le regarda mieux, à la lueur de la lune. Il conservait un visage avenant, malgré son nez cassé et la plaque de sang brunâtre qui lui recouvrait tout le bas de son visage. Ses cheveux châtains, trempés de sueur, collaient sur son front et ses joues pâles. Trop pâles pour un citoyen romain ? Malgré la situation, une lueur malicieuse dansait au fond de ses yeux bleus.

L'adolescente plissa le nez. L'attitude du jeune homme l'irritait, cependant, elle n'allait pas l'abandonner simplement parce qu'elle le trouvait désagréable. D'un autre côté, elle comprenait mieux qu'on veuille s'acharner sur lui. Elle n'avait jamais eu recours aux services d'un maquilleur, bien sûr, mais elle avait déjà entendu parler d'eux. Des rumeurs peu flatteuses couraient sur cette profession. Tous empoisonneurs, séducteurs, espions et intrigants. Le blessé au pied du roc ne semblait pas déparer dans le tableau. Et malgré ses plaies, il tentait de lui faire du plat. Une taie violette et gonflée masquait l'un de ses beaux yeux clairs, et juste sous l'autre… Au coin de sa paupière, il portait un tatouage bleu, qui évoquait une larme.

— Tu es un Node ? lui demanda Thya.

— Seulement par ma mère, répondit-il sur un ton badin. Mon père était romain. Je suis barbare et civilisé.

Thya écouta à peine sa réponse. Elle réfléchissait à toute allure. Un Node. Les guerriers nodes avaient été les plus fidèles soldats de son père, autrefois. Et elle, sa fille, avait besoin d'alliés à son tour. *Le Destin*, comprit-elle. C'était forcément le Destin, les forces dont parlaient ses rouleaux étrusques qui avaient mis cet imbécile blessé sur sa route. Elle fouilla au fond de sa mémoire. À qui pouvait-elle se fier ? Soudain, elle se rappela le guerrier qui l'avait accompagnée depuis Rome jusqu'en Aquitaine, quand elle avait cinq ans. Était-il… ?

— Je cherche un Node, dit-elle au prisonnier. Très grand, le visage grêlé, il doit avoir une quarantaine d'années, je pense. Et il est roux. Enfin, il était roux, il y a dix ans. Et il servait Gnaeus Sertor.

Le jeune homme la regarda avec surprise, et Thya ne fut pas mécontente de l'avoir décontenancé, pour une fois.

— Le vieux Garimund ? Qu'est-ce que tu lui veux ?

— Pourquoi ? insista Thya. Tu le connais ?

Le prisonnier se tordit sur le côté, pour trouver une position plus confortable, répondit :

— Je connais quasiment tous les Nodes d'Aquitaine. Tu sais, dans le coin, ils n'ont pas plus de deux ou trois villages, et tous sont plus ou moins cousins. Le vieux, c'est un de mes oncles.

Après cette tirade, il se passa la langue sur les lèvres.

— J'ai soif, remarqua-t-il.

— Je n'ai rien à boire, répliqua Thya. Alors, Garimund ?

Le maquilleur la détailla à la lueur de la lune. Son regard trop insistant mit l'adolescente mal à l'aise.

— Qu'est-ce que tu lui veux, à Garimund ? lui demanda-t-il enfin. J'espère que tu n'es pas sa maîtresse. Une enfant illégitime, alors ? Pourtant, ce n'est pas le genre du vieux de semer des petits bâtards…

— Je suis celle qui peut te libérer, rappela Thya à l'insolent. Ou pas.

— Très bien, admit-il. Si tu me détaches, je te conduirai à lui.

Thya fit mine d'hésiter encore un peu, pour que ce godelureau comprenne bien qui se trouvait du bon côté de la corde. Puis elle s'accroupit près de lui, et, en quelques gestes secs, trancha ses liens.

Le corps du jeune homme se détendit. Puis il resta un moment allongé à même le sol, rassemblant ses forces. Thya n'entendait plus que sa respiration, profonde, un peu hachée. Enfin il s'assit, lentement. Il voulut s'appuyer sur un bras, et ce simple mouvement lui arracha un cri de douleur.

— Les salauds, ils m'ont démonté l'épaule…

— Tu pourras marcher ? demanda Thya.

— Je vais essayer…

Il se remit debout en s'arc-boutant au rocher et en suant à grosses gouttes. Quand il posa son pied gauche sur le sol, il lâcha un juron.

— Ma cheville, grinça-t-il. Je peux plus m'appuyer dessus.

— Tu peux la bouger ? demanda Thya, pragmatique.

Il darda sur elle un œil mauvais, puis tenta de faire jouer son articulation, debout sur une jambe. Il geignit entre ses dents :

— Oui, ça va, cet os-là n'est pas brisé.

— Bien. Tu seras capable de marcher, si je t'aide ?

— Je ne suis pas léger. Tu pourras me soutenir ?

— Si tu ne gigotes pas trop. Ça t'ira ?

— Je crois, oui. Je ne vais pas moisir ici jusqu'à ce que les autres aient des remords.

Ils se firent face, sans aucune complaisance, mais avec un début de compréhension mutuelle. Enfin, le maquilleur déclara :

— Merci de m'avoir libéré. Au fait, je m'appelle Enoch.

Thya jeta un coup d'œil vers le ciel. La voûte étoilée étincelait au-dessus d'eux.

— Je m'appelle Losna, mentit-elle.

Losna. Une déesse étrusque de la lune, dont lui avait parlé sa mère il y avait si longtemps. Tant qu'elle serait une fugitive, ce nom d'emprunt serait son talisman. Enoch sourit plus large, craquelant encore plus la croûte sur ses lèvres :

— Eh bien, bonsoir, Losna, ravi de t'avoir rencontrée ici.

Thya s'approcha de lui. Son odeur trop forte, mélange de parfum musqué peu discret, de sang et de sueur, lui agressa les narines. Elle refoula un haut-le-cœur. Il lui passa un bras autour des épaules.

— Tu es prête ? demanda-t-il.

Elle hocha la tête. Il pesa sur elle de tout son poids, ou presque. Elle étouffa un cri. Elle ne l'aurait pas cru aussi lourd. Décidément, ce garçon semblait tout faire pour lui rendre la vie difficile. Cependant, elle n'allait pas se plaindre, pas devant lui. Elle redressa le torse.

— Ça va aller ? réussit-elle à articuler.

— Ça va. Mais fais attention où tu marches. Si je cogne une racine, je hurle.

La tentation était grande. Mais torturer le maquilleur les aurait ralentis tous les deux. Alors elle se contenta d'avancer, un pied devant l'autre. Cahin-caha, Enoch accompagna le mouvement.

De derrière un orme, le Faune les observait, les oreilles aux aguets. Le semi-barbare lui hérissait le poil. Et puis il n'aimait pas la puanteur que le jeune homme portait partout avec lui, puanteur de ville et musc d'animaux morts. Certes, il ne croyait pas que Thya soit en danger près de lui. La jeune fille avait de quoi se défendre. Mais le coureur des bois éprouvait pour le nouvel ami de sa protégée une aversion instinctive, celle de l'Ancien Monde pour le nouveau, de la Nature pour le civilisé. Il s'apprêtait à suivre le petit couple, discrètement, quand derrière lui, une chevêche hulula.

Le Faune secoua la tête, se frotta le nez, nerveux, tenta d'ignorer la chouette. Elle reprit son appel. Le

Faune racla le sol du sabot. Déjà Enoch et Thya s'éloignaient sous la futaie. Il avait une furieuse envie de leur courir après. Et puis, c'était sa mission, non ? Veiller sur la fille-oracle. Mais le cri de la chevêche se faisait impérieux. Le Faune écouta, *sentit* la forêt autour de lui. Aucune présence humaine sous les arbres, à part celle des deux jeunes gens. Aucun humain pour menacer sa protégée et son nouvel ami. Et les animaux sauvages ne les attaqueraient pas. Sylvanus l'avait interdit. Le Faune cligna de ses yeux d'or, comme pour imprimer sur sa pupille l'image de Thya disparaissant parmi les ombres. Puis, un peu à contrecœur, il céda au commandement de la chouette.

Il se dirigea vers le cœur de la forêt. Bientôt, le chemin se mit à grimper, les arbres s'éclaircirent. Le Faune escaladait un tertre herbeux, envahi d'herbes folles et de fleurs jaunes et mauves. Au sommet, les ruines d'un petit temple blanchissaient sous la lune. Un sanctuaire délaissé par les hommes, depuis trop de siècles pour qu'ils s'en souviennent. Cet oubli avait sauvé le temple. Ignorant son existence, les chrétiens ne l'avaient pas transformé en église. Le toit de tuiles et le bois de la charpente avaient disparu depuis longtemps. À présent, les colonnes de marbre s'élançaient sans protection vers le ciel nocturne, vêtues uniquement de lierre et de lilas. À l'entrée du temple, le Faune s'inclina. Adossé contre une colonne, quelqu'un l'observait. Un grand homme sombre, portant un pagne de lin, des jambières de cuir, et, en guise de cape, une dépouille de panthère.

— Mon seigneur… salua le Faune.

Avec une souplesse féline, le dieu Sylvanus se détacha des colonnes.

— Relève-toi, dit-il d'une voix rauque qui évoquait le grondement d'un fauve.

Le Faune obéit. Ses oreilles pointèrent en direction du dieu.

— Les forêts m'ont dit que tu l'avais trouvée. L'Oracle.

— En effet, mon seigneur, répondit le Faune. Et j'ai veillé sur elle. Très bien, d'ailleurs.

— Je le sais, déclara Sylvanus, très simplement.

Comment… ? se demanda le Faune. Il se mordit la langue. *La forêt, bien sûr. Les arbres parlaient à leur dieu.*

— Elle a rencontré quelqu'un, n'est-ce pas ? ajouta le dieu.

— Oui. Un barbare. Enoch. Pourquoi ? Lui aussi est important ?

— Cela, je l'ignore, avoua Sylvanus. Il y a des forces à l'œuvre autour de cette humaine, qui luttent pour bien plus que sa survie à elle. Des puissances qui dépassent un dieu mineur tel que moi.

Le Faune se gratta l'oreille. Si les enjeux autour de Thya dépassaient même Sylvanus, que devait-il en penser, lui, un simple coureur des bois ? Heureusement, son rôle dans cette histoire s'achevait. Bientôt l'Oracle aurait quitté la forêt, et lui, le Faune, ne pourrait plus rien pour… La voix du dieu interrompit ses réflexions :

— Tu vas continuer à veiller sur elle, mon faune.

— Mais… tu veux dire… la suivre ? Hors des bois ? s'étonna le Faune. Ce n'est pas… ce n'est pas mon domaine.

— Tu passeras par les champs, par les vergers… Je te fais confiance.

Le Faune n'en croyait pas ses oreilles. Il se dressa sur ses jambes torves, tenta un :

— Mais pourquoi moi ?

— Parce que tu étais là quand son père est tombé. Je veux y voir un signe.

Le Faune se gratta le torse, mal à l'aise.

— Un signe ?

Sylvanus le fixa de son regard de nuit.

— Nous devons nous raccrocher au peu que nous avons. Si le Destin t'a placé sur la route de l'Oracle, il doit y avoir une raison pour cela.

— Une raison ? répéta le Faune.

Il aurait aimé plus de certitudes. Le dieu le prit par l'épaule, se tourna avec lui vers la mer d'arbres qui s'étendait au pied du tertre.

— Les présages sont obscurs, mon faune. L'avenir est changeant, incertain. Nous sommes à la fin d'une ère. Nous devons saisir notre dernière chance d'exister. De revenir. Sinon, nous sombrerons dans l'oubli.

Un vent plus frais secoua la cime des arbres. La chouette chevêche hulula au loin. Mais cette fois, elle n'appelait personne. Elle lançait un avertissement vers les étoiles. Le Faune eut comme un vertige, soudain, devant l'importance de son rôle. Lui, qui avait échoué, la veille, à assassiner un simple mortel, devait aujourd'hui protéger tout l'espoir de son peuple. Et il se sentait démuni.

5

Les sortes

Le lendemain, peu après midi, Thya et Enoch arrivèrent en vue des *sortes*, ces terres données autrefois aux barbares, et où s'était bâti le village des Nodes. Ils étaient blêmes de fatigue, le maquilleur pesait lourd sur la frêle adolescente. En plus de son épaule démise et de sa cheville foulée, Enoch avait écopé de nombreux horions, plaies et bosses, et le contact de sa peau contre Thya avivait une myriade de douleurs. Thya, elle, s'était au début sentie mal à l'aise, en se retrouvant si proche, trop proche du jeune maquilleur. C'était la première fois qu'elle se retrouvait collée à un autre être humain. A fortiori un homme, et, de toute évidence, un séducteur. Dont la respiration tiède lui caressait la joue.

Donc, pendant le premier mille, Thya avait serré les dents et masqué de son mieux sa gêne. Puis l'effort et l'épuisement avaient pris le dessus, et elle n'avait plus pensé à rien, qu'à tenir debout jusqu'aux *sortes*. Au moins, Enoch ne se plaignait pas. Il endurait plutôt bien la souffrance, jugea Thya, un peu surprise. Elle le considérait presque avec un début de respect. Alors qu'ils émergeaient de la forêt, le pied gauche d'Enoch heurta une racine, dissimulée sous la mousse. Le choc tordit sa cheville enflée, une douleur fulgurante s'élança dans ses muscles, il lâcha un geignement, enfonça ses doigts dans l'épaule de Thya. Il était blanc comme un linge, trop pâle même pour un Germain. Ses habits colorés, par contraste, paraissaient grotesques.

— Ça va aller ? demanda Thya.

Il opina, mais il claquait des dents. Thya lui enfila sa pénule. Il n'eut pas la force de la remercier.

Heureusement, ils avaient atteint leur but. Devant eux, à quelques *actus* de distance, se dressait le village barbare, construit au beau milieu des *sortes*. Enfin, « se dressait », c'était un bien grand mot. Il s'agissait de simples maisons de bois, basses, aux toits de chaume, séparées par des chemins de terre où fouissaient des cochons noirs. Thya et Enoch se traînèrent jusqu'à l'entrée du hameau. La plupart des adultes étaient aux champs, à cette heure de la journée, mais des grappes d'enfants haillonneux jouaient çà et là dans la fange. À l'arrivée de Thya et d'Enoch, ils levèrent la tête, coururent à leur rencontre, leur adressèrent des dizaines de questions dans une langue germaine, que l'adolescente ne comprenait pas. Un peu chamboulée par cet accueil, elle tenta de leur répondre d'un sourire. Plus loin, sous l'auvent d'une des fermes, un vieil homme tressait des paniers de paille. Lui jeta sur les nouveaux arrivants un regard suspicieux.

— Laissez-nous passer, lança Thya, à la foule enfantine.

Elle avait parlé en latin, mais les gamins la comprirent au ton qu'elle employait. Ils s'écartèrent, assez pour laisser Enoch respirer.

— On va où ? demanda-t-elle ensuite au maquilleur.

— La troisième maison, à droite, souffla-t-il entre ses dents.

— Très bien.

Thya reprit son souffle, l'aida à boitiller jusqu'à la cahute. Les enfants curieux les suivaient à quelques pas. Un cochon noir grogna sur leur passage. Le hameau sentait la soue des porcs. Aussi loin que portait son regard, Thya ne voyait que crasse, que misère. Comme si les barbares étaient sortis d'un coup d'un passé sombre et ancien, des âges obscurs d'avant même la fondation de l'Empire. L'adolescente frissonna.

Enoch, lui, avait repris du poil de la bête, aiguillonné par la perspective d'un proche refuge.

— C'est là, dit-il à Thya, quand ils se retrouvèrent devant la maison de Garimund, que rien ne distinguait des autres, à part de vieux emblèmes militaires en bronze cloués sur la porte, et qui avaient bavé de la rouille sur le bois.

Thya poussa l'huis avec un ahan, pénétra avec son fardeau vivant dans l'unique pièce de la maison, une vaste salle au plafond bas, au sol en terre battue. Au centre, deux hommes trinquaient assis à une table branlante. Ils se relevèrent à l'entrée des deux jeunes gens.

— Tout va bien, calma Enoch. C'est moi, mon oncle, votre neveu favori.

— Ah, c'est toi, l'inutile, gronda le colosse roux.

Il était plus vieux que dans les souvenirs de Thya, bien sûr, cependant elle le reconnut sans peine.

Malgré son âge, il était resté impressionnant, ses muscles tendant à les faire craquer les coutures de son habit rayé gris et bleu. C'était Garimund en effet, l'homme qui, onze ans plus tôt, l'avait escortée à son départ de Rome.

Une chose par contre avait vraiment changé. Son regard. Ses yeux, aujourd'hui, étaient deux taies blanches. Il était devenu aveugle. Thya en reçut comme un coup dans la poitrine. Depuis le voyage de son enfance, beaucoup de temps avait passé.

— Tu n'es pas seul, Enoch, je me trompe ? interrogea encore le colosse.

Avant que le maquilleur ait pu répondre, l'ami de Garimund, qui jusque-là était demeuré en retrait, s'avança et dit :

— Non, il y a une fille avec lui. Comme d'habitude.

Thya tourna la tête vers ce nouvel interlocuteur, qui s'était permis de parler à la place d'Enoch. L'ami de Garimund formait avec le colosse un couple improbable. Il était petit, sec et hâlé. Il portait un plastron en cuir gras par-dessus sa tunique brune, et des cheveux poivre et sel coupés court, comme ceux d'un ancien légionnaire.

Garimund lui demanda :

— Elle ressemble à quoi ? La fille…

— Maigre. Sale. Cheveux noirs mal coiffés.

Thya se redressa. Ce faisant, elle tira sur l'épaule déboîtée d'Enoch. Le maquilleur geignit, mais elle n'en avait cure. Toute son autorité patricienne se révolta. Elle lâcha, d'une voix cassante :

— Et si vous nous aidiez, au lieu de nous détailler comme des spectateurs au cirque ?

Garimund et le vétéran tressaillirent. D'un coup, Thya n'était plus la même. Son timbre dur imposait le respect. Son regard perçait les deux hommes face à elle jusqu'au fond de leur âme.

— Enoch a besoin de vous. Il a une épaule déboîtée et une cheville tordue. Et il commence à me peser.

Le vétéran réagit aussitôt. Rapide, efficace, il vint charger Enoch sur son propre dos, et alla le déposer sur des paillasses au fond de la pièce. Il y mit peu de délicatesse.

— Attention, grommela le maquilleur, trop épuisé pour protester davantage.

Thya se retourna vers Garimund.

— Il y a bien un guérisseur, dans votre village ?

Le colosse hésita. Thya comprit qu'il essayait de la cerner grâce à sa voix. Elle s'adoucit, mais à peine :

— Ton neveu est assez mal en point. Il ne guérira pas tout seul.

— Elle a raison, lança le vétéran du fond de la pièce.

L'aveugle hocha la tête.

— Je vais chercher Gerda.

Il sortit d'un pas rapide, bousculant Thya au passage. L'adolescente recula d'un pas. À cause de la fatigue, elle avait l'impression de percevoir le monde autour d'elle à travers un léger brouillard. Le sort d'Enoch n'était plus entre ses mains, de toute façon. Elle s'assit sur le siège que Garimund venait d'abandonner. Et d'ailleurs, pourquoi s'inquiétait-elle pour Enoch ? Elle venait à peine de le rencontrer, et il lui avait été d'emblée désagréable. La tête de Thya vacillait. Toute la fatigue de sa fuite, de la nuit dans la forêt, submergeait son corps frêle. Son esprit s'embrumait de plus en plus. Elle devina que Garimund revenait avec une vieille femme, sûrement la guérisseuse, la Gerda dont il avait parlé. L'ancêtre s'approcha du corps gisant d'Enoch, tira sur son épaule pour la remettre en place. Le maquilleur hurla. Thya battit des cils, tenta de résister à l'engourdissement qui la gagnait. Sa tête tomba sur la table. Vaincue par les émotions et la fatigue, elle s'endormit d'un sommeil de plomb.

On la réveilla en la secouant avec rudesse. Elle rouvrit ses paupières encore lourdes. Pendant quelques secondes, elle ne reconnut pas le lieu où elle se trouvait. Puis tout lui revint d'un coup, son père agonisant, ses visions, sa fuite… Enoch ramassé dans la forêt… Celui qui la rudoyait, c'était l'ancien légionnaire, qui buvait tout à l'heure avec Garimund.

— Qu'est-ce qu'il y a ? bafouilla-t-elle, la bouche pâteuse.

— Des hommes, à l'entrée du village. Ils interrogent tout le monde, ils cherchent quelqu'un.

Thya tira ses cheveux en arrière, regarda autour d'elle. Garimund n'était visible nulle part.

— Qu'est-ce qu'on fait ? demanda-t-elle sans s'affoler.

— Garimund parlemente pour retenir les enquêteurs. Je vais vous cacher dans ma charrette, et vous emmener à Varatedo.

— Merci, souffla l'adolescente.

— Viens, ajouta-t-il. Tu vas m'aider à réveiller Enoch.

La jeune fille opina. Quand ils tirèrent le maquilleur de son sommeil, celui-ci voulut protester. Thya l'en empêcha.

— Tes amis de la nuit sont revenus, dit-elle avant qu'il ait pu s'exprimer. Alors tu nous suis, et on te sauve la mise.

Enoch lut dans son regard qu'elle ne plaisantait pas. Il se redressa en prenant appui sur l'épaule du militaire, retint un gémissement. Il avait à peine meilleure mine qu'au matin. La guérisseuse avait découpé le haut de sa tunique et lui avait serré la cheville et l'épaule avec des bandages en chiffon. Ces pansements avaient été badigeonnés d'excréments de sanglier. Leur relent acide recouvrait le parfum trop civilisé d'Enoch. Thya décida que c'était une amélioration. Soutenu par l'adolescente d'un côté, par l'ancien militaire de l'autre, Enoch réussit à marcher.

Rapidement, le trio sortit de la maison basse par une porte arrière, dissimulée sous un pan de tissu grossier. La charrette de l'ancien légionnaire les attendait dehors, amenée derrière la maison par un gamin node aux joues terreuses. C'était un chariot tiré par un couple de bœufs, dans lequel grognaient sept truies grasses apeurées.

— Montez, intima le vétéran.

Thya aida Enoch à grimper dans la charrette. Une truie plus amicale que les autres vint renifler ses pansements, lui fourra son groin sous l'aisselle. Enoch faillit se mordre la langue en essayant de ne pas crier, repoussa de son mieux sa prétendante porcine. Thya sourit, malgré le danger. Elle se roula en boule au fond du chariot, et tira Enoch contre elle. L'ancien légionnaire jeta sur eux une toile de jute et quelques sacs de fèves, pour parfaire leur camouflage. Puis il aiguillonna ses bœufs, l'attelage se mit en branle. Un cahot violent secoua la cargaison. Les truies couinèrent à fendre l'âme. Enoch se retrouva projeté contre Thya. Celle-ci lui plaqua une main sur la bouche, pour l'empêcher de crier.

Pressés l'un contre l'autre, les deux jeunes tentèrent de deviner, entre deux secousses, quand leur véhicule allait sortir du village. La situation créait entre eux une étrange intimité forcée, mais qui, face au danger, avait quelque chose de réconfortant. Ils se découvraient une solidarité inattendue. Les pansements d'Enoch fermentaient sous leur couverture, Thya s'étonnait presque que leur odeur n'attire pas l'attention sur eux.

Thya se demandait si les inconnus venaient au village pour elle ou pour Enoch. En fait, quoi qu'elle ait dit au maquilleur, ils devaient plutôt venir pour elle. Lui, ses ennemis le croyaient mort en pleine forêt. Le coude du maquilleur lui rentrait dans les hanches, mais elle n'osait pas le bousculer, de peur de trahir leur présence. Elle croisa son regard. Ses yeux bleus, lumineux même dans la pénombre, pétillaient à nouveau. Il s'amusait encore, comprit-elle. Malgré les risques qu'ils encouraient. Ce n'était pas malin, mais au moins, il ne semblait plus avoir envie de crier. Thya ôta sa main de la bouche de son compagnon.

— Merci, murmura-t-il dans un sourire.

Puis il ajouta, à son oreille :

— Tu sais où on est ?

Elle sentit sa respiration lui chatouiller le lobe, résista à l'envie de le repousser. Pour se concentrer sur autre chose, elle agrandit du bout de l'ongle un trou dans leur couverture, jeta un coup d'œil au travers.

Ils avaient quitté le hameau des Nodes, et ils cahotaient à présent sur un large chemin de terre qui traversait la forêt. À part eux, la route était vide.

— Nous sommes en pleine campagne, remarqua Thya à l'attention d'Enoch. Nous devrions bientôt pouvoir sortir de sous…

Soudain elle se mordit la lèvre. Elle avait parlé trop vite. Des cavaliers apparaissaient au bout du chemin. Ils étaient quatre, de grands gaillards décidés, avec des gladius à la ceinture. Le lent char à bœufs n'avait aucun espoir de les semer. Bientôt ses poursuivants le rattrapèrent, le forcèrent à s'immobiliser. Par le trou du tissu, l'adolescente aperçut les traits du premier cavalier. Un bonnet de feutre, enfoncé bas sur son visage, lui donnait un regard torve. Il portait un habit de cuir matelassé pardessus sa tunique, pour se protéger contre les coups. Thya se figea. Un filet de sueur glacée coula le long de son échine. Cet homme, elle l'avait déjà vu, deux ou trois fois, à la villa, en compagnie d'Aedon. Ces cavaliers n'étaient pas de simples *latrones*, des bandits de grand chemin. Ni des clients mécontents d'Enoch. Thya avait raison depuis le début. Les cavaliers étaient venus pour elle.

L'homme au bonnet de feutre, qui devait être le chef, engagea la conversation avec l'ancien légionnaire.

— Tu es parti bien vite du village, tout à l'heure, remarqua-t-il. Pourquoi ? Tu nous évitais ?

— J'ai des clients à livrer, répondit le militaire,

placide. Et calmez vos chevaux. Ils sont nerveux et ils effrayent mes truies.

— Nous allons faire bien plus que ça, vieil homme, menaça le reître, si tu ne nous laisses pas inspecter ton chargement.

Le militaire ne bougea pas de son siège.

— De quel droit ? lâcha-t-il.

Le cavalier se raidit, lui lança un regard plein de morgue.

— Nous sommes mandatés par Gnaeus Aedon, fils de Gnaeus Sertor, pour rattraper une esclave en fuite.

— Ah, répondit simplement le vétéran.

— Laisse-nous fouiller ton chariot, trancha le reître.

Ses compagnons émirent des murmures d'approbation. Deux d'entre eux avaient déjà glissé une main vers leurs gladius. Leurs montures renâclaient. La tension dans l'air était palpable.

— Je ne protège aucun esclave, assura l'ancien militaire, sur le même ton égal.

— Je préfère vérifier, répliqua le cavalier.

Il tendit une main vers le chariot. La retira avec un hurlement. D'un mouvement si rapide, que personne ne l'avait vu venir, le vétéran lui avait planté un poignard dans la chair. Les trois cavaliers derrière lui sortirent leurs glaives. Le soldat attrapa un pilum dissimulé derrière son siège, transperça le poumon du cavalier le plus proche. L'homme hoqueta, chancela, tomba de sa monture en se tenant la poitrine. Les deux autres tirèrent sur leurs rênes, leurs chevaux se cabrèrent. Dans le chariot, les truies hurlèrent comme si on les égorgeait. Par réflexe, Thya et Enoch s'accrochèrent l'un à l'autre. Les truies se pressaient contre le fond du chariot, commençaient à les écraser. Thya les repoussa d'un talon rageur. L'ancien légionnaire se mit en garde sur son char, son arme dégouttant de sang. Le chef au bonnet de feutre, celui qui avait la main blessée, cracha :

— Tu n'aurais pas dû, vieillard...

Avec un rictus, il retira le poignard de sa main droite, empoigna son gladius de la main gauche. Il plaça son cheval face au chariot. Au même moment, le vétéran projeta vers lui son pilum. L'arme fendit l'air avec un sifflement. Le cavalier voulut reculer, mais trop tard. La lance se ficha dans sa gorge. Les deux survivants se jetèrent sur le chariot en hurlant. Le légionnaire se coula à terre entre ses bœufs, se protégea sous son véhicule. Tout en rampant entre les roues, il chercha son poignard dans les poches de ses braies.

Les deux cavaliers survivants longeaient les deux côtés du char. Leurs montures piaffaient. Les truies criaient toujours. Sous la couverture, Thya, moite de sueur, glissa une main vers sa besace. Ses doigts agrippèrent son couteau. Elle amorça un geste pour sortir. Enoch la retint. Sous le chariot, l'ancien légionnaire tendit le bras, sectionna le jarret d'un cheval. La bête hennit et s'écroula au sol, renversant son cavalier. Le vétéran surgit hors de son abri, bondit sur l'homme à terre et lui trancha la gorge. Le dernier cavalier resta un instant hébété. Puis il fonça droit vers l'ancien militaire. Celui-ci évita le coup, lui planta son poignard dans la cuisse. Le reître hurla, s'accrocha à la crinière de sa monture. L'ancien légionnaire récupéra un gladius au sol, se hissa derrière le cavalier, et lui trancha la carotide. L'homme oscilla. Le vétéran le lâcha. L'homme tomba au sol. Le vétéran redescendit de cheval, alla récupérer son pilum d'un pas rapide, l'essuya sur la tunique d'un des morts.

Thya se dressa hors de sa cachette, balaya la scène du regard. L'ancien légionnaire, au milieu de ses adversaires vaincus, lui rappela soudain son père. Son père tel qu'elle se l'imaginait, quand il lui racontait ses souvenirs de guerre, autrefois, à la villa. Un héros combattant, prêt à accomplir des prouesses pour la défendre. Une bouffée de reconnaissance lui souleva le cœur. Mais au lieu de remerciements, les premiers mots qui franchirent ses lèvres furent :

— Mais qui es-tu ?

Le vétéran rangea son pilum sous son siège. À présent que le combat était terminé, il avait l'air plus las, et plus âgé. Plus résolu, aussi.

— Je m'appelle Paulus Mettius. J'ai servi comme centurion sous les ordres du général Gnaeus Sertor, aux côtés de nos alliés nodes, il y a… trop longtemps.

Un sourire bref traversa son visage sec. Il ajouta :

— Et toi, jeune fille, tu n'es pas une esclave en fuite, je me trompe ?

L'adolescente repoussa sa chevelure dépeignée, qui tombait devant son front, hésita à peine à répondre :

— Je suis Thya, la fille de Gnaeus. Mais je ne te demande pas de me croire.

— Thya… répéta lentement Mettius.

D'un air pensif, il se rapprocha du chariot. Il posa sa main sur celle de Thya, comme pour s'assurer qu'elle se tenait bien là, devant lui.

— Tu me rappelles ton père, déclara-t-il. La même force. Le même regard.

L'adolescente se dégagea, mais sans colère. Être comparée à Gnaeus n'était sans doute pas très flatteur, physiquement, pour une jeune fille. Mais cela plaisait plutôt à Thya. Pour autant, elle n'allait pas accorder un blanc-seing à l'ancien légionnaire.

— Pourquoi ne m'as-tu pas livrée ? insista-t-elle. Ces hommes t'ont dit qu'ils obéissaient à mon frère.

— J'ai promis à Garimund de vous protéger, Enoch et toi. Et je n'avais aucun moyen de savoir si ces hommes disaient vrai. Enfin, je n'aime pas Aedon. C'est un arriviste qui n'a jamais touché un glaive et qui méprise les vétérans de son père.

— Au fait, remarqua Enoch, en pointant à son tour la tête hors de la couverture, c'est bien toi qu'ils recherchaient, Losna, Thya, ou quel que soit ton nom.

Son ton acerbe cingla la jeune femme mieux qu'une gifle. Elle fit volte-face, le foudroya du regard.

— Parce que tu te crois en meilleure position, peut-être ? Ceux qui t'ont abandonné hier dans la clairière, je ne suis pas certaine qu'ils te laissent en paix très longtemps, s'ils s'aperçoivent que tu es encore en vie.

— Calmez-vous, leur intima le vétéran. Est-ce que vous savez ce que vous allez faire, maintenant ?

Enoch écarta une truie qui se frottait à lui, répondit :

— Disons que j'imagine mal exercer encore à Varatedo, mais pour le reste…

— Je dois me rendre à Brog, asséna Thya, d'un ton sans appel.

— Brog ? s'étonna Mettius.

L'adolescente éluda la question d'un revers de la main.

— C'est une longue histoire…

— … et nous manquons de temps, compléta Mettius, comprenant à demi-mot.

Il réfléchit un instant, les yeux baissés vers son pilum, où le sang commençait à cailler.

— Les gens qui te poursuivent, ils connaissent ton visage ?

— La plupart, non. Je croisais peu de monde, quand j'étais chez mon père.

L'ancien soldat hocha la tête, alla chercher le cheval d'un mort.

— Avec lui, tu chevaucheras jusqu'à Varatedo. Là-bas, tu iras à l'auberge du Dauphin Rouge, sur les bords du fleuve. Tu demanderas Julia, la cuisinière, c'est ma sœur. Tu lui diras que tu viens de ma part. Je te rejoindrai là-bas.

Thya hocha la tête, mémorisant en silence les instructions du légionnaire. La manière de parler, de commander de Mettius lui rappelait celle de son père. Cela lui rendait de la force. Même si elle n'avait jamais monté à cheval. Même si elle ignorait où elle se trouvait, à ce moment précis.

— Et moi ? intervint Enoch derrière elle. Quelqu'un se préoccupe de mon sort ?

— Toi, je devrais te renvoyer chez ton oncle, bougonna Mettius. Mais tu vas plutôt l'accompagner, elle, jusqu'à Varatedo. Je ne vais pas laisser la fille du général courir seule les routes, comme une vulgaire femme à soldats.

— Mais à Varatedo, moi, on va me reconnaître ! s'insurgea le jeune homme.

— Tu n'auras qu'à éviter tes amis, rétorqua Mettius.

Il tira de sous son banc une vieille tunique à capuche, qui d'ordinaire lui servait à emballer son pilum. Il la lança à Enoch.

— Tiens, mets ça ! Sinon, c'est toi qui passeras pour un esclave en fuite.

Le maquilleur crispa la mâchoire, considéra le vêtement douteux d'un regard torve. Thya étouffa un léger rire, descendit au milieu des truies avec un port de reine. Laissé seul, Enoch enfila la tunique avec peine. Ensuite, Mettius les aida à monter à cheval, Enoch s'installa derrière Thya, plaça un bras autour de sa taille. L'adolescente se tortilla.

— Attention, mes bleus… lui murmura le maquilleur à l'oreille, d'un ton beaucoup trop tendre pour lui plaire.

Elle garda un silence blasé.

— Par là, vous arriverez à la Via Aquitania, leur indiqua Mettius en montrant le bout du chemin. Et de là…

— C'est bon, je me débrouillerai, l'assura Enoch.

Il fit claquer ses rênes, partit au petit trot. Thya manqua de tomber sur l'encolure du cheval, se raccrocha au bras du jeune homme. Les muscles durs du maquilleur se crispèrent sous ses doigts fins. Elle relâcha sa pression, le sentit sourire dans son dos.

— Ne t'inquiète pas, souffla-t-il, je suis solide.

Elle tourna sèchement la tête, le giflant avec ses cheveux en bataille.

Mettius les regarda partir. Puis il prit une profonde inspiration et commença à traîner les cadavres hors du chemin. De sous le couvert des arbres, le Faune l'observait. Le vétéran releva la tête, se tourna vers le bois. En plissant les yeux, il scruta la lisière. Mais non, il n'aperçut personne. Pourtant, il aurait cru… qu'un regard se posait sur lui. Mais c'était sûrement le combat qui avait joué avec ses nerfs. Il n'allait pas se mentir, il n'était plus aussi solide qu'autrefois. Et surtout, voir la fille de Gnaeus l'avait secoué. Thya. Elle avait les yeux de son père. Mettius se souvenait, il revoyait le regard vert de Gnaeus, perçant les brouillards du nord de la Gaule. Scrutant les lignes épuisées des légionnaires. Thya possédait-elle vraiment la même force que son père ? Ou bien était-ce lui, Mettius, qui se berçait d'illusions ? Cherchait-il en vain, dans ses vieux jours, à retrouver un peu de sa gloire passée ?

Il s'accorda une pause, pour reprendre son souffle. Il ignorait pourquoi Thya voulait aller à Brog, pourquoi c'était aussi important pour elle. Pour lui, Brog appartenait au passé. Cependant, il était bien conscient, déjà, qu'il n'abandonnerait pas la frêle adolescente. Parce qu'elle était la fille de Gnaeus. Parce que, sans même le lui demander, elle avait déjà acquis toute sa loyauté, à lui l'ancien vétéran de son père. Pour elle, il avait repris les armes. Et, il s'en doutait un peu, il n'était pas près de les poser.

Sous les arbres, le Faune abandonna son poste d'observation. Espionner le marchand de truies ne l'avançait pas à grand-chose. Il ferait mieux de rattraper l'Oracle avant de perdre son odeur. D'un pas sautillant, il s'enfonça dans les fourrés.

6

Varatedo, par la Via Aquitania

À l'approche de la Via Aquitania, Thya ressentit un frisson d'excitation, malgré les menaces qui planaient au-dessus d'elle. Enfin, elle allait voir, mieux, elle allait voyager sur une de ces Voies Romaines qu'elle suivait du doigt sur des cartes, depuis qu'elle était enfant. Ces routes qui irriguaient l'Empire, qui avaient conduit les légions de son père presque jusqu'aux confins du monde… Inconsciemment, elle se tendait en avant, tirait sur son cou pour mieux voir. Déjà elle imaginait les soldats défilant sur les larges pavés gris, le métal des casques et des cottes de mailles étincelant sous le soleil, leur éclat répondant au rouge vif des tuniques, aux blasons dorés des étendards… Tandis que, de loin en loin, des *bornes leugaires*, des cylindres de pierre plus hauts qu'un homme, rappelaient les noms d'anciens empereurs, Octave Auguste, Caius Tetricus, ou des consuls ayant consolidé la route, Mummius Tuscus, Quintus Clodius… Ça, et la distance qu'il restait à parcourir jusqu'aux prochaines villes. Oui, Thya rêvait tout éveillée. Et puis les arbres s'écartèrent, la Via Aquitania apparut. Enoch fit ralentir le cheval. Le visage de Thya s'assombrit, comme celui d'une petite fille déçue, qui voit sans comprendre un jour de soleil se changer en pluie.

La Via Aquitania était encore passante, en cette fin d'après-midi. Mais la chaussée avait perdu sa splendeur d'antan. L'entretien des pavés plusieurs fois centenaires avait été abandonné depuis longtemps. Le *ruderatio*, le revêtement de dalles, était parcouru de larges fissures, et des herbes folles y croissaient, vivaces, résistant au piétinement des voyageurs. Les lichens et le lierre effaçaient les noms sur les bornes, dont certaines, descellées, penchaient bizarrement vers le sol. Et les voyageurs eux-mêmes n'avaient que peu en commun avec ceux que décrivaient les grands poètes latins. Le monde entier convergeait vers cette route, certes, mais un monde qui, désormais, n'avait plus grand-chose de romain. C'était une foule hétéroclite, où se mêlaient les étoffes barbares, de lin rugueux ou de grosse laine, quelques moutons, des chariots où s'entassaient les tonneaux de vin miellé. Un groupe de cavaliers parthes, sans doute des soldats en permission, discutaient bruyamment dans un mélange de latin abâtardi et de langues orientales. Leurs arcs et leurs carquois tressautaient dans leurs dos à chaque ornière du pavage. Au milieu de la chaussée, une litière portée par six esclaves ralentissait la circulation sans provoquer d'émeute. Personne ne semblait pressé d'arriver. Un brouhaha joyeux accompagnait les voyageurs. Des paysans s'interpellaient, des marchands se saluaient de *vale!* sonores. Des oiseaux pépiaient dans les buissons le long des fossés. Des relents de suint et de crottin flottaient dans l'air, des particules de pollen aussi. Le soleil qui descendait doucement nimbait la route d'une lumière chaude. Il régnait là une atmosphère bon enfant, détendue, un peu alanguie. Enoch et Thya avançaient au pas, au rythme de la foule, pour ne pas se faire remarquer. Thya avait peu dormi depuis la veille, à peine une heure ou deux sur la table de Garimund, au village des Nodes. Sa tête dodelinait, elle s'appuya sur l'épaule d'Enoch. Elle somnolait malgré elle, manqua de tomber de la selle. Enoch la retint, arrêta le cheval, fouilla dans ses fontes et y trouva un peu de pain d'épeautre, une poignée de dattes écrasées.

— Tiens, mange, dit-il à Thya, en lui fourrant les aliments sous le nez.

La jeune fille papillonna des cils, avala trois bouchées. Le sucre lui redonna un peu de force. Elle réussit à rester éveillée. Peu après le crépuscule, ils arrivèrent en vue de Varatedo.

Un éperon rocheux surplombait la cité. Au sommet, les fortifications austères d'un oppidum rappelaient aux voyageurs que la menace de nouvelles invasions n'était jamais loin. En bas, au bord du fleuve, s'étalaient les quartiers commerçants, des maisons à un étage, disposées en carré autour de cours intérieures. Le port restait la partie la plus animée de la ville. À cette heure tardive, les bateaux accostaient encore, des barques minuscules se faufilant entre les navires ventrus venus de Burdigala ou Santonum. Par contre, les grues de bois, qui servaient au déchargement des marchandises, s'étaient figées pour la nuit, et se dressaient en lignes d'encre contre le ciel plein d'étoiles.

L'auberge du Dauphin Rouge se nichait tout au bout du quai, dans un endroit écarté et tranquille, loin des endroits fréquentés. Un dauphin écarlate en mosaïque, sur la façade, égayait le bâtiment. Depuis l'entrée, on entendait l'eau clapoter contre la berge, et un fumet de poisson frit s'échappait de la cuisine. L'estomac de Thya gargouilla. Elle descendit de cheval, aida Enoch à en faire autant. À cause de la fatigue, le jeune homme chancela, chuta dans les bras de Thya, écrasant presque l'adolescente contre le cheval. Un instant, ils restèrent pressés l'un contre l'autre. Les yeux clairs du maquilleur pétillèrent dans la pénombre. Le pouls de Thya s'accéléra. Enoch était proche, beaucoup trop proche. L'odeur acide de ses bandages enveloppait Thya comme une main invisible. Elle le repoussa doucement mais fermement. Il lui sourit, même pas froissé, diverti seulement. Il sautilla sur son pied valide jusqu'à l'auberge, alla toquer à la porte. Un œil apparut dans le judas.

— Qui va là ?

— Des clients, répondit Enoch.

Le tenancier ouvrit la porte, un petit homme crasseux et jovial avec une barbe mal rasée. Il se passa une main sur le menton, s'enquit :

— Qu'est-ce que vous voulez ? Manger, dormir ?

— Nous voulons voir Julia, intervint Thya. Nous venons de la part de Paulus Mettius.

La requête ne parut pas surprendre l'aubergiste. Il beugla, sans craindre de réveiller les voyageurs dans les chambres :

— Julia ! Des amis de ton frère !

Puis, sans plus de manières, il proposa à Thya et Enoch :

— Entrez, vous deux, ne restez pas dehors.

Thya jeta un coup d'œil suspicieux à l'intérieur. L'auberge était quasi vide. Les rares lampes à huile projetaient une lueur vague sur des fresques écaillées qui représentaient des buveurs. Il y avait plus de clients sur les peintures que dans la salle. La veille encore, la fille de Gnaeus n'aurait jamais mis le pied dans un lieu pareil. Mais à présent, tout ce qu'elle y voyait, c'était une possibilité de manger et de dormir. L'aubergiste leur adressa un sourire d'invitation dévoilant sa bouche édentée.

Quelques instants plus tard, Thya et Enoch étaient installés sur un banc au fond de la salle, devant un plat de poisson et de légumes, tandis qu'un petit esclave s'occupait de conduire leur cheval à l'écurie. C'était le premier repas chaud de l'adolescente depuis qu'elle avait quitté la villa, et elle l'avala avec voracité, malgré l'aspect douteux des ingrédients. Le patron désœuvré engagea la conversation, demanda s'ils venaient de loin.

— Ça ne vous concerne pas, répliqua Thya, un peu sèche, avant de replonger le nez dans son plat.

L'aubergiste s'esclaffa, lança à Enoch :

— Eh bien, elle a de la repartie, ton épouse !

Thya se raidit.

— Je ne suis pas sa femme.

Le patron la dévisagea d'un œil étonné. L'adolescente voulut ravaler ses paroles, elle s'était montrée bien imprudente. Heureusement, le maquilleur vint à sa rescousse :

— C'est ma petite sœur, et elle n'a pas l'habitude de chevaucher sur de longues distances. Excuse-la, elle est épuisée.

Thya respira. Sur le coup, elle trouva presque Enoch sympathique. La servante de l'auberge, qui nettoyait la table à côté d'eux, lança un clin d'œil à Enoch. Il y répondit avec un sourire un peu fat. Thya fit la moue. Au fond, il n'y avait rien à sauver chez le maquilleur. Elle racla le fond de son assiette. Julia, la sœur de Mettius, revint de la cuisine, un torchon à la main.

— C'était bon ? demanda-t-elle.

Thya hocha la tête, retint un bâillement.

— Tu es épuisée, ma petite, déclara la matrone avec autorité. Viens, je vais te montrer ta chambre.

Thya ne se fit pas prier. Elle suivit son hôtesse jusqu'à l'étage. En bas, Enoch, tout blessé qu'il fût, badinait avec la servante. À cette heure, Thya s'en moquait.

Dès qu'elle entra dans sa chambre, une pièce étroite avec un lit dur pour unique meuble, Thya s'allongea avec délice. Elle cala sa besace sous sa tête, crut qu'elle allait rapidement s'endormir. Mais le sommeil la fuyait. Trop de questions tournaient sous son crâne. Avait-elle eu raison de fuir la villa ? Comment allait-elle atteindre Brog ? À qui pouvait-elle faire confiance ? Pour mettre un terme à ses interrogations, elle se releva, fouilla dans son sac, en sortit quelques miettes de pain et un piège à oiseaux. À pas de loup, elle alla disposer le tout sur le rebord de sa fenêtre. Elle se recoucha, rassérénée. Demain, avec un peu de chance, elle obtiendrait des réponses. Dehors la lune était pleine. Ses rayons opalescents caressaient le piège, le teintaient de nacre tel un bijou précieux.

Au même moment, le Faune atteignait à son tour les abords de Varatedo. Pour passer inaperçu, il comptait sur le couvert de la nuit, et sur une vieille cape jaune qu'il avait volée sur un épouvantail, qui l'enveloppait des pieds jusqu'à la tête. Ainsi accoutré, il pouvait être pris pour un petit homme légèrement difforme, tant qu'on n'entendait pas ses sabots cogner contre les pavés. Aussi le Faune avançait-il dans l'herbe, suivant le bord de la Via Aquitania. Plus il approchait de Varatedo, et plus les effluves de la ville agressaient son odorat sensible. Pourquoi l'Oracle avait-elle choisi de s'enfermer là-bas pour la nuit ? Une puanteur de prison et de bête malade, voilà ce qui émanait de la cité. Dire que les hommes se croyaient plus en sécurité là-bas ! Thya, elle, aurait dû se méfier, son cœur, son instinct étaient encore sauvages. Le Faune l'avait senti, lorsqu'il s'était approché d'elle, dans la clairière entre les rochers.

L'entrée de la ville n'était gardée que par une poignée de soldats endormis. Et des chiens. Des chiens qui, eux, étaient sur le qui-vive. Ils se mirent à gronder en sourdine. Le Faune les fixa dans les yeux. Ses pupilles noires s'agrandirent au cœur de ses iris dorés. Un courant magnétique le relia pendant un bref instant aux chiens de garde. Un ordre muet. Les molosses matés reculèrent, la tête basse. *Allons*, songea le coureur des bois pour se donner du courage, *je n'ai pas encore perdu tout pouvoir en ce monde*.

D'un pas malgré tout circonspect, il s'aventura dans les ruelles. Le labyrinthe que dessinaient les carrefours et les façades lui paraissait bien plus inextricable que les sentiers semi-effacés de ses forêts.

Comment allait-il retrouver l'Oracle ici ? Il plissa le nez, inspira à pleines bouffées l'air fétide. Cela ne l'aida pas, les relents de la ville masquaient tout autre parfum. Entêté, décidé malgré tout à retrouver l'Oracle, le coureur des bois s'aventura plus avant dans la cité.

De jour, Varatedo était une petite ruche sans prétention, bourdonnante et besogneuse. Mais avec la nuit, les lieux changeaient. Les braves gens se claquemuraient derrière leurs volets clos. Hors de l'oppidum, rien à part la lune n'éclairait les ruelles. La chaussée défoncée, jamais réparée, qui n'était plus qu'une succession de pièges. Les marginaux seuls restaient dehors à cette heure, tout un petit peuple de mendiants, mercenaires démobilisés après la dernière invasion barbare, paysans chassés de leurs terres par les riches propriétaires des *latifundia*... Le Faune se coula contre le mur. Mieux valait être discret. Combien de ces vagabonds, poussés par la misère, étaient déjà devenus des détrousseurs, peut-être des assassins ? Le Faune avait beau vivre d'ordinaire loin des hommes, il avait entendu assez d'histoires sur leur compte, pour soupçonner comment les choses se déroulaient ici. Il se morigéna intérieurement. L'Oracle. Il devait retrouver l'Oracle. Rien d'autre n'avait d'importance.

Soudain, il entendit du bruit au détour d'une ruelle. Des fêtards avinés traversaient une place obscure. Ils étaient plutôt richement vêtus, pour Varatedo en tout cas, et très imprudents. Ils avançaient à la lueur douteuse d'une lanterne, que tenait le meneur et le plus éméché du groupe. Le Faune les observa de loin, de sous une arche. Il y avait des jeunes filles avec eux, la plupart portaient des voiles de couleur, à la mode des patriciennes. De longues mèches noires s'échappaient de la coiffe de l'une d'elles. *Thya?* se demanda le Faune. Non, si c'était Thya, il le sentirait. Et en même temps, comment en être sûr dans cette ville, dans cette civilisation qui se jouait de tous ses instincts? Des silhouettes s'avançaient dans la pénombre, encerclaient peu à peu les fêtards. Des rançonneurs. Le Faune frémit, ses oreilles se dressèrent sous sa capuche jaune. Devant lui, sur la place, les coupe-jarrets tiraient des poignards. Et les fêtards ne s'apercevaient de rien, bien sûr. Le Faune se gratta l'oreille. La balourdise des humains ne l'étonnait plus, et depuis longtemps. Mais s'il y avait une possibilité, même infime, que Thya soit parmi les futures victimes…

Les coupe-jarrets se préparaient à bloquer la route aux fêtards. Ils n'en eurent pas le temps. Le Faune bondit devant eux, d'une seule extension de ses cuisses de bouc. Et il brandissait son couteau sacrificiel, celui avec lequel il voulait assassiner Gnaeus Sertor, quelques jours plus tôt. Les jeunes gens avinés, derrière lui, s'arrêtèrent en plein élan, avec des cris de stupeur. Les coupe-jarrets reculèrent à peine. Ils n'étaient pas décidés à abandonner si facilement leurs proies. Le Faune grinça des dents, leva son couteau. Les rançonneurs s'immobilisèrent, échangèrent quelques signes codés. Le Faune percevait la tension entre eux, les sentait prêts à repartir à l'assaut. Et lui, le coureur des bois, ne s'était jamais battu avec des humains avant cette nuit. En égorger un au coin d'un bosquet, ça lui semblait faisable.

Mais se défendre seul contre sept, c'était une vraie gageure. Malgré tout, le Faune releva la tête, darda sur ses adversaires un regard de défi. S'il les impressionnait encore un peu de temps… juste assez pour que les fêtards, derrière lui, aient la présence d'esprit de s'enfuir. Enfin, il entendit les noceurs détaler. Il ne put s'empêcher de jeter un coup d'œil par-dessus son épaule. La fille aux cheveux noirs courait vers le centre-ville, en tenant par la main l'un de ses compagnons. Un rai de lune tomba sur son profil. Avec une acuité cruelle, le Faune comprit qu'elle n'était pas Thya. Il s'était mis en danger pour rien. Déjà les coupe-jarrets s'animaient à nouveau. Le Faune se retourna vers eux, pas assez vite. Un coup de surin lui entailla l'épaule, déchira sa cape jaune. Il répliqua d'un mouvement nerveux, trancha le gras du bras de son adversaire. L'autre lâcha sa lame, s'éloigna à reculons. Ses amis revinrent à la charge. Le Faune repoussa de son mieux leurs attaques avec son couteau sacrificiel. La ruelle résonna du choc des lames. Le coureur des bois parait, esquivait. Heureusement, il y voyait mieux dans l'obscurité, était plus rapide aussi. Mais, harcelé par un ennemi supérieur en nombre, il fatiguait, très vite. Les poignards des maraudeurs ouvraient de multiples entailles sur sa peau sombre. Et de nouveaux coupe-jarrets déboulaient sur la place, par solidarité avec leurs frères de misère sans doute. Si le Faune ne se sortait pas de ce mauvais pas très vite…

D'un geste ample, il envoya voler au loin sa cape, déploya sa silhouette mi-humaine mi-animale sous la lune. Ses oreilles frémirent dans l'air nocturne. La fourrure de son dos ondula en vagues d'argent. Face à son aspect inattendu, les maraudeurs refluèrent. Un instant, à peine, mais qui suffit au Faune pour se dégager d'un bond, sauter sur un balcon, et de là sur le toit d'une insula à deux étages. Les tuiles claquèrent sous ses sabots. Il se redressa, reprit sa respiration un instant.

— Ne le perdez pas de vue ! lança l'un des maraudeurs d'en bas. Rattrapez ce monstre !

Le cœur du Faune battait la chamade. Fuir, il devait fuir. Il sauta d'immeuble en immeuble. Il ne prenait même pas le temps de regarder dans les rues en dessous. Il s'essoufflait, plus vite que d'ordinaire, à cause du combat, de ses blessures... Des puanteurs, des bruits inconnus le désorientaient comme jamais. Il n'aurait jamais dû entrer dans la ville. Des chiens hurlaient dans les bâtiments sous les tuiles qu'il piétinait, des pigeons réveillés s'envolaient de sous les charpentes... Varatedo le harcelait de toutes parts. Son poitrail duveteux se soulevait sous son souffle court. De la sueur et du sang maculaient sa fourrure. La rumeur de la cité nocturne cornait à ses oreilles comme un clairon de la Légion. Il ne savait plus où donner de la tête, vers où se diriger. Mais il n'arrêtait pas de courir. Soudain, il aperçut, au loin, le fronton blanc d'un temple de Diane. Un asile ? Il dégringola au sol, s'élança vers l'édifice. Ses sabots résonnèrent sur les marches de marbre qui menaient à la porte. Il repoussa les battants à bout de bras. Malgré l'heure tardive, des cierges brûlaient encore autour de l'autel. Leur doux halo baignait le lieu d'une tiédeur sereine. Au fond, un prêtre en bure blanche rangeait des rouleaux de vélin. Le Faune avança en ahanant dans la travée. Il se crut sauvé. Puis il leva les yeux.

Le choc le cloua sur place. Il aurait dû s'y attendre, pourtant. Il savait depuis des années que les temples des anciens dieux avaient été récupérés par la religion du Christ. Au-dessus de l'autel, à la place de la statue de Diane, la déesse chasseresse, on avait élevé une immense croix de bois noirci. Le Faune coucha ses oreilles en arrière, mal à l'aise. Il avait sans doute commis une nouvelle erreur, en cherchant asile ici. Déjà le prêtre revenait vers l'autel.

— Le Diable ! s'écria-t-il en apercevant le Faune. Arrière, Satan ! Satan !

Sa voix montait dans les aigus, vrillait les tympans délicats du coureur des bois. Malgré tout, il parvint à entendre des pas descendant des étages. D'autres prêtres ? Cahin-caha, le Faune s'échappa du temple.

Dehors, la lune se voilait, les rues devenaient des boyaux d'ombre, d'une noirceur absolue, bien plus inquiétante que la nuit verte des forêts. Des présences louches s'agitaient là, des formes de ténèbres. Le Faune dressa les oreilles, sonda la nuit, s'enfonça à l'instinct dans la ville aveugle. Les cris du prêtre persistaient dans son crâne. Les trilles dans sa voix quand il lançait *Satan ! Satan !* sous le plafond de l'ancien temple. Le Faune fuyait, ses poils se hérissaient sous le vent nocturne. Des dogues grognaient quelque part dans les ruelles. Brusquement, il se retrouva dans une impasse. Une sente étroite, dont le fond était bouché par une cabane décatie. Il hésita à repartir en arrière. À présent, il était certain que des chiens aboyaient derrière lui. Des molosses. Ils étaient à ses trousses. Et ceux-là, il n'était pas sûr de pouvoir les calmer. Il décida de tenter sa chance dans la cabane. Celle-ci s'ouvrit en grinçant.

La cabane était quasi nue, à l'exception d'une pile de sacs vides et de quelques amphores brisées, d'où s'élevaient des relents d'huile rance. Assez fortes pour égarer les chiens ? Le Faune l'espéra sans trop y croire. Il aurait dû chercher une meilleure cachette. Mais il n'était bon à rien dans son état. Il se gratta férocement derrière l'oreille, ignorant les élancements qui montaient de ses blessures. Il se força à écouter, à *entendre* pour de bon cette nuit étrangère. Ce langage inconnu de la ville. Les chiens… Non, les chiens n'allaient pas accaparer toute son attention. Il y avait autre chose dans l'air. Une bribe de vent… Cela venait de sous les amphores. Le Faune les déplaça, dégagea une trappe dans le sol, la souleva. Elle donnait sur une cave humide, aux parois couvertes de champignons gluants et bruns, et ornées dans les coins de larges voiles en toiles d'araignée. Visiblement, personne ne l'utilisait plus depuis des années. Le Faune se glissa à l'intérieur.

L'atmosphère de la cave était humide et fraîche. La pièce était restée inoccupée depuis si longtemps, qu'elle était presque débarrassée de l'odeur des hommes. Ce n'était pas un refuge parfait, mais c'était sans doute le meilleur que le Faune pourrait trouver cette nuit. Il se cala dans un coin, son dos écrasa des grappes de champignons mous. Pendant de longues minutes, il resta sur le qui-vive. Personne ne vint. Alors, peu à peu, il se détendit. Il s'endormit sans même s'en rendre compte. Et il rêva de Thya.

7

Une nouvelle vision

Thya se réveilla assez tard le lendemain. Le soleil brillait déjà haut dans le ciel. L'adolescente avait repris des forces. Mais en se redressant sur son lit, elle eut une douloureuse surprise. Ses fesses avaient peu apprécié la chevauchée de la veille. Thya maugréa, émergea de ses draps en se tenant les hanches. Une fois debout, elle défroissa de son mieux sa tunique mauve, dans laquelle elle avait dormi. Ce faisant, soudain, elle pensa à son père. L'image de Gnaeus gisant dans sa chambre, sa main sur les draps de lin, si vulnérable, si faible, s'imposa à la jeune fille malgré la lumière joyeuse du matin. Une boule de tristesse lui monta dans la gorge. Elle se frotta les paupières comme pour enlever une poussière, ravala sa salive et repoussa ses cheveux en arrière. *Pleurer n'aidera personne*, se convainquit-elle. D'un pas plus assuré, elle se dirigea vers la fenêtre. Quelque chose pépiait sur le rebord, un pigeon s'était pris dans le piège qu'elle avait posé la veille. Thya retint son souffle, une demi-seconde. Ce qui allait suivre n'était pas agréable, mais c'était nécessaire. Le regard dur, elle tira son couteau sacrificiel de son sac de voyage. Elle se concentra sur l'image de son père au moment de frapper.

L'oiseau n'émit pas un cri à l'instant de mourir. Thya fendit dans le sens de la longueur son corps encore tiède. Avec délicatesse, elle lui retira son foie, qu'elle déposa au sol dans une tache de soleil. Elle s'agenouilla à côté. L'organe tout frais luisait, rouge sombre. Des filets de sang s'évadèrent entre les carreaux de terre cuite. L'adolescente se concentra sur le foie lui-même. Peu à peu, devant ses yeux exercés, les reflets mouvants sur la chair s'agencèrent pour former des symboles. Thya commença à *lire* dans les couleurs du foie. Des images lui apparurent. Très rapidement, elle vit Brog. La vieille forteresse s'invita dans sa vision sans qu'elle ait à se concentrer, comme si la route qu'elle avait prise devait désormais la mener là-bas, de toute évidence. Une telle force d'évocation la secoua jusqu'aux tréfonds de son esprit.

Et devant les pierres usées se tenait toujours la fille rousse. Le haut de son visage demeurait flou, mais à présent, ses lèvres maquillées étaient nettes, leur contour redessiné précis comme une blessure au glaive. La bouche s'entrouvrit :

— Où sommes-nous ? demanda-t-elle.

À *Brog*, affirma Thya en esprit.

La vision était auréolée d'un halo couleur de sang, le sang de l'oiseau sacrifié. Thya savait qu'elle disposait d'un temps limité. Bientôt le foie allait sécher, il lui deviendrait inutile. Elle intima à sa vision : *montre-moi Enoch. Montre-moi Mettius. Dis-moi si je peux leur faire confiance.* Elle focalisa toute son attention sur l'image. Une brusque douleur lui transperça le front. Ses doigts se crispèrent sur sa tunique fripée. *Montre-moi*, ordonna-t-elle. L'image dans le halo sanglant se brouilla, comme des gouttes de peinture à la surface de l'eau. Elle se concentra encore davantage, pour rattraper les couleurs qui fuyaient. Les jointures de ses doigts blanchirent. Elle crut que ses yeux allaient saigner. *Montre-moi*, ordonna-t-elle. *Dévoile-moi l'avenir.* D'un coup elle se retrouva projetée au cœur même de sa vision, elle se retrouva vacillante sur le chemin de ronde de Brog, le vent la cingla avec une violence inouïe. Elle ne se démonta pas, au contraire. Les bourrasques l'encourageaient à lutter, à résister. *Montre-moi l'avenir !* hurla-t-elle de sa voix intérieure. La vision lui répondit par un craquement d'outre-tombe. Par réflexe, la jeune oracle baissa les yeux. Le sol se lézardait. Mais ce sol, ce n'était plus la pierre grise de Brog, c'étaient des carreaux de couleurs passées, verts, jaunes et rouges… Thya n'eut pas le temps de se demander ce que cela signifiait. Une faille béante s'ouvrit sous ses pieds. Elle crut tomber dans le vide.

— Losna ! appelait-on. Losna !

Elle secoua la tête, renoua péniblement avec la réalité. La voix reprit :

— Losna, tu es debout ?

Il lui fallut quelques secondes pour reconnaître son nom d'emprunt, celui qu'elle utilisait pour le voyage. Quelqu'un l'appelait, mais pas dans sa vision. Dans le présent, dans l'auberge du Dauphin Rouge. Enoch. Thya battit des paupières, très vite. Son mal de crâne diminua, juste assez pour qu'elle remette les pieds sur terre. En une fraction de seconde, elle vit ses mains pleines de sang, le foie encore frais devant elle. Et sur le rebord de la fenêtre, il y avait un pigeon mort.

— Losna ! lançait Enoch, depuis le rez-de-chaussée.

Sa voix râpait pire que de la limaille de fer le cerveau déjà mal en point de la jeune oracle.

— J'arrive ! cria-t-elle pour le faire taire.

D'un pas chancelant, elle se dirigea vers la fenêtre, jeta le pigeon mort et son foie dans la ruelle en dessous. Un festin pour les chiens errants. Puis elle se lécha les doigts, épongea le sang sur le sol avec le drap du lit. Il était déjà répugnant, un peu de rouge en plus n'y changerait pas grand-chose. Elle le roula en boule, saisit sa besace, noua la bride de ses sandales, et descendit dans la grande salle en prenant l'air le plus digne qu'elle pût.

En bas, un Enoch de bonne humeur l'accueillit, tout sourire, une lueur joyeuse avivant ses yeux clairs. Il paraissait enfin reposé, ou du moins content de lui, comme un matou repu. Thya préféra ne pas réfléchir à ce qu'il avait fait de sa nuit. Il avait dû se réveiller plus tôt qu'elle. À l'odeur, il avait déjà changé ses pansements, et il s'était même dégotté une béquille de fortune.

— Mettius est arrivé, annonça-t-il à l'adolescente. Il gare son chariot dans la cour.

— Mettius ? s'étonna-t-elle. Mais… quelle heure est-il ?

— Bientôt midi, répondit le maquilleur, serviable. Puis il ajouta :

— Mais tu es livide, ma jolie. Tu as vu un fantôme ?

Thya le trouva presque aimable, à s'inquiéter ainsi pour elle. Elle devait ressembler à une Érinye dépeignée, elle improvisa une explication :

— J'ai mal dormi. Des courbatures, à cause du cheval.

— Essaye un brin d'absinthe dans les fesses, c'est souverain, conseilla Enoch. C'est une médecine de Caton l'Ancien.

Il accompagna sa remarque d'un sourire espiègle, légèrement moqueur. Le début d'amitié que Thya éprouvait pour lui s'évanouit d'un coup. À ce moment, Julia, la tenancière, passa la tête par la porte de la cuisine.

— Viens déjeuner, Losna, proposa-t-elle. Après, Mettius veut te parler. Vous parler à tous les deux.

Thya saisit l'opportunité de réussir sa sortie. Elle passa devant Enoch très droite, en se drapant dans sa dignité froissée.

Un peu plus tard, devant un bol de fromage au poivre et au miel, une douceur offerte par Julia, l'adolescente songea que tout serait plus simple si ses visions avaient répondu à ses attentes. Ce n'était que la deuxième fois dans sa jeune existence qu'elle utilisait son don pour une cause importante. Et là, elle avait obtenu plus de questions que de réponses. Elle ignorait toujours si elle pouvait se fier à Mettius ou à Enoch. Et pourtant, elle devait décider, dès la fin de son repas, de ce qu'elle allait leur dire. Oui, ses dernières visions n'avaient rien résolu sur ce point. Mais peut-être, raisonna-t-elle malgré son amertume, peut-être que c'était mieux ainsi. Pour sauver son père, il était normal qu'elle affronte des épreuves, comme les héros des temps glorieux de Rome. Comme Gnaeus lui-même, autrefois. Savoir qui était un allié, et qui un ennemi, était une de ces épreuves. Et elle la surmonterait avec vaillance. Comme Gnaeus l'aurait fait.

8

De nouvelles alliances

Pendant que Thya se restaurait, Enoch décida de sortir. Il releva sa capuche, empoigna fermement sa béquille, et franchit le seuil du Dauphin Rouge. Dehors, l'air avait un parfum de liberté. Et de poisson, aussi, dut admettre le maquilleur. Sur le port, des esclaves actionnaient les roues de bois gigantesques, qui commandaient le ballet des grandes grues. Des chats et des oiseaux se disputaient des arêtes. Enoch huma le printemps avec délice. Grâce à sa vieille tunique brune, il se fondait sans mal dans la foule des quais. Il passait pour un trimardeur pauvre, blessé lors d'un déchargement. Il sourit pour lui-même. Dans cette défroque, ses clients et amis ne risquaient pas de le reconnaître. Ses ennemis non plus. Tant mieux, vu ce qu'il comptait faire.

Il avait décidé de retourner à sa boutique. Énoncé ainsi, ça semblait suicidaire. Mais pas tant que ça, si on y réfléchissait bien. Tout d'abord, c'était le dernier endroit où ceux qui ne lui voulaient pas que du bien le chercheraient. Et plusieurs de ses ennemis devaient déjà le croire mort.

Il remonta d'un pas heurté vers le centre. Varatedo bourdonnait doucement en cette fin de matinée. Une petite cité agréable, jugea Enoch. Mais il allait devoir la quitter. Ce n'était pas plus mal, au fond. Il s'en irait dans une grande ville, Burdigala ou peut-être même Lugdunum, la capitale des Gaules, pourquoi pas… Quelque part où il pourrait déployer ses ailes. Sa béquille cognait contre les pierres du trottoir. Un instant, il crut que quelqu'un le suivait. Il jeta un coup d'œil en arrière, discrètement, en passant à un carrefour. Il ne vit personne qu'il connaissait. Personne qui lui prête attention. À peu près rassuré, il reprit son chemin.

Sa boutique se nichait sous les arcades d'un quartier commerçant. Elle était l'une des plus étroites de sa rue, mais pas la moins élégante. Sur la façade, une peinture, un visage de femme tenant un miroir, s'inspirait des anciennes représentations de Vénus, la déesse païenne de l'amour et de la beauté. Elle était vierge de tout graffiti. Enoch avait bien fait comprendre aux petits voyous du quartier ce qu'ils risquaient à dégrader sa propriété. Et les gamins tenaient à leur intégrité physique.

Aujourd'hui, le maquilleur n'était plus en position de force. Cela avait été une erreur de séduire Domitia, la fille du commandant en chef de l'oppidum. Il n'avait pas pu s'empêcher de rêver. Il le savait, pourtant, qu'il n'épouserait jamais la descendante d'un officier romain. Même s'il vivait dans l'Empire, s'il était né dans l'Empire, il restait toujours un barbare. Cependant, son optimisme reprit le dessus. Il pourrait toujours recommencer ailleurs.

Dans une plus grande ville… Pour ne pas tenter le Diable, il entra chez lui par la porte de derrière.

Les deux pièces qui composaient la boutique étaient plongées dans la pénombre, leurs volets clos laissant à peine filtrer un rai de soleil et un peu du brouhaha de dehors. Enoch baissa sa capuche, alluma une lampe à huile, maladroitement à cause de sa béquille. Une odeur inattendue lui parvint aux narines, au travers des arômes familiers de son échoppe. Un arôme sourd, riche et un peu âcre, à base de costus, une racine d'Inde. Enoch faillit tourner les talons. Mais il n'aurait guère d'autre occasion de revenir. Et puis il ne se connaissait aucun ennemi qui se parfume au costus. La prudence n'avait jamais été le fort d'Enoch. Il clopina jusqu'à la pièce principale, se figea. Un autre homme se trouvait là, nonchalamment accoudé au comptoir. Jeune, indolent, un peu précieux. Un fils de bonne famille, à en juger par son apparence, cheveux bruns bouclés propres et frais, tombant en torsades luisantes sur ses épaules, tunique de soie jonquille, cape grenat retenue par une fibule d'argent. Qui était-il ? se demanda Enoch. Un cousin de Domitia, un vengeur venu de l'oppidum ? Non, pas avec un coûteux parfum au costus. La famille de Domitia n'était pas assez distinguée pour cela.

— La boutique est fermée, remarqua le maquilleur, sans trop élever la voix.

— Je ne suis pas venu pour tes onguents et tes poudres, rétorqua le jeune patricien, sans perdre de son calme. Je me nomme Gnaeus Aedon, et je crois que tu connais ma sœur, Thya.

Enoch conserva un visage impassible.

— Thya, tu dis ? C'est une de mes clientes ?

Aedon se détacha du comptoir.

— Tu mens plutôt bien. Mais vu ta profession, ce n'est pas étonnant.

Enoch laissa passer l'injure, il avait l'habitude. Il répondit sobrement :

— Ma profession consiste à vendre des cosmétiques. Si ce n'est pas ce que tu cherches…

Enoch laissa sa phrase en suspens, posa sa lampe sur le comptoir, commença à fouiller sur ses étagères, parmi les vases à parfum zoomorphes. C'était égoïste vis-à-vis de Thya, mais il se sentait assez soulagé que son visiteur ne soit pas envoyé par la famille de Domitia. Son apparente décontraction déplut à Aedon, le regard du jeune patricien devint dur, se braqua sur le maquilleur.

— Quelqu'un vous a vus, dit-il en détachant chaque mot. Toi, et une adolescente, sur le cheval d'un de mes hommes. Il vous a suivis jusqu'à cette gargote, le Dauphin Rouge. Et j'ai pris le relais, personnellement, pour te pister jusqu'ici.

— Si tu sais déjà où est ta sœur, remarqua Enoch, l'esprit pratique, pourquoi t'être déplacé jusqu'ici ? Pourquoi ne pas l'avoir arrêtée, déjà ?

Aedon examina des vases à parfum sur l'étagère, il en saisit un qui avait une tête de chien. Il le fit tourner distraitement entre ses doigts, avant de daigner répondre :

— Au départ, je voulais la rattraper, oui. Mais depuis j'ai réfléchi. Elle veut aller quelque part, j'en suis sûr. Elle ne s'est pas échappée de la villa juste pour me fuir. Notre père, par Dieu sait quel miracle, a dû lui dire quelque chose, la dernière fois qu'ils se sont vus. Quelque chose qui l'a forcée à partir. Et je saurai quoi.

À ces mots, ses doigts se crispèrent sur le vase chien. Enoch surprit son geste. *Il est nerveux*, comprit le maquilleur. *Au point qu'il le laisse filtrer, malgré lui. Mais il est dangereux, aussi. Nous allons jouer serré, tous les deux.*

— Que me proposes-tu ? demanda Enoch.

— Thya te croit dans son camp, répondit Aedon. Je veux que cela continue ainsi. Qu'elle baisse sa garde, au point de te confier son secret. Ou de t'emmener où elle va.

Enoch haussa un sourcil. Jouer double jeu, pour faire parler Thya ? Ce n'était pas impossible, mais cela lui paraissait un raffinement inutile. Aedon n'avait qu'à rattraper l'adolescente et la forcer à dévoiler ses cartes. Aedon saisit ce à quoi pensait le maquilleur, et expliqua, sardonique :

— Je connais ma sœur, même si nous n'avons jamais été proches. Notre père… lui a farci la tête avec des idéaux… des valeurs morales d'un autre âge. Je pourrais la jeter à mes chiens qu'elle ne lâcherait pas un mot.

Son rictus dévoila des dents de carnassier. Enoch garda le silence, laissa venir son interlocuteur. Aedon n'allait pas lui demander de surveiller et trahir Thya sans compensation. Pendant que le patricien réfléchissait, Enoch attrapa un sac sous le comptoir, se mit à vider ses étagères. Cela lui prenait du temps, à cause de son état. Et il n'emportait que l'essentiel. Les produits les plus utiles, et les plus chers. Ses fards, surtout le rouge-rose, si délicat, mêlé de terre d'Étrurie. Ses essences de plantes, dont la fiole de nard qu'il dissimulait sous une des dalles du sol. Son *laser* de Cyrénaïque, aux longues feuilles pâles. Ses pinceaux, sa meilleure palette, son plus beau miroir… Derrière lui, Aedon lança :

— C'est élégant, comme endroit, ici. Tu déménages pour quoi ?

— C'est une trop petite ville, pour moi. Je vais tenter ma chance ailleurs.

Aedon laissa glisser sur la silhouette cabossée du maquilleur un regard dubitatif. Visiblement, il n'était pas dupe de l'excuse d'Enoch. Celui-ci décida de l'ignorer. De toute façon, il ne pouvait pas cacher sa béquille. Il récupéra une clé sous le comptoir, ouvrit son coffre à perruques. Aedon, quant à lui, reposa le vase chien, constata, avec un rien de morgue :

— On se croirait presque dans une boutique romaine. Presque. Mais tu es un barbare, n'est-ce pas ?

Son regard se fixa sur la larme bleue, sur le signe distinctif des Nodes, juste sous l'œil d'Enoch. Le maquilleur serra plus fort sa béquille. Sans ses blessures, il aurait volontiers envoyé son poing dans la figure de l'importun. Aedon insista, retournant le couteau dans la plaie :

— Es-tu chrétien, au moins ? Non, les barbares comme toi ont encore le droit de prier leurs faux dieux. Et quand bien même tu serais baptisé…

… cela ne ferait pas de moi un vrai Romain, compléta Enoch en son for intérieur. Il se détourna, sous prétexte de regarder dans son coffre. Aedon lisait trop facilement en lui. Souvent, le maquilleur

recouvrait de fard sa marque node. Mais depuis la veille, il avait eu d'autres préoccupations.

— Qu'est-ce que tu me suggères ? dit-il, grinçant. De changer ma naissance ?

Aedon relança :

— Quasiment. Si tu me sers bien, je t'introduirai à Rome. Et là, un homme de talent, avec mon aide, peut avoir le droit de rêver. Épouser une fille de patricien, même. As-tu du talent, maquilleur ?

Enoch ricana :

— Je suis surtout le seul espion dont tu disposes…

Aedon lui répondit avec un sourire froid :

— Nous commençons à nous entendre.

Enoch retint une grimace. Aedon lui faisait l'effet d'un orvet, une créature sans chaleur, molle et fuyante. Le maquilleur n'avait pas vraiment envie de trahir Thya en faveur d'un tel être. Certes, l'adolescente était dure et ombrageuse, bien loin des douces jeunes filles qui défilaient dans la boutique d'Enoch, et souvent dans son lit. Cependant, elle l'avait aidé, elle l'avait soutenu dans la forêt, jusqu'au village des *sortes*. Et elle avait du cran, c'était indéniable, bien plus que sa chiffe de frère. Rien que pour ça, Enoch la respectait. D'un autre côté, elle lui avait menti, ou, disons, lui avait caché que des hommes pouvaient la suivre, elle. Qu'elle aussi était en danger. Mais à sa place, il en aurait fait autant. Il aurait fait pire, oui.

Et pourtant, il s'apprêtait à vendre l'adolescente. Quelque chose avait résonné en lui, dès qu'Aedon avait évoqué Rome. La possibilité, enfin, de faire partie de l'Empire. D'y être intégré pour de bon. Dès qu'Enoch s'attardait sur cette idée, la tête lui tournait. Il s'entendit répondre à Aedon, comme s'il était un autre homme :

— Que devrai-je faire ?

— Tu sais où veut aller ma sœur ?

— Non, mentit Enoch.

Bien sûr que si, il le savait. Elle avait lâché un mot, après la bagarre sur le chemin de terre. *Borg*, ou *Brog*... Mais le maquilleur n'allait pas dévoiler tous ses atouts à Aedon, pas avant de le connaître mieux. Aedon, lui, ne remarqua rien, et lui donna ses instructions :

— Tu vas suivre ma sœur, tu vas t'arranger pour l'accompagner. Tu inventeras un prétexte, le sens du devoir ou quelque chose qui y ressemble. Elle croit assez facilement à ça.

— Et comment nous suivras-tu, toi ?

Aedon tira une pièce de la bourse à sa ceinture, la lança à Enoch. Le maquilleur la rattrapa au vol, de la main qui ne tenait pas la béquille. Il l'examina dans la lueur de la lampe. C'était une pièce ancienne, probablement en or, avec, sur une des faces, à la place du traditionnel portrait d'empereur, un serpent à la figure humaine, arborant une longue chevelure.

— Qu'est-ce que c'est ?

— Une pièce frappée il y a quelques siècles en l'honneur de Glycon, le serpent magicien. Tant que tu la porteras, je pourrai te suivre à la trace, où que tu ailles avec Thya.

Au tour d'Enoch de sourire.

— Je croyais que les chrétiens avaient interdit les sectes de Glycon. Qui est-ce qui t'a donné ça ?

Aedon lui rendit son sourire.

— Les mages sont des hérétiques, mais ils ont certaines facultés…

Enoch fit tourner la pièce entre ses doigts sales. Le serpent d'or étincela devant la flamme de la lampe.

— Qu'est-ce qui me prouve que tu es honnête, enfin, que tu ne me trahiras pas, moi ?

— Rien, admit le jeune patricien. Sauf ce que je viens de te dire. À présent, tu sais des choses qui peuvent me nuire. Que je trafique avec des mages, par exemple.

Enoch soupesa l'argument, qui lui parut léger, pour le moins. Lors d'un procès, sa voix aurait beaucoup moins de poids que celle d'Aedon. Mais le jeune noble, tout sinueux qu'il fût, lui offrait une chance unique. Et Enoch savait, déjà, qu'il allait accepter. Le serpent Glycon luisait dans ses doigts, promesse d'un avenir meilleur. Enoch l'empocha brusquement.

— C'est bon, décida-t-il d'un coup. Je suis dans ton camp.

Aedon hocha la tête.

— Parfait.

— Tu es entré comment, dans ma boutique ? ajouta le maquilleur.

— La porte sur la rue se crochète facilement, répondit le patricien.

Enoch ne releva pas la pique, se contenta de déclarer :

— Pour sortir, passe par-derrière. Ne te fais pas remarquer.

Aedon obéit, quitta l'échoppe par l'arrière-salle.

Une fois seul, Enoch fit taire ses scrupules. Il aurait tout le temps de réfléchir à sa conversation avec Aedon, plus tard. À présent, il devait s'en aller au plus vite. Certes, ses volets étaient épais, et la rue dehors plutôt bruyante. Mais ils avaient parlé assez fort, Aedon et lui. Avec un luxe de précautions, le maquilleur sortit de son coffre son plus grand trésor, trois perruques en cheveux naturels, enveloppées dans des voiles. Il les glissa à l'abri dans son sac. Puis il jeta un coup d'œil autour de lui. Il n'oubliait rien, en tout cas rien d'important. Il releva sa capuche, chargea son sac sur l'épaule gauche, calà sa béquille sous le bras droit, et repartit par la cour en claudiquant.

Alors qu'Enoch retournait vers le Dauphin Rouge, le Faune se redressait dans son sous-sol humide. Il déplia ses pattes de bouc, se gratta le dos. Des morceaux de champignons étaient restés collés à sa fourrure. Des croûtes séchaient sur ses blessures de la nuit. Un rai de soleil s'invitait dans la cave, par les bords mal joints de la trappe. Le Faune se sentait ankylosé, parce qu'il avait dormi plié dans un coin. Et coupable, parce qu'il avait perdu la trace de Thya. Avec toute la bonne volonté dont il était capable, il ne s'imaginait pas sortir dans Varatedo en plein jour pour la retrouver. Il s'en voulait. Il s'était emprisonné tout seul. Il racla le sol du sabot, se rapprocha de la trappe, entreprit de la soulever.

— Je ne passerais pas par ici, à ta place, lança une voix derrière lui.

Le Faune se retourna. Un petit homme fluet, le visage taillé à la serpe, l'observait depuis le fond de la cave. Par où s'était-il infiltré ? S'il y avait eu une autre voie d'accès que la trappe, les sens du Faune l'auraient détectée.

Le nouvel arrivant portait un bonnet de cuir, une ceinture de fabrication ancienne, et un pagne en peau de chèvre sur lequel étaient inscrits des symboles étranges. Des mots dans une écriture d'une autre époque, que le Faune ne reconnut pas.

Le coureur des bois avança d'un pas. Aussitôt une énergie sombre, sortie du petit homme, enflamma tous ses instincts sauvages. *Un dieu*, comprit aussi le Faune. Il se trouvait en présence d'un dieu. Par respect, il courba l'échine.

— Qui es-tu ? ne put-il s'empêcher de demander.

Le dieu fit un pas vers la lumière. Le Faune en resta bouche ouverte, béat d'étonnement. Car son invité inattendu avait deux visages, l'un derrière l'autre. L'un un peu plus cynique, un peu plus sec. L'autre à peine plus pensif, plus obscur. Bien sûr, le coureur des bois avait entendu parler, au cours de sa longue vie, du dieu à double figure. Mais c'était une chose de connaître son existence, et une autre de se trouver face à lui.

— J'ai eu de nombreux noms, remarqua le dieu. Pour aujourd'hui, Culsans ira très bien.

Culsans. Le Faune referma d'un coup la mâchoire, déglutit. Culsans, le seigneur des souterrains, des dilemmes et des carrefours. Selon certaines rumeurs, il avait incarné le Chaos primordial, autrefois, les ténèbres d'avant le monde. Un froid surnaturel hérissa les poils sur le torse du Faune.

— Tu sais pourquoi je suis venu ? s'enquit le dieu, en parlant avec son visage sombre.

Le Faune secoua la tête.

— Je suis venu t'aider dans ta mission, poursuivit Culsans, toujours avec sa deuxième bouche. Sylvanus n'est pas le seul à vouloir protéger l'Oracle, tu t'en doutes…

— Merci, seigneur, bafouilla le Faune.

— Je suis venu t'ouvrir une porte, ici, dans cette cave, continua le dieu.

Et il ajouta, en fronçant les sourcils :

— Cette cave qui, d'ailleurs, sent fortement le champignon.

— Je n'en ai pas trouvé d'autre, avoua le Faune en manière d'excuse.

Le dieu balaya l'explication d'un revers de la main.

— Le lieu n'a pas d'importance, au fond. Ce qui compte, c'est que tu te trouves dans mon domaine.

Sur ces mots, Culsans alla taper du poing sur la paroi du fond. Au milieu des champignons s'ouvrit une porte noire. Une bouche d'ombre qui palpitait et luisait doucement, miroitait tel un lac nocturne. La porte n'avait aucun parfum, elle n'exhalait rien, qu'une perturbante sensation de vide. Mais un vide presque vivant…

Le Faune renifla, peu rassuré. Sa longue existence lui avait appris à se méfier de la magie. D'un autre côté, la porte étrange représentait sans doute sa meilleure chance de s'échapper de cette cave. Voire sa seule chance de retrouver l'Oracle. Il n'eut pas à hésiter longtemps, Culsans lui épargna cette peine.

D'une bourrade, le dieu fit basculer en avant le Faune, qui tomba la tête la première dans la nuit.

Au même moment, Enoch rentrait dans l'auberge du Dauphin Rouge, son sac plein de fards et de perruques lui sciant l'épaule. La jolie servante se précipita pour l'aider.

9

L'élégante aux cheveux rouges

Le temps qu'Enoch rentre à l'auberge, Thya avait fini de déjeuner, et elle conversait avec Julia, la cuisinière, qui lui rapportait les derniers potins du marché. Ce matin, tout Varatedo ne parlait que des pirates pictes, et de l'embuscade dont avait été victime Gnaeus Sertor. Le gouverneur de la ville avait fait descendre cinq décuries de l'oppidum, pour qu'elles patrouillent le long du fleuve. Par contre, personne n'évoquait la fugue de Thya. Aedon avait dû s'assurer qu'on n'ébruite pas la fuite de sa sœur. L'adolescente se demanda si cela devait la rasséréner ou l'inquiéter au contraire. Tout à ses réflexions, elle nota à peine l'entrée d'Enoch.

Le maquilleur s'assit avec un soulagement visible sur le dernier tabouret de la cuisine. La jolie servante déposa son sac à ses pieds et lui servit un bol de gruau. Dès la première bouchée, il reprit toute sa bonne humeur. Il décida même de se montrer gentil avec Thya.

— Tu as repris des couleurs, sauvageonne, la complimenta-t-il.

— Toi par contre, tu ne t'es pas arrangé, rétorqua-t-elle, toujours aimable. Tu embaumes comme les porchers de mon père.

Enoch sourit, il commençait à s'habituer à ses piques. Il les appréciait presque. Il la relança d'un :

— Que veux-tu, j'ai fait un peu de ménage dans mon ancienne turne. Avec ma patte foulée. J'ai connu plus facile. J'étais Hercule nettoyant les écuries d'Augias.

Près des fourneaux, la jolie servante gloussa. Thya lui jeta un coup d'œil réprobateur. Puis elle remarqua, à l'adresse du maquilleur :

— Tu es un grand héros.

Cela dit d'une voix atone, sans appuyer sur l'ironie. Enoch chercha une repartie, son gruau se figeait, son esprit restait blanc. Heureusement, Mettius entra à son tour dans la cuisine, le sauvant d'une défaite rhétorique.

— *Vale*, Mettius ! lança le maquilleur d'un timbre sonore.

— *Vale*, inconscient, grommela l'ancien légionnaire. Tu viens encore de jouer les risque-tout, et pour quoi donc, je te le demande ? Pour ramener trois fards graisseux et quelques vieux peignes...

Le maquilleur crispa les doigts sur sa cuillère.

— Ces trois fards graisseux, comme tu dis si bien, c'est toute ma vie.

Le vétéran ne se démonta pas :

— Tu aurais pu tomber sur les gars qui ont essayé de te tuer, à chaque coin de rue, tu y as réfléchi au moins ?

— Ça va, grommela le jeune homme. Je suis en un seul morceau, non ? Je n'ai pas fait de mauvaises rencontres.

Quelque part, c'était vrai. Il avait fait une rencontre. Bonne ou mauvaise, seul l'avenir en déciderait.

Mettius haussa les épaules. Après tout, il était un peu tard pour empêcher le maquilleur de sortir. Et il avait plus important à régler.

— Julia ! Melpomène ! lança-t-il en direction de la cuisinière et de la servante. Laissez-nous seuls un instant !

La matrone hocha la tête, poussa la jeune servante dehors, puis sortit à son tour, en refermant l'huis derrière elle. Thya et Enoch échangèrent un regard. Mettius tendit l'oreille pendant quelques secondes, ne capta aucun bruit suspect.

— Bien, déclara-t-il en se calant les coudes sur la table. Vous pouvez compter sur ma sœur, personne ne viendra écouter aux portes. Et maintenant, Thya, si tu nous apprenais enfin ce qui t'amène ici ?

L'adolescente se redressa, fourragea d'une main dans le fouillis de ses cheveux. Les regards des deux hommes, Enoch et Mettius, étaient braqués sur elle. Comment présenter la situation ? Elle ne pouvait évidemment pas parler de ses visions. Et pourtant, elle devait convaincre Mettius de l'aider à rejoindre Brog. Elle doutait de plus en plus d'y arriver seule. Elle espéra se montrer convaincante :

— Mon père, vous le savez sans doute déjà, est mourant. Que les Pictes soient derrière tout cela, je n'en suis pas convaincue, mais ce n'est pas la question pour le moment. Non, dans l'immédiat, je dois me rendre à Brog. Ne me demandez pas pourquoi, pour l'instant je ne peux pas vous le dire.

Elle marqua une pause. Les deux hommes en face d'elle étaient attentifs, Enoch faussement décontracté, Mettius déjà tendu. L'adolescente tendit une main vers son verre, avala une gorgée d'eau, reprit :

— J'ai tellement besoin de votre confiance. Je vous demande de me croire sans preuve, sur la foi d'une vague ressemblance avec mon père… Je suis consciente qu'aujourd'hui, mon frère Aedon paraît plus sensé que moi.

Mettius balaya son objection d'un revers de la main.

— Aedon n'agit pas comme il le devrait. Il a gardé ta fuite secrète. Pourquoi, s'il pense que tu es juste une adolescente perturbée ? J'ai des amis chez les gardes, je leur ai parlé avant de venir. La garnison de Varatedo ignore tout de ton escapade. Pourtant, c'est ici qu'il aurait dû s'adresser en premier.

Thya se tourna vers le vieux soldat, reconnaissante. Il commençait déjà à la comprendre. Elle se sentait en sécurité en sa présence, parce qu'il lui rappelait son père. Parce qu'ils partageaient les mêmes valeurs morales. Le sens du devoir, de l'honneur.

— Mettius, dit-elle. Tu as servi comme décurion sous les ordres de mon père.

Le vétéran opina. L'adolescente poursuivit :

— Tu étais avec lui, pendant la campagne contre les Vandales, il y a vingt ans ? Tu étais avec lui dans le Monte Vosego ? Est-ce que tu as combattu avec lui à Brog ?

Mettius se raidit.

— Qu'est-ce que le général t'a raconté sur Brog ? demanda-t-il d'une voix blanche.

— Que c'était sa plus grande victoire, répondit Thya, piquée au vif.

Pourquoi Mettius se renfermait-il soudain? La prenait-il pour une gamine ignorante? Elle leva le menton, reprit :

— Mais ce n'est pas le passé qui m'intéresse aujourd'hui. Non. Simplement mon père m'a demandé de me rendre à Brog. Et mon frère fera tout pour m'en empêcher. Aedon est aussi digne de confiance qu'un vin allongé de ciguë.

Un peu en retrait, Enoch ne perdait pas une miette de la scène. Il ne pouvait s'empêcher d'être impressionné. Thya avait changé au fur et à mesure qu'elle parlait. Elle s'était redressée, affirmée. Elle n'était plus vraiment la sauvageonne qui l'avait secouru dans les bois, mais une patricienne, une princesse étrusque, sûre d'elle et de son bon droit. Comme la veille, dans les villages des *sortes*, quand elle avait ordonné qu'on vienne le soigner. Une transformation étonnante, pour une fille aussi jeune. Comment réussissait-elle cela ?

Un silence plana sur la cuisine du Dauphin Rouge, à peine troublé par une grosse mouche, qui zonzonnait dans un rayon de soleil. Le ragoût de midi mijotait doucement sur les braises, laissant échapper un fumet de porc salé, de sauge et de garum. L'aspect quotidien et tranquille des lieux contrastait avec le sérieux de Thya, d'Enoch et de Mettius.

— Très bien, décida enfin le vieux légionnaire. Je t'accompagnerai à Brog. Garimund s'occupera des cochons en mon absence. Avant d'être un marchand de porcs, j'étais un soldat de Rome, et je n'ai pas oublié cela.

— Merci, répondit Thya, sincère.

Elle était soulagée. Elle avait bien jugé Mettius, elle en était convaincue. Quant à Enoch, elle ne savait encore trop quoi en penser. Justement, le maquilleur reprit la parole :

— Et comment comptez-vous aller là-bas ? Je ne crois pas qu'Aedon laissera sa sœur quitter facilement l'Aquitania.

Mettius avait déjà la réponse :

— Je dois livrer mes truies à Burdigala, au noble Sévérus Calder. J'y vais en bateau, et Thya viendra avec moi.

— Et moi aussi, s'empressa d'ajouter Enoch. L'air de Varatedo ne me convient plus.

— Très chevaleresque ! railla Mettius. Enfin… De Burdigala, nous remonterons en *raeda*, en carriole gauloise, jusqu'à Santonum. Ensuite, nous emprunterons la Via Agrippa vers l'est, puis le nord.

Il fixa l'adolescente.

— C'est un long voyage. Plusieurs semaines, sur des routes en mauvais état, à la merci des *latrones* puis, plus haut vers le nord, des raids de Germains non soumis à Rome. Tu es prête à cela, Thya ?

— Oui, répondit-elle sans ciller.

Enoch tapota du bout des doigts contre son bol. Ces deux-là, Thya et Mettius, allaient oublier quelques précautions de base, partis sur leurs beaux discours comme ils l'étaient. Et si Thya était arrêtée trop tôt… son accord avec Aedon n'y survivrait pas. Il s'étira, intervint :

— Je vous rappelle qu'à cette heure, cinq décuries patrouillent le long du fleuve. Et parmi ces soldats, certains ont sûrement escorté dans le passé les édiles de Varatedo jusqu'à la villa de Gnaeus. Ils seraient capables de reconnaître notre princesse, s'ils la voyaient.

Thya se rembrunit. La remarque du maquilleur lui ouvrait des perspectives assez déplaisantes.

— Bien, se résigna-t-elle, je suppose que je vais encore voyager dans un sac de jute, au milieu des truies.

— Pas forcément, sourit Enoch.

Il tendit la main vers elle, voulut lui attraper le menton. Elle se dégagea, outrée.

— Laisse-moi faire, conseilla-t-il. C'est pour mon travail.

— Ton travail ?

— C'est ça.

Il lui fit un clin d'œil.

— Je vais te rendre méconnaissable.

Un peu perdue, Thya se retourna vers Mettius. Avec surprise, elle s'aperçut que le vétéran semblait presque... *convaincu*... par la proposition d'Enoch.

— Ne t'inquiète pas, la rassura l'ancien légionnaire. Enoch est un neveu déplorable pour mon pauvre ami Garimund, mais comme maquilleur, il connaît son métier.

Thya recula sur son tabouret, rougit malgré elle. Bien sûr, ça n'avait rien d'extraordinaire, pour une jeune fille de seize ans, de recourir aux services d'un maquilleur. Mais elle n'avait jamais utilisé le moindre fard, elle avait même réussi à décourager les rares esclaves chargées autrefois de la coiffer. Au fond, sur le sujet de la parure, elle partageait l'opinion des vieux moralisateurs romains. Les tresses et le maquillage étaient des signes de décadence. Elle n'y avait jamais eu recours. Jusqu'à aujourd'hui.

— C'est la meilleure solution, insista Mettius. Plus fiable que de t'enfermer dans un sac de jute.

— Sac duquel nous serions obligés de te faire sortir de temps à autre, ajouta Enoch avec bon sens. Ce qui paraîtrait suspect.

— Très bien ! lâcha Thya pour les faire taire. Je vais me prêter à cette mascarade, si c'est le meilleur moyen !

Le visage d'Enoch s'éclaira aussitôt.

— Parfait !

Il attrapa son sac de matériel, le posa directement sur la table, se remit à donner des ordres :

— Mettius, va me chercher de l'eau propre et un linge, qu'on lui nettoie le visage. Et demande à ta sœur de nous trouver une *stola* propre, une robe de couleur, et des rubans, aussi. Les vêtements de Thya ne ressemblent à rien.

— Très bien, répondit le vétéran, et il tourna les talons.

Resté seul avec Thya, Enoch tapota sur un tabouret devant lui.

— Viens t'asseoir là, ma belle.

Le corps roide, l'adolescente se leva, changea de siège.

— Dos à moi, corrigea-t-il en la faisant pivoter sur elle-même.

Il cala sa béquille sous son aisselle, fit craquer les articulations de ses mains. Puis il sortit de son sac un délicat peigne en ivoire. Il tenta de passer ses doigts dans la chevelure emmêlée de Thya. Échangea son peigne en ivoire contre un plus résistant, en métal. Et il se mit au travail.

La première heure se révéla la plus pénible. Enoch démêla un à un les nœuds des cheveux de Thya, tirant sans ménagement sur ses ondulations brunes. La jeune fille serrait les dents. Chaque coup de peigne tirait sur ses tempes. Elle avait l'impression, sans beaucoup d'originalité, que son nouveau coiffeur essayait de lui décoller le cuir chevelu du crâne. Elle réprima une plainte. Enfin, ses cheveux disciplinés coulèrent souplement dans son dos, telle la soie noire d'une robe d'Isis. *Elle a de beaux cheveux*, s'étonna le maquilleur, le premier surpris. Mais ils la rendaient trop reconnaissable, il allait devoir changer ça. Pendant deux heures encore, il tressa sa chevelure en une infinité de nattes, qu'il plaqua avec des épingles sur le haut de son crâne. Avec, trouva Thya, une certaine rudesse. Mais elle décida de ne pas se plaindre. Ensuite Enoch choisit une des perruques, un postiche de longs cheveux brillants, d'un roux avivé au henné d'Égypte, devenu rouge éclatant. À sa vue, Thya grimaça :

— Pour passer inaperçue, il y a mieux.

— Mais non, tu n'y connais rien, répliqua le maquilleur, sûr de lui. Ton propre frère n'imaginerait pas te voir sortir ainsi coiffée. S'il te croise demain dans la rue, avec ces cheveux rouges, il ne t'accordera pas un regard.

Thya serra les épaules, réticente.

— Laisse-moi aller jusqu'au bout, plaida Enoch. Et si tu n'es pas contente, je te promets de tout défaire, et de te porter moi-même dans un sac au milieu des truies.

Une lueur dansante pétillait dans son regard. Il semblait si sincère, si accessible soudain.

— Très bien, alors, consentit Thya.

Doucement, Enoch l'attira près de lui. Il déposa sur sa tête, comme une couronne, la flamboyante perruque rousse.

Il la fixa avec de nouvelles épingles – et Thya eut envie, à nouveau, de lui enfoncer ces épingles dans le blanc des yeux. Puis il natta quelques mèches rouges, les mêla de coquillages nacrés, de perles de couleur et de fils d'argent. Il releva quelques-unes de ces nattes en une couronne élégante et complexe, laissa libre le reste de la chevelure. Ses doigts, à présent, semblaient voleter autour de la jeune fille, l'effleurer en milliers de caresses à la fois ténues et précises. Une fois la coiffure terminée, il s'essuya le front avec un bout de sa tunique, avala un verre d'eau, passa au maquillage. Il sortit ses pinceaux, sa palette. Avec du blanc de Céruse, il lui pâlit la peau. Il lui redessina les lèvres, rehaussa les joues au rouge d'orcanète et à la terre d'Étrurie. Avec des pigments de fleurs, il lui peignit de jaune doré les paupières. Il lui souligna les yeux de khôl d'Orient. Thya entre ses mains respirait à peine, le corps immobile, mais l'esprit animé par des sentiments contradictoires. Bien sûr, elle méprisait toujours le maquillage. Et en même temps, Enoch, dans sa manière d'appliquer les fards, avait quelque chose d'un magicien, d'un sorcier opérant une métamorphose. Il n'était plus seulement l'irritant jeune coq dont la compagnie lui pesait depuis leur nuit dans la forêt. Il montrait un nouvel aspect de lui-même, plus étrange et presque fascinant. Au moment où il achevait le maquillage, Julia la cuisinière revint avec une longue *stola* très fine, teinte en rose orangé. Une robe couleur d'aurore. Enoch sortit de la pièce tandis que Julia aidait Thya à enfiler la robe sans déranger sa parure.

Quand le maquilleur revint, l'adolescente était presque prête. Enoch la jaugea de bas en haut d'un œil expert. Puis il noua autour de sa taille des rubans entrecroisés bleus et verts.

— Ça ira, je crois, admit-il avec un demi-sourire.

— Je ressemble à quoi ? s'inquiéta Thya, en se tournant vers la cuisinière.

— Tiens, lui dit Enoch, en lui tendant un miroir d'argent dépoli.

Thya le prit d'une main timide. Un miroir, elle en avait un, en bronze, dans sa chambre à la villa. Mais elle ne l'utilisait pas. Ce qu'elle savait de son apparence, elle l'avait appris en surprenant des bribes de conversation. Ce que l'on disait d'elle. Maigre. Brune. Sauvage. À peine une femme. Avec une légère appréhension, elle regarda son nouveau reflet. Elle ne se reconnut pas. Cette reine aux lèvres carmin, aux paupières d'or, dont l'apparence paraissait un subtil mélange d'Orient et d'Occident… Elle comprit d'emblée où elle l'avait déjà vue. Dans ses visions. Dans les images de Brog. Sa bouche peinte à la perfection s'arrondit en un « O » de surprise. C'était elle-même qu'elle avait vue, elle-même qui se tenait, non, qui se tiendrait devant la forteresse de Brog. Elle venait de passer une première étape. Par petites touches, comme une mosaïque, l'avenir se mettait en place. L'adolescente prit une profonde inspiration, s'efforça de ne pas trembler.

Thya, Enoch et Mettius quittèrent l'auberge peu après. Enoch, son capuchon relevé, conduisait le chariot des truies, qui roulait au ralenti parmi la foule du port. Mettius et Thya gagnaient le bateau à pied. Le vétéran jouait les escortes pour la jeune femme. Enoch les observait de sous sa capuche. L'adolescente, ainsi parée, devenait différente. Ce n'était pas seulement son apparence, mais son attitude même qui évoluait, sans qu'elle en ait conscience. Elle se tenait toujours très droite, mais à présent sa démarche était plus souple, ses pas plus fluides. La longue *stola* légère lui allait plutôt bien, la ceinture de ruban soulignait la minceur de sa taille, les plis du tissu arrondissaient la courbe de ses épaules et de sa poitrine. Enoch dut reconnaître qu'elle s'adaptait vite à sa nouvelle allure. Le rouge de la coiffure mettait en valeur son teint éclairci. Le jaune vibrant de ses paupières ravivait ses yeux verts. Elle n'était pas belle, se dit le maquilleur, pas au sens classique du terme. Mais elle était… intrigante. Intéressante. Enoch s'aperçut que son esprit partait sur une pente glissante. Il se ressaisit. Il ne devait pas se laisser émouvoir, pas par cette fille. Fugitive ou pas, elle restait l'enfant d'un général. Elle n'avait jamais eu à se battre, comme lui, pour survivre. Pour se faire une place dans un monde où, au fond, personne ne voulait de lui. Non, il ne devait voir en Thya qu'une monnaie d'échange. Un moyen d'accéder à une position meilleure. La pièce à l'effigie de Glycon pesait lourd dans la poche de sa tunique, soudain.

Les trois compagnons de voyage embarquèrent avec leurs truies sur un large bateau marchand peu profond, à voiles carrées, avec un rang de rames. Ils quittèrent le port de Varatedo sans encombre. Debout contre le bastingage, Thya regarda s'éloigner la région où elle avait grandi. La dernière fois qu'elle avait navigué, c'était pour venir d'Italie en Gaule, avec Garimund, le colosse node. C'était à la fin de l'hiver, la mer était mauvaise. Aujourd'hui la Dorononia était ensoleillée et calme, la brise soulevait à peine les pointes de ses nouveaux cheveux roux. Une fois les truies en sécurité, dans leur enclos au milieu du pont, Mettius vint s'accouder au bastingage, à côté de l'adolescente.

— Tout va bien ? demanda-t-il.

— Oui, merci, répondit-elle. Je n'aurais sans doute pas atteint Varatedo sans toi. Là, tout me paraît possible. Gagner Burdigala, et puis Brog.

— Brog n'est pas si inaccessible, quand on connaît le chemin, la rassura Mettius. La seule chose qui m'inquiète, c'est que les incursions des Vandales ont repris dans le Monte Vosego, à ce que j'ai entendu. Et dans le nord et l'est de la Gaule, d'une manière générale.

— Mais je croyais… nous avons repoussé tellement de hordes, déjà. Ils devraient savoir à quoi s'en tenir.

Mettius eut un sourire triste.

— Si seulement… Non, la situation est à peine apaisée. À peine. L'Empire est un vieillard malade. Les prédateurs autour de nous le savent, ils sentent notre odeur de mort. Il se murmure même que les Wisigoths lorgneraient sur l'Italie, et sur… Rome.

Thya se raidit.

— Rome ? C'est impossible.

Elle se refusait à y croire. Rome… Rome était intouchable. Mettius détourna la tête. Conscient, mais trop tard, d'en avoir trop dit. Il changea de sujet, revint à leur voyage :

— Si la situation est trop tendue à l'est, nous engagerons quelques hommes d'armes. Leur compagnie ne vaut pas beaucoup mieux que celle des barbares, parfois moins, même, mais je sais comment gérer cela.

— Ça ne sera pas trop cher ? s'inquiéta Thya.

Elle n'avait jamais eu à payer pour quoi que ce soit. À la villa, la nourriture arrivait sur sa table sans qu'elle la demande, elle recevait plus de vêtements qu'elle n'en portait vraiment. Et les esclaves faisaient tout pour obéir à ses rares ordres. Elle savait bien que, dans le monde extérieur, les choses ne se déroulaient pas ainsi. Elle ressentait cruellement son manque d'expérience, elle n'avait aucune idée du prix des biens et des services. Mettius sourit, plus franchement cette fois.

— Ne t'inquiète pas. Sévérus Calder, à qui je livre mes marchandises, est tout sauf sévère. C'est un bon vivant de Burdigala, un armateur gallo-romain qui raffole des mamelles de truies enceintes. Et celles qu'élèvent mes amis nodes sont parmi les meilleures. Je devrais obtenir un petit pactole pour mes bêtes, qui devrait nous financer au moins le voyage aller jusqu'à Brog. Après… je suppose que le retour t'intéresse moins que l'aller, n'est-ce pas ?

Thya opina. Elle n'y avait pas réfléchi avant, mais au fond, une fois arrivée à Brog, elle ignorait complètement ce qui se passerait. Et elle s'en moquait. Du moment que son père était en vie.

Au crépuscule, les marins allumèrent des fanaux à la poupe et à la proue du navire. Assise contre le bastingage, Thya, tournée vers l'ouest, regardait le soleil se coucher. Son père se trouvait quelque part là-bas, dans la villa au cœur des forêts. Comment avait-il passé cette journée ? Il avait survécu, forcément survécu, puisqu'elle devait le retrouver à Brog. Même si elle ignorait encore comment ou pourquoi, Brog sauverait le général Gnaeus. L'adolescente refoula un début de mélancolie. Ce n'était pas le moment d'être faible. Ses nouvelles boucles rousses luisaient d'une lueur plus chaude, plus douce, dans le jour finissant. Le regard des gens sur elle avait changé du tout au tout. Le regard des hommes, et des femmes aussi. C'en était étonnant, d'ailleurs, à quel point un peu de maquillage, une nouvelle robe avaient un effet sur tous ceux qui l'approchaient. Mais c'était plutôt agréable. La manière dont ils la regardaient. Ils s'arrêtaient à son apparence. Derrière ses boucles et son maquillage, personne ne devinait qu'elle était seule, qu'elle était perdue, qu'elle était oracle. Elle traversa le pont pour rejoindre Mettius, debout près du grand mât. La brise qui ridait le fleuve faisait gonfler les pans de sa *stola*. Lorsqu'elle passa devant le capitaine, celui-ci se retourna, discrètement. Ou plutôt, il ne se retourna pas vers elle, mais vers cette fille rousse, qui dans son esprit n'était certainement pas une oracle, ni une fugitive. Thya redressa la tête. Enoch lui avait offert plus qu'une coiffure. Une protection, une armure.

L'adolescente s'étonna soudain de se sentir si confiante. Comme si elle était plus en sécurité ici, sur ce bateau inconnu, qu'enfermée dans la villa de son père. Et si… et si c'était en effet le cas ? Cette pensée était perturbante, elle la repoussa en secouant la tête. Elle arrivait près du mât, elle demanda à Mettius :

— Tout va bien, jusqu'ici ?

— Oui, le fleuve est calme. Mais les choses devraient se gâter après Burdigala. Quand nous repartirons par la route.

Thya aurait dû s'inquiéter, sans doute, mais elle n'y arrivait pas vraiment. Par rapport à la blessure de son père, quelques bandits sur une Voie Romaine lui paraissaient… insignifiants… Mettius lui tendit une tranche de pâté aux pois.

— Tu as faim ?

Elle hocha la tête, accepta la nourriture et mordit dedans avec reconnaissance. Au moins, ici, elle était sûre que son frère adoré n'avait rien empoisonné. Le pâté était froid mais consistant, assez bien assaisonné.

— Enoch ne vient pas manger avec nous ? demanda-t-elle.

Elle devait s'enquérir de lui, au moins par politesse. Elle ne lui avait quasiment pas parlé depuis qu'ils étaient montés à bord. Il faut dire que le maquilleur avait passé l'essentiel de l'après-midi à dormir, sur un hamac dans la cale. Il avait besoin de se reposer.

— Enoch préfère rester seul, ce soir, répondit Mettius. Il a des moments comme ça. Des moments où il devient sombre.

Thya haussa un sourcil, intriguée. Jusqu'ici, Enoch lui avait paru plutôt trop nonchalant, trop joueur. Toujours prêt à s'amuser de tout, à railler même ses propres blessures. Exaspérant à force de légèreté. Et voilà qu'elle le découvrait autrement. L'avait-elle jugé trop vite ? Était-il plus profond qu'il le laissait paraître ? D'une main pensive, elle lissa une de ses boucles rousses. Enoch la déstabilisait, une fois de plus.

— Il ne ressemble à aucun barbare que j'ai connu, remarqua-t-elle. Qu'est-ce qui a pu forger un homme pareil ?

— Il a une histoire compliquée, expliqua Mettius. Sa mère…

Il hésita à poursuivre. Mais la douceur du crépuscule incitait aux confidences. Et il n'allait pas trahir un grand secret, les origines d'Enoch étaient connues de tous dans les *sortes*. De plus, Thya avait le droit de savoir, dans la mesure du possible, avec qui elle voyageait. Thya, de son côté, ne relançait pas l'ancien légionnaire, respectant ses réticences. Cela, surtout, le décida. Il reprit :

— La mère d'Enoch, la sœur de Garimund, était une prêtresse node. Certains, dans son peuple, prétendaient qu'elle possédait de grands pouvoirs, ceux que lui procurait Nodens, leur dieu. Qu'elle pouvait invoquer la brume et la foudre. C'était une maîtresse femme, elle accompagnait même les guerriers au combat. Elle les soutenait jusqu'au cœur des batailles. Mais après la victoire de Brog, elle a été rejetée par son peuple.

— Pourquoi ? demanda Thya. Parce qu'elle a épousé un Romain ? Pourtant, les Romains et les barbares se mélangent de plus en plus, dans l'Empire !

— Je te rejoins là-dessus, ma belle ! s'exclama Mettius. Et je m'entends bien mieux avec un barbare comme Garimund, qui a combattu à mes côtés, qu'avec un jeune patricien sans courage…

… *comme Aedon*, compléta Thya par-devers elle. Elle comprenait Mettius sur ce point. Elle s'aperçut soudain qu'elle avait oublié de manger. Elle mordit dans sa tranche de pain recouverte de pâté aux pois. Mettius reprit :

— La mère d'Enoch n'avait pas le droit de se marier, en fait, selon la tradition des Nodes. Parce qu'elle était une prêtresse. Et elle n'aimait pas un simple Romain, mais un criminel. Alors les siens l'ont séparée de son époux, puis lui ont retiré ses pouvoirs. Elle n'y a pas longtemps survécu.

Thya déglutit, avala sa bouchée sans en sentir le goût. Mettius conclut :

— Après la mort de sa mère, Enoch a été élevé par une flopée d'oncles et de tantes. Mais il ne s'est jamais senti chez lui chez les barbares. Essaye-t-il de se rapprocher de son père, en vivant comme un Romain ? Je l'ignore.

— Son père… demanda Thya d'une voix plus sourde. Son père… tu sais ce qu'il est devenu ?

— Je l'ignore, avoua l'ancien légionnaire. Je crois qu'il a été exilé dans le nord, au-delà des *limes*, des frontières de l'Empire. Il doit probablement être mort depuis longtemps.

Thya termina son repas en silence. Jusqu'ici, tout ce qu'elle avait entendu concernant Brog, c'était une épopée héroïque, une histoire où certes, il y avait eu des blessés et des morts, mais où chaque camp était bien défini. D'un côté, la valeur morale, les Romains et les Nodes. Et de l'autre, les Vandales, le chaos. Elle n'avait jamais cherché à voir plus loin. Mais même au sein de la Légion, il y avait eu des crimes. Et au moins un criminel. Cela ne l'étonnait pas outre mesure, elle aurait dû s'en douter depuis longtemps. Pourtant, le pâté de pois, dans sa bouche, lui parut plus amer.

Mettius s'en aperçut, à nouveau il dévia la conversation :

— Dis-moi, que t'a raconté le général sur Brog ?

À l'évocation de son père, les yeux de Thya se ravivèrent. Elle répondit avec enthousiasme :

— Sa victoire. Vos hauts faits d'armes, à vous tous, dans la Légion. Il m'a tout raconté là-dessus. Comment la vieille forteresse de Brog était assaillie par les Vandales, parce qu'elle occupait une position stratégique, un passage entre deux lignes de crêtes. Comment personne ne croyait que la Légion arriverait à temps pour la sauver. Mais mon père vous a fait avancer à marche forcée, pendant des jours, presque sans dormir. Quand vous avez approché de Brog, vous étiez épuisés, tous, vous ressembliez à des morts en sursis, vous n'aviez aucune chance de battre les Vandales. Heureusement, à quelques milles de la forteresse, la brume s'est levée. Bientôt elle a recouvert tout le Monte Vosego. Vous êtes arrivés à Brog camouflés par le brouillard. Tout ce que les Vandales ont pu discerner, ce fut une légion romaine, au grand complet. Ils n'ont pas vu dans quel état d'épuisement vous étiez, ils ont pris peur, ils ont battu en retraite dans la montagne. Cependant, cinq nuits plus tard, Othon, le chef vandale, a ordonné un ultime assaut contre la forteresse. Mais mon père s'y attendait. Et il a tué Othon au moment même où il prenait pied sur le rempart.

Thya se tut, le souffle court, la gorge sèche. Elle frissonnait un peu. C'était la première fois qu'elle racontait son histoire, et elle avait eu l'impression de la vivre, comme quand son père la lui transmettait. Même si elle parlait de lieux et d'époques qu'elle n'avait jamais connus. En imagination, elle ressentait le froid, la fatigue et l'exaltation mêlées des troupes romaines. Elle respirait dans la brume se déployant sur la montagne, parmi la forêt plus sombre. Elle voyait son père qui menait les troupes, très droit sur son cheval, malgré l'épuisement. Donner le change à l'ennemi. Insuffler de l'espoir à ses hommes. Voilà sur quoi se concentrait Gnaeus Sertor, tandis qu'il gravissait les pentes du Monte Vosego. Sans savoir si Brog allait tenir un jour de plus. Et en même temps, en étant certain, au fond de son cœur, que Brog tiendrait. Qu'il arriverait à pousser ses troupes assez fort, pour qu'ils arrivent à temps. Pour l'Empire. Pour Rome.

Thya se tourna vers Mettius, le regard brillant. Lui avait vécu cela, il avait été là-bas, avec son père. Elle lui demanda, même si elle était certaine de la réponse :

— C'est ainsi que ça s'est passé, n'est-ce pas ?

— Oui, murmura l'ancien soldat. Oui, bien sûr…

Il semblait dans un autre monde, un autre temps. Dans ses souvenirs, comprit Thya. Il remarqua, l'esprit ailleurs :

— Tu devrais dormir. Demain, nous accosterons à Burdigala. Une longue journée nous attend. J'ai demandé au capitaine de te libérer une cabine.

Thya opina. Leur conversation avait duré plus qu'elle n'aurait cru. Les dernières lueurs du jour s'étaient depuis longtemps éteintes. Les fanaux des bateaux, sur la Doronomia, se reflétaient sur le fleuve au milieu des étoiles. Mettius ajouta :

— Ah, et demain matin, avant de quitter ta cabine, fais appeler Enoch. Ta nouvelle apparence demande un peu d'entretien.

— Oui, bien sûr, répondit l'adolescente d'un ton distrait.

Elle alla s'accouder au bastingage, elle n'avait pas envie de rentrer s'enfermer dans une cabine si tôt. À nouveau elle se tourna vers l'horizon, vers l'aval. Une mouette s'envola en criant de la rive. Thya essaya d'imaginer, au-delà de Burdigala, le fleuve qui se jetait dans l'océan. Dans l'eau immense qui bordait le monde. Soudain Thya eut l'impression d'avoir la Terre entière à portée de main.

Enoch la regardait, de loin, masqué par l'ombre d'une voile. Elle était devenue, en partie, sa création, son œuvre. Un peu de son esprit, de son art, marchait désormais avec elle. Comme elle se tournait dans sa direction, le maquilleur recula. Ce soir, il préférait rester dans l'ombre. Il n'avait jamais autant transformé une femme. Sans l'avoir cherché, il se sentait lié à elle, davantage à chacun de ses pas. Il n'avait jamais éprouvé un tel sentiment pour aucune de ses clientes. Dans un effort de volonté, il détacha son regard d'elle. Il sortit la pièce de Glycon de sa poche et la fit sauter plusieurs fois dans sa paume. Il ne devait surtout pas s'attacher à Thya. Il ne devait surtout pas s'attacher…

10

Les rêves et l'aube

Allongé sur le pont du bateau, enveloppé dans une couverture râpeuse, Mettius somnolait d'un sommeil léger, son sommeil de campagne. Prêt à se réveiller au moindre bruit suspect. Les yeux clos, il rêvait, ou il se souvenait, la frontière entre ses rêves et sa mémoire était mince. Dans ses songes, il était jeune à nouveau, il avait vingt ans. Il venait d'être nommé décurion, dans la légion commandée par Gnaeus Sertor. Il traversait le Monte Vosego à marche forcée, il revivait le passé avec une acuité cruelle. Tout lui revenait, l'épuisement, la faim, les pieds meurtris à force de grimper les raidillons caillouteux de montagne. Et le froid, surtout, ce froid humide qui pénétrait sous les tuniques de laine, sous les capes et les gants qui protégeaient mal les mains. Mettius, l'un des plus résistants, portait sur son épaule un jeune soldat, blessé trois semaines plus tôt dans une embuscade, et dont la plaie au flanc cicatrisait mal. Comment s'appelait-il déjà ? Adrien… Octave… un *nomen* d'Empereur… Le jeunot n'avait pas tenu longtemps dans l'armée, il était mort moins d'un an plus tard, dans un poste frontière des *limes*. Étonnant, d'ailleurs, qu'il ait survécu à leur marche vers Brog. La légion tout entière chancelait. Les aigles des emblèmes oscillaient sur fond gris. Si les Vandales les avaient aperçus dans cet état… s'ils les avaient attaqués… Heureusement, le brouillard était là, compact, autour d'eux. Le brouillard les cachait, les enveloppait. Grâce à Dieu, aurait pensé un prêtre. Mais Mettius savait, déjà, qui ils devaient remercier. Et Dieu n'avait pas grand-chose à voir avec cette brume.

Plus loin, Mettius devinait plus qu'il ne la voyait la haute stature du général Gnaeus, en tête de colonne, s'efforçant de tenir droit, les dents serrées, sur un cheval aussi mal en point que lui. La résolution glacée de Gnaeus les tirait tous, les lançait en avant, encore, sans repos, sur les chemins de montagne. Une fois, durant ces derniers jours, Mettius avait croisé le regard de son chef. Et ce qu'il y avait lu avait quelque chose d'effrayant. Cet homme ne renoncerait jamais. Il ne reculerait devant aucun sacrifice, même les plus terribles, pour atteindre son but. Pour Rome, pour l'Empire. Et parce qu'il voulait être à la hauteur de ses ancêtres. Lors de cette campagne, Gnaeus Sertor était un héros. Mais un héros inhumain.

Mettius se retourna dans son sommeil. Son esprit s'enfonçait plus avant dans le passé. Seul son corps dormait sur le pont du navire, dans la douce nuit d'Aquitania. Mais dans son esprit, il était accompagné de tous ses camarades. Les chemins du Monte Vosego semblaient s'étirer à l'infini sous leurs pieds. Certains légionnaires tombaient et ne se relevaient plus. L'armée les abandonnait derrière elle comme des peaux mortes. D'autres, à bout de nerfs, sursautaient au moindre froissement dans les rochers, croyaient apercevoir les Vandales dans le plus petit recoin d'ombre. Mettius, lui, n'avait pas peur. Il savait que la brume les couvrirait jusqu'au bout, qu'elle ne laisserait aucun ennemi les atteindre. Car c'était Heledd qui avait invoqué ces nuées. Et Heledd possédait d'impressionnants pouvoirs. Mettius l'avait déjà vue à l'œuvre. Heledd étendait sa protection sur eux jusqu'aux limites des monts. Elle en était capable. La seule question était : combien de temps allait-elle tenir ainsi ? Mettius grimaça pour lui-même. Plus que nous, en tout cas.

Soudain, alors qu'ils ne l'espéraient plus, la silhouette massive de Brog se dessina au travers de la brume. Un frémissement parcourut les rangs épuisés des légionnaires. Un havre, enfin. Mettius se souvenait… Sur un ordre de ses supérieurs, il était remonté vers la tête du cortège. Il avait vu les portes de la forteresse s'ouvrir. Heledd s'était avancée sur le seuil, bien sûr. Heledd était très belle, avec ses longs cheveux châtains retenus en arrière par un diadème d'argent. Sa longue robe claire soulignée de bandes de fourrure et de rubans bleu-gris. Son visage rayonnant malgré l'effort qu'elle fournissait pour entretenir la brume. Malgré les cernes bistre qui soulignaient ses yeux. Les mêmes yeux qu'Enoch. Heledd était déjà enceinte d'Enoch à l'époque, sa robe pourtant ample ne cachait pas entièrement son ventre rond.

Heledd n'avait pas le droit d'être mère. Pour les Nodes, une prêtresse ne devait pas avoir d'enfant. En temps de paix, elle aurait été condamnée à mort bien avant que l'enfant naisse. Mais c'était la guerre. La brume qu'invoquait Heledd était le dernier rempart entre les envahisseurs et l'Empire. Alors les Nodes eux-mêmes fermaient les yeux sur son entorse à leur culte. Et l'*Autre* se tenait à côté d'elle. L'*Autre*, le père d'Enoch, celui dont Gnaeus, plus tard, s'acharnerait à effacer le nom.

À cette époque-là, Gnaeus et l'*Autre* étaient amis. Le général était descendu de cheval, l'*Autre* s'était précipité pour le prendre dans ses bras, avec un grand sourire.

— Je suis content, répétait-il en boucle, je suis tellement content que tu sois ici.

Nerveux, Mettius se retourna à nouveau dans sa couverture. Il n'avait plus songé à Brog depuis des années. Même lorsqu'il évoquait ses anciennes campagnes avec Garimund, le guerrier node, tous deux évitaient soigneusement le sujet. Oui, Mettius s'était persuadé qu'il avait refoulé le souvenir de Brog. Que les blessures ouvertes près de l'ancienne forteresse, physiques comme morales, avaient fini par cicatriser. Puis Thya était apparue. Thya, qui ressemblait tant à son père, avec les yeux verts et la volonté farouche de Gnaeus. L'ancien légionnaire se demandait pourquoi il ne l'avait pas reconnue d'emblée. Thya, qui ressemblait un peu à l'*Autre*, aussi. Qui avait le même côté secret. Le même aspect sauvage.

Elle ne savait pas, pour l'*Autre*. Gnaeus ne lui avait rien dit. Qu'allait-elle découvrir, en se rendant à Brog ? Que cherchait-elle là-bas ? Mettius l'ignorait, mais ce n'était pas son rôle, à lui l'ancien décurion, de questionner la fille de son général. Par contre, il était convaincu d'une chose : Thya avait besoin d'aide. Et lui, le vétéran, qui avait passé trop d'années loin des batailles, était le seul homme présent pour la protéger. Il ferait son devoir, comme autrefois. Cette certitude lui suffisait.

Cette même nuit, allongée dans sa cabine, Thya aussi rêvait. Elle aussi, comme Mettius, se retrouvait à Brog en songe. Mais elle n'avait pas l'impression de reconnaître la forteresse. Brog n'était pas comme dans ses visions précédentes. Thya marchait sur le chemin de ronde. De là, elle jouissait d'une vue imprenable sur le Monte Vosego et ses forêts qui, sous le ciel gris, paraissaient presque bleues. Du plat de la main, l'adolescente caressa la muraille. Enfin, elle comprit ce qui lui manquait, dans cette version de Brog. Les mousses, les lichens, les fissures dans la pierre. Brog était plus propre que dans ses visions. Plus… neuve ?

Thya secoua la tête, faisant cascader ses boucles rousses. Elle tressaillit. C'était la première fois qu'elle se retrouvait rousse, dans un de ses rêves. Elle se passa une main sur le crâne, pour sentir sa perruque. Ses doigts ne rencontrèrent aucune épingle. Ici, le temps d'un songe, la chevelure d'emprunt était devenue sienne. Qu'est-ce que cela signifiait ?

— Que tu changes, Thya, lança une voix masculine derrière elle.

Son père ? Elle se retourna, aperçut un homme aux yeux verts, adossé contre le rempart. Il ressemblait à son père en effet, mais jeune, beaucoup plus jeune. Vingt ans, vingt-cinq ans tout au plus. Avec, dans le regard, une lueur sauvage qui ne rappelait pas vraiment Gnaeus.

— Qui es-tu ? demanda Thya.

— Je ne suis plus. J'ai été, répondit-il, comme s'il prenait plaisir à la perdre.

Il se détacha du rempart, d'un mouvement souple, presque félin. Un mouvement qui, lui non plus, ne correspondait pas à Gnaeus, tel que Thya l'avait toujours connu. Pourtant son visage évoquait tellement celui du général… Les gens pouvaient-ils changer à ce point ?

— Es-tu mon père ? insista l'adolescente.

Le jeune homme la prit par l'épaule, lui désigna d'un geste la forteresse autour d'eux :

— Regarde, ma belle, nous sommes dans le passé… Et moi, je ne suis qu'un fantôme. Un souvenir.

Thya se dégagea :

— Tu ne t'en sortiras pas comme ça, c'est trop facile. J'ai droit à des réponses.

Il sourit, amusé par ses exigences :

— Tu as droit à des visons. Et tu as peu de temps. Le vent se lève, le vent de l'avenir… Regarde…

Thya jeta un coup d'œil en bas du chemin de ronde. Une brise légère emmêlait ses boucles rousses, jouait dans les pans de sa *stola*. De l'autre côté de la cour, déjà, le passé refluait. L'avenir reprenait ses droits. Les pierres s'érodaient. La muraille se lézardait, se couvrait de lierre et de mousses. Contre un mur de lichens, un couple s'enlaçait. Thya se pencha pour mieux voir. Recula aussitôt. Les deux amants qui s'embrassaient, qui s'étreignaient comme s'ils avaient peur de se perdre, elle les reconnaissait. C'était Enoch. Et elle-même.

— Qu'est-ce que… ? souffla-t-elle.

— L'avenir, Thya, ma belle, murmura l'homme aux yeux verts, en la prenant par l'épaule.

L'avenir… Enoch et elle, ensemble. Elle aurait dû trouver cela dérangeant, pour le moins. Désagréable. Et pourtant… pourtant, la scène était troublante, sensuelle, attirante. Presque belle. Le vent forcit sur le chemin de ronde, Thya bascula la tête en arrière, le ciel au-dessus de Brog se voila de nuit bleue, se constella d'étoiles. L'air embaumait la résine, un parfum si différent de ceux d'Aquitania. Thya inspira une longue bouffée, les pierres du chemin de ronde s'évanouissaient sous ses pieds, elle se laissa entraîner dans la nuit…

Elle reprit conscience dans sa cabine, dans le bateau marchand qui l'emmenait vers Burdigala. L'eau clapotait contre la coque. Derrière la porte, le bateau se réveillait, les matelots s'interpellaient, les truies couinaient pour obtenir leur repas. Toute une vie quotidienne, rassurante, réconfortante. Thya s'ébroua, comme pour chasser les derniers lambeaux de son rêve. Puis elle se leva, remit sa longue *stola* couleur d'aube, et noua tant bien que mal les rubans bleus autour de sa taille. Elle avait enlevé sa perruque pour dormir, et s'était lavé le visage. Et à présent, pour la première fois de toute son existence, elle avait besoin d'aide pour se préparer.

Elle entrouvrit la porte. De l'autre côté, Enoch attendait, prêt à prendre son service. Thya se dit qu'elle le préférait ainsi. Docile. Il entra lui rajuster sa coiffure. Quand les boucles rousses lui caressèrent les épaules, Thya se sentit différente. *Complète*, en quelque sorte. Une douce tiédeur régnait dans la cabine. Enoch sortit sa palette de couleurs.

— Ferme les yeux, souffla-t-il à Thya.

Elle s'exécuta. Quand le pinceau lui effleura les paupières, elle frissonna. Elle s'en voulut aussitôt. Elle n'allait pas se laisser perturber par Enoch. Elle se raisonna. Certaines visions ne se réalisaient jamais, après tout. Enoch n'était qu'un séducteur de province, assez doué avec des fards. Pourtant, quand les mains du jeune homme frôlèrent sa taille pour rajuster les rubans bleus sur sa *stola*, elle eut l'impression… de rougir ? Avant qu'elle ait pu se reprendre, une onde de choc secoua la coque du navire.

— Burdigala ! beugla l'un des matelots dehors. Nous accostons !

En toute hâte, Thya sortit sur le pont, tandis que derrière elle Enoch récupérait sa béquille.

11
Burdigala

Peu après l'accostage, Mettius, Thya et Enoch descendirent sur les quais de Burdigala. Le vétéran prévint l'adolescente :

— Burdigala est une cité très peuplée, bien plus que Varatedo. Fais attention à la circulation, ici. Les gens roulent trop vite ou trop chargés, et il y a souvent des accidents.

Thya hocha la tête. Mettius les fit monter, Enoch et elle, à l'avant de la charrette qui transportait ses truies. Thya y perdait en décorum, mais y gagnait en sécurité. Dans la grande ville, personne ne s'étonnait trop de voir une jeune élégante juchée sur un char à bestiaux. Mettius fit claquer les rênes. L'attelage se mit en branle, son chargement couinant et grognant derrière lui. Si Thya s'était laissé aller, elle aurait dévoré Burdigala des yeux. Burdigala, son bruit, sa foule, et ses *insulae* vieillies mais encore belles, des immeubles à plusieurs étages, aux portiques de teintes vives, ornés de vignes et de farandoles peintes. La dernière fois qu'elle s'était retrouvée dans une *urbs* aussi prospère, aussi florissante, c'était lors de son voyage de Rome jusqu'en

Aquitania, il y avait plus de dix ans. Rien que la rumeur de la cité, ici, était vingt fois plus forte, plus vibrante qu'à Varatedo. Les populations qui se croisaient sur le port étaient plus diverses encore que sur la Voie Romaine. L'adolescente frémit même en apercevant un navire fin et sombre d'où émergèrent des hommes pâles et musclés aux cheveux noirs, vêtus de peaux et de cuir, le visage badigeonné de peintures guerrières. Des Pictes. Des Pictes, comme ceux qui avaient sans doute tiré sur son père. Mais ceux-ci n'étaient probablement pas des pirates. Plutôt des négociants qui venaient acheter ou vendre des armes et des bijoux barbares. La charrette de Mettius quitta le port pour se frayer un chemin parmi les encombrements des rues commerçantes, et Thya s'efforça de ne plus penser à ces hommes. Elle y réussit assez vite, aidée en cela par le spectacle sans cesse renouvelé de la ville.

Mettius n'avait pas menti. Aux yeux de Thya, Burdigala paraissait immense. Les *insulae* avaient cependant connu des jours meilleurs. En observatrice attentive, l'adolescente remarquait les tuiles qui manquaient çà et là sur les vérandas. Le crépi rouge ou vert qui s'effritait sur les façades. La chaussée elle-même n'était pas en meilleur état qu'à Varatedo. Pire même, car les rues étaient beaucoup plus fréquentées. Autrefois, Burdigala avait dû être plus belle encore. Quand tout ici était encore resplendissant, à l'apogée de l'Empire. Alors qu'ils tournaient à un carrefour, Thya, Mettius et Enoch entendirent un grand fracas deux rues plus loin, des cris et des caquètements frénétiques. Un nuage de plumes de poules s'éleva. Un accident, un de ceux dont avait parlé Mettius. La circulation s'immobilisa un instant, mais sans affolement. Ce genre d'avanie, comprit Thya, était monnaie courante ici. Elle se composa un visage blasé, pour mieux se fondre dans la foule. Enoch n'en fut pas dupe, lui adressa un sourire narquois. Elle ne lui en voulut même pas. Le soleil et l'énergie de la ville la revigoraient. Dans la fraîche lumière du matin, ses songes de la nuit paraissaient moins troublants. Bientôt la circulation reprit. Avec une lenteur de mollusque, la charrette de Mettius remonta jusqu'à une grande bâtisse du centre-ville, une *insula* à cinq étages, plus longue et plus vaste que ses voisines. Des musiques et des rires s'échappaient des fenêtres, ainsi qu'un bon fumet de viande à la broche. Mettius tira sur les rênes. La charrette s'arrêta dans un concert de couinements.

— Voilà, déclara Mettius. C'est ici qu'habite mon acheteur, Sévérus. Je lui demanderai de me régler rapidement, en général il ne rechigne pas à la dépense.

Il se tourna vers Thya, et lui promit, en la regardant droit dans les yeux :

— Si tout va bien, dès cet après-midi, nous commencerons notre voyage vers Brog.

— Merci, répondit l'adolescente.

Elle ne demanda pas si Enoch viendrait avec eux. Elle ne savait pas si elle souhaitait vraiment que le maquilleur les accompagne. Après Burdigala, elle risquait moins de croiser des amis d'Aedon, elle aurait moins besoin de son camouflage. Alors quelles raisons Enoch aurait-il de rester à ses côtés ? Elle secoua la tête, arrachant un reflet de feu à ses splendides boucles rousses. Ce n'était ni l'heure ni le moment de démêler ses sentiments pour le demi-Node. Mettius était déjà descendu de la charrette. Il tendit une main à Thya. Celle-ci l'accepta, se coula gracieusement au sol, en relevant le bas de sa *stola*.

Enoch l'observait, toujours sans en avoir l'air. Elle devenait si féminine, si vite… Par réflexe, le maquilleur se recoiffa d'une main. Aussitôt il regretta son geste. Comme s'il voulait se faire beau pour elle… pour *Thya*. Il grimaça, rattrapa sa béquille. Déjà Mettius cognait à la porte de l'*insula*. Un jeune esclave en tunique rouge fluide vint lui ouvrir. Le serviteur dégageait une forte odeur de vin, plus parce qu'il en avait servi que parce qu'il en avait bu.

— Je dois parler à Sévérus Calder, annonça Mettius d'une voix forte. C'est urgent. Tu surveilleras ma charrette pendant ce temps, gare à toi s'il me manque une des truies quand je reviens.

Le vétéran avait l'air si sûr de lui que l'esclave n'osa pas protester.

— À quel étage se trouve Sévérus ? ajouta l'ancien légionnaire.

— Au troisième, répondit rapidement le domestique. Il mange dans la salle principale.

Mettius hocha la tête.

— Parfait. Et fais attention à mes truies.

Sans attendre de réponse, Mettius entraîna Thya et Enoch dans l'escalier. Tout en montant les marches, il leur expliqua :

— Sévérus est un patricien exilé de Rome depuis plus de quinze ans. Quand il est arrivé à Burdigala, il a acheté tous les appartements de cette *insula* pour en faire une sorte de palais provincial dédié à ses fêtes et à ses banquets.

— Pourquoi a-t-il été exilé de Rome ? demanda Thya, tandis que la béquille d'Enoch cognait contre les marches derrière elle.

— Je n'en sais rien, avoua Mettius, et pour lui vendre mes cochons, je n'ai pas besoin de le savoir. Par contre, Sévérus et ses amis aiment un peu trop les jeunes femmes. Alors quand nous serons là-haut, ne t'éloigne surtout pas de moi.

— Très bien, approuva-t-elle.

Plus ils approchaient du troisième étage, et plus la musique devenait forte. Les voix et les rires aussi. Le fumet de viande rôtie emplissait toute la cage d'escalier. Des accords entraînants de cithare et de sistre invitaient les visiteurs à la danse. Thya n'avait pas l'habitude des fêtes, son père n'en donnait jamais à la villa. Pour elle, au fond, les divertissements étaient en partie responsables de la décadence de l'Empire. Elle se raidit, mal à l'aise. Au troisième étage, un esclave bloquait l'accès à la salle à manger. Mettius échangea quelques mots avec lui. Le serviteur s'effaça et les laissa passer.

Le banquet se tenait dans une vaste pièce aux croisées ouvertes, dont les fenêtres donnaient sur la rue. Les participants mangeaient à la mode barbare, à de larges tables qui croulaient sous une profusion d'aliments. On était bien loin de la frugalité des anciens, que le père de Thya avait enseignée à sa fille. Ici, sur des nappes maculées de sauce, des ragoûts aux baies de genièvre côtoyaient un porcelet entier cuit à la broche, déjà à moitié désossé, de grands plats de poissons marinés… Autour des dîneurs, un ballet d'échansons servait du vin miellé, un liquide rouge épais, qui sentait les épices et la fleur d'anis. Les dîneurs s'empiffraient sans retenue, le visage déjà rougi par l'alcool et la bonne chère. Quelques-uns levèrent les yeux de leurs assiettes, pour reluquer Thya. L'adolescente haussa le menton, cacha sa gêne sous un surcroît d'assurance. Elle n'avait pas l'habitude que des hommes la détaillent ainsi. Les déchets du repas s'accumulaient à leurs pieds. Thya baissa les yeux vers ce gâchis au sol. Elle fronça les sourcils. Le sol, justement, lui rappelait quelque chose. Le dessin à demi effacé sur les carreaux de terre cuite. Des losanges rouges et verts imbriqués. Où l'avait-elle déjà vu ?

En fond de salle, le maître de maison, Sévérus Calder, un sybarite au regard chassieux, trônait au milieu de ses convives.

— Paulus Mettius ! s'exclama-t-il avec une mine réjouie. Mon fournisseur favori ! Approche, mon bon, ne reste pas planté là comme un de mes domestiques !

D'une main débonnaire, il lui fit signe d'avancer.

Le dallage, se concentra Thya. *Où ai-je déjà vu ces motifs ?* Brusquement elle se souvint. Elle tira Mettius en arrière, avec toute la force contenue dans ses bras maigres. Juste devant eux le sol se craquela d'un coup. *Comme dans ma vision*, comprit l'adolescente. *L'image dans le foie du pigeon, hier à Varatedo.* Sa vision l'avait prévenue. Elle avait retenu Mettius juste à temps. Devant eux le vieux sol de terre cuite se lézarda avec une célérité ahurissante, et s'effondra avec fracas sous le poids des tables et des dîneurs. L'*insula* tout entière vacilla sous le choc. Thya, Enoch et Mettius se plaquèrent contre la porte. En bas dans le trou les survivants hurlaient. Un nuage de poussière s'échappait des décombres, faisant tousser les trois voyageurs, leur bouchant la vue. Crachant, pleurant à cause des fines particules de terre, ils retrouvèrent l'escalier à tâtons. Heureusement, les marches tenaient encore debout. Ils descendirent à tâtons. En bas, derrière, aux cris de terreur succédaient les plaintes des blessés. Thya, sous le choc, était incapable de ressentir quoi que ce soit, ni compassion ni peur. Pas même un soulagement à l'idée que sa vision venait de les sauver, elle et ses deux compagnons d'aventure. Elle émergea de l'*insula* dans un état second. Dehors, une foule compacte s'était déjà amassée. Au premier rang se tenait l'esclave en tunique rouge, celui que Mettius avait chargé de veiller sur les truies. Quand il vit sortir Thya, Enoch et le vétéran, il s'écria, les traits déformés par la rage :

— Les voilà ! Les étrangers ! Ce sont eux qui ont tué mon maître ! Ce sont eux qui ont provoqué l'effondrement !

Aussitôt, Thya, Enoch et Mettius battirent en retraite. Ils rentrèrent à l'intérieur de l'*insula*, refermèrent la porte derrière eux. Sur leur gauche, les cuisines du rez-de-chaussée tenaient encore debout. Ils s'y engouffrèrent, fantômes gris de poussière, au milieu des gibiers et des fruits confits. Quelques gâte-sauces effarés les regardèrent passer sans un mot.

Enoch en profita pour subtiliser un pain au passage. Pendant ce temps, la foule au-dehors s'efforçait de rouvrir la porte sans provoquer un nouvel éboulement. L'huis déjà éprouvé ne tiendrait pas longtemps. Au fond de la cuisine, un escalier descendait vers les caves. Un bras sombre et sec en sortit, pointa du doigt Thya et ses compagnons.

— Vous, là ! Venez, dépêchez-vous ! lança une voix depuis le sous-sol.

Les trois voyageurs se consultèrent rapidement du regard. Ils n'avaient pas grand-chose à perdre. Ils s'engouffrèrent dans l'escalier. En bas, un petit homme fluet les attendait, une lanterne à la main et un capuchon remonté sur le front.

— Venez, dit-il en les entraînant dans les profondeurs.

Les trois voyageurs n'hésitèrent pas longtemps. Ils suivirent leur guide providentiel dans un souterrain qui puait le salpêtre. Le sol était mou et collant sous leurs semelles. Thya releva le bas de sa *stola*, préféra ne pas se demander sur quoi ils marchaient. Mettius alla soutenir Enoch, dont la béquille glissait.

— Il y a une nécropole, chuchota leur guide. Et une porte, là-bas.

— Une porte qui mène où ? demanda Thya.

— Là où vous avez besoin d'aller.

Cette réponse cryptique ne satisfit pas franchement l'adolescente, mais elle se dit qu'elle devrait s'en contenter. Leur guide se souciait peu qu'on le comprenne, pourvu qu'on le suive. Quelque chose de trouble se dégageait de sa petite personne. Quelque chose qui attirait et effrayait à la fois la jeune oracle. Elle se raisonna. Si cet homme les avait sauvés de la foule, ce n'était pas pour les remettre entre les griffes d'Aedon. Elle tendit l'oreille, écouta les échos du souterrain derrière elle. Étrangement, personne ne semblait les poursuivre. Thya n'était pas sûre que ce soit bon signe…

L'atmosphère sous terre était froide. Le temps qu'ils atteignent la nécropole, Thya grelottait sous sa *stola* trop fine. Avec difficulté, Enoch fit glisser sa cape de ses épaules, la tendit à l'adolescente. Elle se lova dedans avec reconnaissance, puis releva la tête pour observer les lieux.

La nécropole n'était pas très vaste, composée de quelques salles rondes, avec des crânes dans des niches. Alignées contre les parois, des amphores ventrues servaient de cercueils d'enfants. Quelques infiltrations d'eau coulaient en longs pleurs silencieux entre les pierres.

— La porte est là, déclara le guide.

Du poing, il tapa sur le mur. Et le mur se fendit… Enoch sursauta, sa béquille dérapa, et si Mettius ne l'avait pas retenu il se serait écroulé au sol. Même Thya et l'ancien légionnaire, pourtant plus habitués que le maquilleur au surnaturel, restèrent muets d'étonnement. Là où leur guide avait cogné, une porte venait de s'ouvrir. Une faille béante et noire, qui semblait avoir avalé la pierre et l'humidité initiales, et qui palpitait doucement.

— Je n'aime pas ça, grimaça Enoch. Ça ne me dit rien de bon.

Thya ne tint aucun compte de cette remarque, s'approcha du néant, jusqu'à le frôler. Soudain, elle crut sentir comme un souffle sur sa nuque. Un vent venu de très loin, qui lui donnait la chair de poule, et portait des odeurs de sève, de froid, de forêt. Le parfum de Brog ? Son pouls s'accéléra. Le vent l'appelait, elle, de l'autre côté de la porte. Elle se retourna vers ses compagnons de fuite.

— Moi, j'y vais, décida-t-elle.

Elle mit un pied dans la bouche d'ombre.

— Thya, attends ! cria Enoch, en vain.

La jeune oracle avait déjà été avalée par la nuit. Comme un seul homme, Enoch et Mettius se précipitèrent à sa suite. La faille se referma derrière eux.

Satisfait, leur guide posa sa lanterne, enleva sa capuche. Son deuxième visage respira mieux. Il étira sa deuxième bouche. Ç'avait été assez désagréable, de dissimuler sa seconde figure sous une chape de tissu épais. Mais il doutait que les trois voyageurs eussent suivi sans regimber un ancien dieu. Enfin, Thya, peut-être. Mais certainement pas Enoch. Celui-là se méfiait de la magie plus que de la peste antonine. Surprenant, vu son héritage. Et vu ce qu'il portait, sans le savoir, au fond de lui. Culsans s'étira, haussa les épaules. Bah, ce n'était pas à lui de régler tous les problèmes des mortels. Un instant, il plaignit le Dieu des Chrétiens, qui avait, selon ses fidèles, la charge de tout l'univers. Lui, Culsans, n'était là que pour arpenter le sous-sol et y ouvrir des failles. Et cela l'occupait déjà largement. Il éteignit sa lanterne, il voyait aussi bien sans lumière. Et il s'éloigna d'un pas guilleret dans les souterrains.

12

Sequana

Thya rouvrit les yeux. Elle était allongée à plat ventre dans l'herbe, les brins verts lui chatouillaient les joues. Elle se releva, frissonna à cause de la légère brise. Elle avait encore sa besace en bandoulière, elle vérifia par réflexe qu'il ne lui manquait rien, ni ses bijoux, ni son vieux couteau, ni surtout ses rouleaux étrusques, enroulés dans leur étui de cuir. Tout était en place. Elle se détendit. Il faisait plus frais ici qu'à Burdigala. Était-elle remontée vers le nord ?

Elle se trouvait au bord d'un fleuve, encore un, mais qui n'avait rien à voir avec la Doronoia, ni avec aucun de ses affluents. C'était un cours d'eau large et sinueux à la fois, à plusieurs bras, marbré de marécages, constellé d'îles et de bancs de sable. Avec une eau d'un vert d'émeraude, dans laquelle plongeaient les longues branches tombantes de grands saules pleureurs. Des collines boisées l'entouraient. En face, l'adolescente aperçut une ville sur une des îles du fleuve. Une petite cité, avec un vieil aqueduc, rien à voir avec Burdigala que Thya venait de quitter. La ville avait quelques faubourgs clairsemés qui s'étendaient sur la rive du fleuve. Ces faubourgs avaient été plus importants autrefois. Mais une bonne partie d'entre eux avait été démolie au cours du dernier siècle, les pierres récupérées pour renforcer les murailles de la cité sur l'île. Des bateaux transitaient tout autour, il semblait y avoir ici aussi du commerce fluvial.

Thya entendit des froissements derrière elle dans les herbes, se retourna, vit Enoch et Mettius qui reprenaient conscience à leur tour. Le maquilleur regarda autour de lui d'un air circonspect. Le vétéran, lui, observait avec plus d'acuité le paysage, comme s'il cherchait déjà à l'étudier.

— Quelqu'un sait où nous sommes ? demanda l'adolescente.

— Pas en Aquitania, je suppose, grinça Enoch. Quant à deviner où cette maudite porte nous a envoyés…

— Je ne crois pas être déjà passé par ici, même lorsque j'étais dans la Légion, avoua Mettius. Mais puisqu'il y a une ville là-bas, autant aller se renseigner.

— Justement, railla le maquilleur, j'avais envie de marcher.

Thya détourna la tête. Elle n'aimait pas quand Enoch jouait les urbains pusillanimes. Il était plus dur à la douleur qu'il aimait le prétendre. Pourquoi se diminuait-il ainsi ? L'adolescente retint une remarque acerbe, tapa du plat de la main sur sa *stola*, pour en décrocher trois brins d'herbe.

— Bien, dit-elle à ses compagnons de voyage. Si nous allions découvrir où nous sommes ?

Et sans attendre leur réponse, elle partit d'un pas assuré vers les faubourgs de la petite cité.

Pendant ce temps, loin de là, à Varatedo, Aedon entra en rasant les murs dans une maison discrète, nichée au bout d'une sente étroite à l'ombre de l'oppidum, entre un puits sans eau et un vieux pigeonnier. Au rez-de-chaussée, un atelier de potier tournait au ralenti. Aedon salua le maître des lieux, un artisan taciturne, d'un *vale* presque inaudible. L'homme répondit par un grognement. Quelques pots en terre mal cuite s'entassaient sur les étagères, sans espoir de séduire d'hypothétiques clients. Le potier avait d'autres sources de revenus. Il gardait les appartements des étages, par exemple. Et surtout, quand cela s'avérait nécessaire, il savait fermer les yeux sur les activités de ses voisins.

Une fois la boutique passée, Aedon grimpa les escaliers quatre à quatre, jusqu'à une chambre exiguë sous les toits. Là, il tira une clé de sa bourse pour ouvrir la porte, fermée de l'extérieur. Une précaution inutile. L'homme à l'intérieur ne risquait pas de s'échapper. Pas tant qu'Aedon retenait prisonniers les siens. Le jeune patricien entra d'un pas assuré dans la pièce. Des pigeons roucoulaient entre la charpente et le toit, emplissaient l'air moite de leur chant obsédant.

L'homme qu'Aedon venait voir était prostré au bord du lit. Il était grand, efflanqué, assez âgé, sa peau tannée tendue sur son profil d'aigle. Il portait un long manteau vert brodé de hiéroglyphes dorés, un vêtement peu commun, mais qui avait connu des jours meilleurs. L'homme avait dû avoir du charisme, une réelle prestance autrefois. À présent, la vie l'avait cassé. Son regard avait perdu tout éclat. Ses longues mains pendaient, inutiles, entre ses genoux noueux.

— Bonjour, Nakht, lança Aedon, avec un sourire sans chaleur. J'ai encore besoin de tes services aujourd'hui.

— Quand vas-tu me libérer ? prononça l'homme d'une voix lasse, sans regarder le jeune patricien.

— Voyons, Nakht, reprit Aedon, en redoublant de fausse jovialité. Tu n'es donc pas reconnaissant pour tout ce que j'ai fait ? Les risques que j'ai pris pour toi ? J'aurais pu vous dénoncer à l'Église, toi et ta famille de magiciens. Au lieu de ça, je vous sauve, je vous héberge, et qu'est-ce que je te demande en échange... ?

— Justement, coupa Nakht, qu'es-tu venu me demander aujourd'hui ?

Son ton signifiait *finissons-en*. Aedon laissa tomber son masque de bonne humeur, lui intima d'une voix froide :

— La pièce de Glycon, celle que j'ai confiée à mon agent double. Je veux savoir où elle est.

Nakht soupira :

— Cet or a perdu beaucoup de son pouvoir, je te l'ai dit. J'aurais sans doute du mal à savoir exactement où elle est.

— Donne-moi une direction générale, lâcha Aedon, le reste, je m'en charge.

Nakht se releva, en dépliant son corps usé avec lenteur. Il plaça sur une coupelle deux cônes d'encens, les alluma, et s'installa en tailleur sur le sol. Aedon s'adossa au mur, bras croisés. Nakht ferma les yeux pour invoquer les pouvoirs de Glycon, le serpent magicien. Le jeune patricien le savait, cette partie du rituel pouvait durer un certain temps.

Un bac partait des faubourgs pour rejoindre la cité sur l'île. Thya, Mettius et Enoch embarquèrent à son bord. Sur l'île, leur avait-on dit, ils trouveraient un bateau pour n'importe quelle destination. Ils apprirent aussi que le fleuve qu'ils traversaient avait pour nom Sequana. La ville, elle, s'était appelée Lutèce, dans les anciens âges de l'Empire. Aujourd'hui, elle avait changé son nom pour Paris. Elle avait acquis une vague célébrité auprès de quelques consuls des Gaules, pour son climat clément, surtout. Quand ils débarquèrent sur l'île, les trois voyageurs furent surpris de constater à quel point la cité était resserrée. Tous ses bâtiments principaux s'alignaient autour d'un axe central. Enoch ne put s'empêcher de jeter des regards dépités alentour. Lui qui avait rêvé de Lugdunum, de la capitale des Gaules… Voilà qu'il se retrouvait dans une petite *urbs* de province, sans passé et sûrement sans grand avenir. Midi approchait. De tentants effluves de cuisine s'élevaient des échoppes près des thermes. Le maquilleur partagea avec ses compagnons d'aventure le pain qu'il avait volé chez Sévérus. Comme beaucoup de Parisiens, ils déjeunèrent debout dans la rue. Autour d'eux, les gens parlaient surtout des invasions barbares, craignaient un retour des Huns ou des Alamans.

— Je vois à peu près où nous sommes, déclara Mettius. Nous nous trouvons en Gaule Celtique, et si nous remontons la Sequana vers l'est, nous atteindrons le Plateau des Ligons. Et là, nous serons à un jet de pierre du Monte Vosego.

C'étaient plutôt de bonnes nouvelles, cependant

l'ancien légionnaire paraissait tout sauf serein. Regardant la rue sans la voir, il triturait une miette de pain entre ses doigts. Enoch, plus au fait des réalités du monde que Thya, comprit le premier ce qui se passait.

— Il te reste de quoi payer le voyage ? demanda-t-il.

— Je n'ai plus rien, avoua l'ancien légionnaire. Sévérus Calder n'a pas eu le temps de me régler mes truies. Et pour être honnête, ajouta-t-il avec un sourire grinçant, je doute qu'il me les règle un jour…

— J'ai des bijoux, lança Thya sans réfléchir. Je peux payer.

Les mots lui avaient échappé. À cause de sa vie préservée en Aquitania, elle ne s'était jamais trouvée face à un souci d'argent. Et cela lui faisait peur, soudain, bien plus que les agents d'Aedon lancés sans doute à sa recherche. L'idée même que sa quête puisse s'interrompre, pour quoi… ? Pour quelques pièces de métal ? C'était cette angoisse qui l'avait fait réagir. Trop vite. Beaucoup trop vite. Enoch la saisit par le bras et la tira deux ruelles plus loin, dans un coin d'ombre.

— Tu es complètement inconsciente ? lui chuchota-t-il à l'oreille. Qu'est-ce qui t'a pris de clamer en pleine rue que tu avais des bijoux sur toi ?

Thya secoua la tête, essaya de se dégager. Les doigts du maquilleur lui broyaient le bras, s'imprimaient en rouge sur sa peau. Mais ce n'était pas cela qui lui faisait mal. C'était le ton qu'il avait employé, le reproche dur et cru dans sa voix. Et le pire était qu'il avait raison. Elle avait beau être l'héritière de Gnaeus Sertor, elle ne savait même pas comment se conduire dans une rue de province. Elle se calma, cessa de se débattre. Enoch la lâcha. Mettius les rejoignit, scruta discrètement les lieux autour de lui. Personne n'avait remarqué leur algarade. Les passants vaquaient à leurs activités avec une rassurante indifférence. L'ancien légionnaire respira, soulagé.

— Quand vous aurez fini de vous disputer, tous les deux...

Enoch haussa les épaules, fit mine de ne pas entendre.

— Montre-nous ce que tu as comme bijoux, demanda-t-il à Thya.

L'adolescente échaudée hésita. Son bras lui cuisait encore. Elle recula dans l'ombre, s'assura qu'Enoch et Mettius la dissimulaient aux yeux des badauds, avant d'ouvrir son sac. À la vue de ses bijoux, son cœur se serra. Bien sûr, elle les avait emportés dans l'idée de les vendre, au besoin. Mais à présent qu'elle les revoyait, elle se rendait compte à quel point elle était attachée à eux.

Il lui restait si peu de choses, à part eux, de sa mère et de ses grands-mères. Les broches, les piques d'or et d'argent, les pendentifs sertis d'émeraudes... Tous ou presque représentaient des animaux, il y avait là un serpent, un tigre, un petit dieu des temps anciens... Thya avait souvent joué avec cette ménagerie miniature, dans son enfance. Elle avait investi ces breloques d'une âme. Elle leur avait donné des noms, imaginé les aventures qu'ils vivaient dans le vaste monde, au-delà des murs de la villa. Et aujourd'hui, elle allait devoir se séparer de l'un d'entre eux. Certes, elle n'était plus une gamine, elle savait depuis longtemps que ce n'étaient que des morceaux de métal. Alors pourquoi avait-elle, en les contemplant, l'impression de devoir abandonner un ami ? Le choix était trop difficile, elle en piocha un au hasard, le fourra dans la main d'Enoch.

— Tiens, dit-elle, la voix dure. Va le vendre. Tu es meilleur commerçant que moi.

Le maquilleur hocha la tête, s'abstint de toute remarque déplacée, pour une fois. Thya referma son sac. Les trois compagnons d'aventure arpentèrent les rues de Paris, jusqu'à ce qu'ils trouvent un prêteur sur gages, une boutique peu engageante, de l'autre côté des thermes. Au dernier moment, Thya laissa les deux hommes entrer seuls dans l'échoppe. Elle préférait ne pas voir son bijou familier partir dans les mains d'un usurier inconnu.

— Surtout tu restes près de la porte, lui conseilla Enoch avant de la laisser dehors. En cas de danger, tu nous appelles.

L'adolescente hocha la tête, les laissa partir sans un mot.

Elle serra les bras contre sa poitrine. Elle avait froid, à nouveau. Toujours cette brise qui la suivait depuis les rives de la Sequana. Peut-être s'y mêlait-il un peu de tristesse, aussi. Malgré le soleil printanier, Paris lui semblait terne, inhospitalière. Pourquoi Enoch et Mettius prenaient-ils autant de temps ? Thya se recroquevilla comme pour disparaître dans le mur derrière elle. Deux trimardeurs s'approchèrent en grimaçant des sourires, leur haleine puant la cervoise et l'oignon. Thya se referma encore davantage, baissa un peu la tête, dissimulant son visage derrière le rideau de ses cheveux. Ce qui ne découragea pas les importuns, au contraire. L'un d'eux s'appuya au mur à côté d'elle, commença à lui parler dans un idiome local. Thya ne comprenait pas tous les mots, mais ça ne l'empêcha pas de saisir le sens général. En gros, les deux hommes s'intéressaient un peu trop à elle. Elle surprit une lueur lubrique dans leur regard. Elle déglutit, mal à l'aise. Les deux hommes lui donnaient la chair de poule. Elle voulut s'éloigner. Le plus proche la rattrapa par l'épaule. Elle sursauta lorsque sa paume rugueuse lui râpa l'épaule. Elle n'eut pas le réflexe d'appeler, elle s'échappa en courant, dans une ruelle humide contre les thermes. Elle entendit les deux hommes cavaler derrière elle. Ses boucles lui fouettaient la nuque, claquaient devant son visage, lui brouillaient la vue… Elle crut apercevoir, dans un coin d'ombre, une femme décharnée enveloppée dans un vieux châle. Une apparition qui n'avait rien de réconfortant. Le cœur de Thya s'emballait. Les pans de sa *stola* s'emmêlaient autour de ses jambes. Elle manqua de trébucher, se rattrapa contre le mur, sa main glissa sur des mousses gluantes. L'un des trimardeurs lui saisit le poignet. Sa peau était tellement rêche, son contact hérissa Thya d'un coup. Elle tira sur son bras jusqu'à le tordre. L'autre la retint sans mal, en ricanant.

— Nous te voulons pas de mal, articula son compère dans un mauvais latin.

Il lui bloquait le passage. Son haleine à l'oignon lui donna un haut-le-cœur. Elle voulut crier, le son resta bloqué dans sa gorge. Le second trimardeur lui prit le menton. Elle eut envie de le mordre, mais comment y arriver ?

— Tu peux beugler, ma belle, ici personne…

Thya se raidit. Mais avant que l'homme ait pu finir sa phrase, deux serres se fichèrent dans sa gorge, sectionnèrent sa jugulaire. Le sang gicla tiède sur le visage de Thya, sur sa gorge et sa *stola* claire… La main de l'homme glissa le long du menton de l'adolescente, il s'écroula au sol. Thya se figea sur place, sous le choc. Le trimardeur suivant lui lâcha le poignet. Il voulut s'enfuir, mais la *chose* qui venait de tuer son ami le rattrapa. Lui cria, pas longtemps. Le temps que la créature lui enfonce ses serres en plein cœur.

Thya battit des paupières, repoussa de devant son visage quelques boucles tachées de sang. Enfin elle découvrit l'être qui venait de la sauver. C'était la femme de tantôt, celle que l'adolescente avait devinée parmi les ombres. Celle au vieux châle fripé. Simplement, maintenant Thya comprenait que ce n'était pas un châle. C'étaient des… *des ailes* ? De vieilles ailes en plumes brunes, grisées et râpées par les ans. Et la « femme » qui les portait avait des yeux entièrement blancs, avec à peine un fin trait noir au centre. En guise de mains, elle avait des serres. Elle sourit à l'adolescente, dévoilant des dents un peu trop longues, un peu trop pointues.

— Qui es-tu ? demanda Thya.

— Tu as eu de la chance, Oracle, répliqua la femme étrange. Le monde païen te protège, mais ses représentants se font de plus en rares, surtout en ville. La prochaine fois que tu prendras des risques, il n'y aura peut-être pas une Harpie pour te sauver.

— Une Harpie ? balbutia l'adolescente. Comme dans l'*Énéide* ?

Thya secoua la tête. Ce n'était pas possible, c'était le choc, la violence… Dans un état second, elle tendit une main vers les ailes. Elle voulait vérifier si elles étaient bien accrochées au dos de la femme, si elles étaient *réelles*… Elle n'en eut pas le temps. Une nouvelle silhouette se découpa en ombre noire au fond de la ruelle. La créature disparut dans un grand froissement de plumes.

Thya hoqueta, se tourna vers le nouvel arrivant. Elle espéra de tout son cœur que c'était Enoch, ou Mettius. Car sinon, elle aurait beaucoup de mal à expliquer la présence des deux cadavres à ses pieds.

— Thya ! appela-t-il.

L'adolescente sourit. Enoch. C'était Enoch. Toute la tension dans son corps se relâcha, elle se mit à trembler comme une feuille. Enoch boitilla jusqu'à elle. Il se figea à la vue du sang et des corps sur le sol.

— Thya, s'exclama-t-il, qu'est-ce que… ?

Il s'approcha pour la prendre dans ses bras. Elle recula. Elle avait eu trop peur, elle ne voulait plus qu'on la touche. Plus personne, et surtout pas un homme. Pas tout de suite, en tout cas. Enoch n'insista pas, se contenta de recoiffer du bout des doigts sa chevelure rousse.

— Dans quel état tu t'es mise, princesse… murmura-t-il.

Il n'y avait aucune ironie dans sa voix. Il était sincèrement inquiet pour elle. Il déchira une manche de sa tunique. De toute façon, il ne comptait pas garder très longtemps cet infâme vêtement marronnasse, maintenant qu'il n'avait plus besoin de se camoufler. Avec le bout de chiffon, il essuya le sang sur le visage de l'adolescente. Avec une telle délicatesse, aussi, que Thya s'apaisa peu à peu. Ses tremblements se calmèrent.

— Il faut que tu apprennes à appeler à l'aide, remarqua le maquilleur en lui nettoyant les joues.

L'adolescente opina. Enoch sortit sa pénule de son sac, la lui posa sur les épaules, puis en rabattit les pans par-dessus la *stola* rouge de sang. Le tissu poisseux collait à la poitrine de l'adolescente. Au moins la pénule masquait cela aux yeux du monde.

— Je vais devoir t'offrir de nouvelles robes, sourit le maquilleur. En attendant, je crois que *ça* fera l'affaire.

D'un geste souple, il sortit une broche dorée de sa poche, fixa avec elle les pans de la *stola*. Thya écarquilla les yeux en reconnaissant le bijou. La colombe d'or qui brillait sur la laine rêche, c'était *sa* colombe, celle qu'elle lui avait donnée pour payer leur voyage vers Brog.

— Tu n'as pas pu la vendre ? demanda-t-elle au maquilleur.

— Je ne l'ai pas jugé nécessaire, plutôt, répondit-il, sur un ton badin. À la place, j'ai proposé certains de mes élixirs au marchand, j'ai réussi à le convaincre que mes essences venaient de l'Orient lointain. C'est l'avantage d'une petite ville. Qu'est-ce qu'ils y connaissent, à Paris, en parfums ?

Il plaisantait, cependant Thya n'était pas dupe. Il avait consenti à un vrai sacrifice pour elle. Pourquoi ? Attendait-il quelque chose en échange ? Elle avait peur de le lui demander. Avant qu'elle ait prononcé un mot de plus, il lui prit la main.

— Viens, dit-il, quittons cet endroit au plus vite.

Ensemble, ils sortirent de la ruelle. Ils retrouvèrent

Mettius devant l'échoppe du prêteur sur gages. L'ancien légionnaire comprit aussitôt que Thya venait d'avoir un choc, il voulut lui parler. Enoch l'en empêcha.

— Les questions attendront, dit-il entre ses dents. Pour l'heure, nous devons gagner le port.

Mettius jaugea un instant le maquilleur. Il avait rarement vu Enoch aussi ferme. Et Thya, pour une fois, semblait lui faire confiance. Alors il ravala ses interrogations et prit avec eux le chemin du fleuve.

— Ils descendent vers le port, prononça Nakht d'une voix sourde, celle qu'il prenait toujours quand Glycon s'exprimait à travers lui.

— Un port ? Quel port ? demanda Aedon, cassant.

— Un port sur la Sequana, loin au nord.

Le jeune patricien siffla entre ses dents :

— Par le Diable ! Tu en es sûr ?

— Glycon ne ment jamais, répondit Nakht sur le même ton égal.

L'invocation du serpent l'emmenait au-delà des émotions humaines. Au début, cela avait perturbé Aedon. Maintenant, il en avait pris son parti.

— Comment mon idiote de sœur a-t-elle pu aller aussi loin, aussi vite ? cracha-t-il en retenant mal sa colère.

— Quelqu'un l'a aidée.

— Un magicien ? s'inquiéta Aedon. Un comme toi ?

— Non.

— Non ? Tu n'as rien de plus à m'apprendre ?

— Sur lui ? Non.

Aedon tapa du talon contre le mur. Nakht ne faisait que transmettre les réponses de Glycon. Menacer le magicien, quand il était en transe, n'aurait pas servi à grand-chose. Le jeune patricien revint à sa première question :

— Quel port, sur la Sequana ?

— Le départ n'a pas d'importance. Seule la destination compte.

Aedon saisit la perche tendue :

— Et quelle est sa destination, serpent ? Où va ma sœur ?

— Elle remonte le fleuve. Vers l'est. Vers le Plateau des Ligons.

La pièce empestait l'encens. La tête de Nakht bascula en arrière, puis retomba contre son torse. Aedon toussa, se racla la gorge. Il ne tirerait plus rien du mage aujourd'hui.

— C'est bon, on peut monter à bord ! annonça triomphalement Enoch.

Il exécuta une révérence théâtrale devant le *Phaéton*, un bateau marchand amarré à l'un des quais de Paris. Mettius soupira. Thya retint un sourire. La bonne humeur d'Enoch était communicative. Le maquilleur avait retrouvé sa superbe. Pour le prix de ses fioles, en plus du voyage, il s'était offert une tunique bleu pastel, bordée d'un liseré rouge. Il l'avait passée avant même de quitter le marché. La bordure incarnat mettait son regard clair en valeur. Thya était forcée de le reconnaître, il avait beaucoup de charme. Bien des jeunes femmes qu'elle avait croisées dans la villa d'Aquitaine, et même certaines des plus vieilles, se seraient damnées pour ces beaux yeux-là. Il lui avait dégotté une nouvelle *stola* aussi, verte comme la Sequana. Thya n'avait qu'une hâte, trouver une cabine où pouvoir se changer à son tour.

Enoch prit par la main la jeune oracle. Il avait vendu ses parfums pour elle, il ignorait encore pourquoi. Pour se sentir moins coupable vis-à-vis de Thya ? Ses pensées devenaient gênantes, il les refoula tout au fond de son esprit. Et il aida Thya à monter à bord.

Aedon redescendit les marches d'un pas heurté. Il ne savait plus quoi penser de sa sœur, et cela l'ennuyait. Il y a quelques jours à peine, quand elle était partie de la villa, il avait pris sa fuite pour une toquade d'adolescente imbécile. Puis, quand il l'avait retrouvée, à Varatedo, il s'était dit qu'elle poursuivait sans doute un but, un objectif, mais lequel ? Et maintenant, si Nakht n'avait pas menti, elle avait, par Dieu sait quelle sorcellerie, trouvé son chemin vers le nord. Était-ce pour ça que leur père l'avait cachée, toutes ces années, dans la villa d'Aquitaine ? Parce qu'elle était sorcière ? Non, c'était impossible. Le grand Gnaeus Sertor n'aurait pas laissé une fille sorcière s'installer dans une de ses propriétés, tel un serpent au sein d'une couvée d'oisillons. Et puis Thya ne ressemblait pas à une magicienne, pas à celles qu'Aedon avait rencontrées. Thya n'avait rien de mystérieux, ce n'était qu'une enfant revêche et solitaire, inapte à occuper la moindre place dans la haute société. Du moins Aedon l'avait-il toujours jugée ainsi. Se serait-il trompé ? Ou alors elle avait eu de la chance. C'était si capricieux, la chance…

Perdu dans ses réflexions, Aedon retraversa sans s'attarder l'atelier du potier au rez-de-chaussée. Tout juste lança-t-il une poignée de piécettes à l'artisan. Les petits cadeaux entretenaient l'amitié.

Dehors, le soleil au zénith avait effacé les ombres. Aedon cligna des yeux. Pourquoi le Plateau des Ligons ? Qu'est-ce que Thya cherchait là-bas ? Cela avait sans doute à voir avec les vieilles campagnes de leur père. Thya était capable d'écouter pendant des heures ses insipides souvenirs de bataille. Quels combats l'ancêtre avait-il menés dans le nord ? Aedon n'en avait pas la moindre idée. Il faudrait qu'il se renseigne, qu'il interroge l'un des anciens aides de camp de Gnaeus. Un de ceux qui se relayaient au chevet du général. Qui empêchaient Aedon de l'achever. Cela leur donnerait une utilité.

Et en attendant d'en savoir plus, le jeune patricien n'allait pas rester les bras croisés. Peu après être sorti de la maison du potier, il rentra dans le pigeonnier voisin. C'était l'une des raisons pour lesquelles il affectionnait cet endroit de la ville. Pour sa praticité. Il allait pouvoir dès maintenant envoyer un message à ses amis, à ses soutiens là-bas dans le nord.

Dans le pigeonnier, les roucoulements des volatiles étaient plus entêtants encore que dans la maison voisine. Le sol était maculé de fientes, et Aedon s'avança avec une moue de dégoût. Le maître des lieux se trouvait probablement dans les étages. Le jeune patricien l'appela d'une voix sonore :

— Flavius ! Holà, Flavius ! Je veux envoyer un message à Andemantunnum. Et sans traîner.

À Paris, le *Phaéton* quittait le port, chargé de cervoise et de vin. C'était un long navire à voiles, qui glissait harmonieusement sur l'eau émeraude de la Sequana. Debout à la proue, dans sa nouvelle *stola* verte, Thya essayait de démêler ses sentiments. Elle avait vécu si peu d'émotions fortes, avant de quitter la villa d'Aquitaine. Juste deux grands chagrins, l'un à la mort de sa mère, et l'autre quand elle avait vu son père revenir sur une civière, blessé, presque mourant. Le reste du temps, sa vie s'était déroulée tranquille, ni exaltante ni vraiment triste, dans une douceur qui certains jours ressemblait à de l'ennui, certains jours presque à du bonheur. Mais depuis qu'elle s'était enfuie… Elle se retrouvait ballottée en tous sens par des vents contraires, un jour libre et heureuse, trop pour une fille dont le père était mourant. Et le lendemain choquée, si faible, incapable de réagir, dans une ruelle glauque inconnue… Et puis il y avait Enoch. Enoch qui l'irritait souvent, la troublait, parfois. Enoch face à qui elle ne savait pas toujours quelle attitude adopter. Le soleil accrocha un rayon d'or à la broche fixée sur sa nouvelle *stola*, la petite colombe aux ailes déployées. Thya caressa du bout du doigt les plumes de métal. À ce contact, elle se rappela sa rencontre dans la ruelle. La femme étrange. Celle qui était peut-être… une Harpie ? Dans la pénombre près des thermes, Thya y avait vraiment cru. Cependant, quelques heures après, sur le fleuve, en pleine lumière, cela lui paraissait plus improbable. Mais alors, qui l'aurait sauvée ?

Des bateaux aux voiles blanches cinglaient sur la Sequana, poussés sur les flots émeraude par la brise. Le monde, autour d'elle, apparut à l'adolescente comme ce fleuve, mouvant, scintillant, gorgé de soleil et de vie. Elle-même avait l'impression de changer. D'évoluer, de ne plus trop se reconnaître. À quoi se raccrocher, alors ? À Brog, décida-t-elle. Brog, son unique but, vers l'est, au-delà de la Sequana, au-delà du Plateau des Ligons. Elle s'était lancée sur les routes pour atteindre Brog. Pour sauver son père. Cela, au moins, restait fixe. Stable. Brog était son point d'ancrage. Elle ne devait jamais le perdre de vue.

La Sequana était d'un vert intense. *Le même vert que les yeux de Thya*, se dit Enoch, accoudé au bastingage. Il se tourna vers l'avant du navire. Là-bas, la silhouette frêle de l'adolescente évoquait une seconde figure de proue. Une divinité païenne des eaux. La brise du printemps soulevait ses boucles rousses. Que s'était-il passé, tout à l'heure, dans la ruelle ? Enoch n'imaginait pas la frêle adolescente achevant deux hommes à mains nues. Quelqu'un, ou quelque chose, était intervenu. Mais quoi ? Qu'est-ce qui avait pu choquer Thya à ce point alors que, Enoch avait déjà pu s'en rendre compte, la jeune fille n'était pas des plus délicates… Enfin, soupira le maquilleur, ils avaient au moins un point commun, elle et lui. Ils manifestaient tous les deux un don certain pour s'attirer des ennuis. Était-ce cela qui lui plaisait tant chez elle ? Car oui, il devait se l'avouer, Thya ne le laissait pas indifférent. Elle était dure, presque méprisante, quand elle le voulait – et elle le voulait souvent. Mais elle était intéressante aussi, plus cultivée et plus intelligente que toutes les autres femmes qu'Enoch avait rencontrées. Il aurait dû se tenir à distance. La surveiller de loin, le temps de la remettre à son frère. Ç'aurait été la solution la plus sage. Mais il n'avait jamais été connu pour sa prudence. Et puis un tel soleil brillait sur la Sequana… Cela incitait à baisser sa garde. En sifflotant, il clopina sur sa béquille et alla retrouver Thya.

13

Le voyage vers l'est

Trois jours après, le *Phaéton* fit halte dans un petit port entre des marécages, pour livrer des huîtres de la côte à un riche agriculteur de la plaine. Les commis marchands qui buvaient sur les quais colportaient des rumeurs inquiétantes, venues du Plateau des Ligons. Les nouvelles de l'est étaient mauvaises. Les Francs et les Alamans avaient repris leurs raids dans l'Empire. Les garnisons postées aux lisses, aux frontières, mal équipées, manquant d'hommes, les effrayaient de moins en moins. Mais l'Empire rechignait à payer pour les militaires. Mettius se mêla aux commis, puisa dans la bourse d'Enoch pour leur offrir quelques cervoises et délier davantage leurs langues.

Pendant ce temps, assis à la poupe du bateau, Enoch et Thya jouaient aux *latroncules*. Ce jeu de damier était l'un des plus populaires dans l'Empire, pourtant l'adolescente n'y avait jamais touché avant ce voyage. Faute de partenaire, sans doute. Enoch avait emprunté un damier au capitaine, et il avait appris les règles à Thya, dès leur départ de Paris. Pour tromper l'ennui du voyage, avait-il prétendu.

Thya l'avait laissé dire. Elle n'était pas dupe, elle sentait bien qu'il faisait cela aussi pour elle. Pour chasser ses idées noires. Ce qui la touchait, un peu plus qu'elle ne voulait bien l'admettre. Encore un sentiment nouveau avec lequel se débattre… Enfin, le jeu lui permettait d'oublier… Aux *latroncules*, un jeu de stratégie, deux armées de pions s'affrontaient de chaque côté d'un plateau à soixante-quatre cases. Chaque joueur disposait d'un *dux*, d'un chef de guerre, et de huit petits larrons. Le but étant d'encercler et de capturer les pions ennemis, et Thya s'était révélée très douée pour cela, comme si elle avait passé sa vie à défier des étudiants oisifs sur un forum. C'était devenu un sujet de plaisanterie entre Enoch et elle, il prétendait que l'adolescente avait une longueur d'avance, à cause de tous les récits militaires dont son père l'avait abreuvée.

Enoch avait tenté d'interroger Thya, une seule fois, sur ce qui s'était passé dans la ruelle. L'adolescente s'était refermée aussitôt, et Enoch avait compris qu'elle ne souhaitait pas en parler. Il avait respecté son choix. Quand Mettius avait voulu la questionner à son tour, il s'était interposé :

— Thya a cru que son frère l'avait retrouvée. Elle a pris peur. Elle s'est enfuie. Mais en fait, ce n'était pas son frère, seulement quelqu'un qui lui ressemblait.

Fin de l'histoire. Mettius n'avait pas cru le maquilleur, bien sûr. Mais il avait senti qu'il ne tirerait rien de plus, ni de lui, ni de Thya. Enoch protégeait l'adolescente. Ce n'était pas plus mal. Et Thya, de son côté, avait éprouvé à l'égard d'Enoch une sympathie inattendue.

Le crépuscule descendait sur le fleuve et sur les marais. Des nuées d'insectes s'élevaient au-dessus des herbes folles. Thya gagna une nouvelle partie, releva la tête du damier, les yeux brillants.

— On en fait une dernière ? plaida-t-elle.

— On n'y voit presque plus, objecta Enoch, assez mollement.

— Tu dis ça parce que tu perds, riposta l'adolescente.

Le maquilleur hésita. Au fond, il avait envie de lui faire plaisir. Elle était si jolie quand elle gagnait. Exaspérante, mais jolie. Il commença à replacer les pions sur le damier.

— Attends, dit Thya, je vais t'aider.

Elle posa une main sur son *dux*, ses doigts frôlèrent ceux du jeune homme. Ils suspendirent leur mouvement ensemble, relevèrent la tête. Leurs visages étaient très proches. Certes, ils s'étaient déjà retrouvés serrés l'un contre l'autre, dans la carriole de Mettius, parmi ses truies, ou sur la Via Aquitania. Mais c'était différent alors. Ils étaient sales, épuisés, ils ne pensaient qu'à dormir, et à éviter leurs ennemis. Ce soir, au contraire, la Sequana était calme, la lumière dorée du crépuscule avivait les boucles rousses de Thya, sa poitrine palpitait sous la *stola* vert pâle, le tissu fin et doux lui caressant la peau. Et les yeux d'Enoch luisaient d'autre chose que de la moquerie ou de la fatigue. Un long frémissement secoua le bras de Thya, depuis le bout de ses ongles jusqu'à son épaule découverte.

— Tu as froid ? sourit Enoch.

Elle ne répondit pas, il se pencha davantage vers elle. Leurs lèvres se touchaient presque. Thya retint son souffle… À cet instant, Mettius les interpella depuis le milieu du pont :

— J'ai des nouvelles ! lança-t-il.

Thya se détourna d'Enoch très vite, se redressa en faisant mine d'effacer un pli imaginaire sur sa tunique.

— Que se passe-t-il, Mettius ? demanda-t-elle d'une voix à peine bizarre.

L'ancien légionnaire rejoignit les deux jeunes gens en quelques pas rapides. Il dégageait une légère odeur d'alcool, un relent de cervoise aigre. Thya plissa le nez, puis s'en voulut. Mettius n'avait sûrement pas bu sans une bonne raison.

Le vétéran reprit, plus bas :

— J'ai trinqué avec ce… ce marchand qui revenait du Plateau des Ligons, j'ai oublié son nom… Mais son nom, ce n'est pas l'important. L'essentiel, c'est qu'il vient de l'est. Et là-bas, il a croisé des agents du consul… son nom à lui aussi, je ne l'ai pas retenu. Mais ils fouillent les bateaux sur le fleuve. Ils cherchent des voyageurs. Trois voyageurs, pour être précis. Un vieil homme, un gars avec une béquille. Et une fille aux cheveux noirs.

Thya se figea. *Aedon.* Sans s'expliquer pourquoi, elle était certaine que son frère se trouvait là-dessous. Que c'était lui, d'une manière ou d'une autre, qui commanditait les fouilles. Qui d'autre la chercherait, de toute façon ? Comment Aedon avait-il appris qu'elle se trouvait sur la Sequana ? Et si vite ?

— Nous devons quitter le bateau, reprit Mettius.

Continuer le voyage par la route, par des chemins détournés.

— Non, s'insurgea Enoch, ce serait beaucoup plus long, plus difficile. Et puis, Thya n'est plus brune, personne ne la reconnaîtra.

— Si nos ennemis savent déjà que nous remontons le fleuve, je ne crois pas qu'une perruque puisse les tromper bien longtemps.

— Ce n'est pas qu'une perruque, argumenta Enoch, c'est toute…

— Assez, interrompit Thya, cinglante. Assez, tous les deux !

Ils s'arrêtèrent aussitôt, se tournèrent en même temps vers elle. La jeune oracle brûlait de colère contenue.

— Je crois avoir mon mot à dire. Après tout, c'est moi qu'ils cherchent.

— Sans vouloir te manquer de respect… commença Mettius.

— Tu n'es pas la mieux placée, Thya… ajouta Enoch.

Ils ne voulaient pas l'écouter, comprit Thya. Parce qu'ils ignoraient à quel point elle pouvait être utile. Ils ignoraient qu'elle était oracle. Elle aurait tellement aimé le leur dire. Tout aurait été si simple. Mais elle ne pouvait pas encore leur faire confiance. Pas à ce point. Alors que pouvait-elle faire ? Gagner du temps, peut-être… Elle rétorqua, quitte à devenir blessante :

— Toi, Mettius, tu as bu. Et toi, Enoch, ce soir tu n'es pas capable de jouer correctement sur un damier de bois. Alors prendre une décision…

Les deux hommes reculèrent. L'atmosphère se

tendit d'un coup. Thya ravala un soupir. Elle n'aimait pas ce qu'elle avait fait. Ce qu'elle était en train de faire. Mais elle n'avait pas d'autre choix.

— Le *Phaéton* ne quittera pas le port avant l'aube, reprit-elle, en appuyant sur chacun de ses mots. Nous avons tous besoin d'une bonne nuit de sommeil. Nous y verrons plus clair demain.

Sans attendre leur réaction, elle se drapa dans sa dignité et dans sa pénule brune, et descendit dans sa cabine. Les deux hommes la regardèrent partir, interdits.

Thya rentra dans sa cabine, toujours très droite, referma avec soin la porte derrière elle. Alors seulement elle se laissa aller. Ses jambes flageolèrent, elle glissa le long de sa couchette, s'assit à même le sol. Son cœur s'emballait, battait la chamade... D'où Aedon tenait-il qu'elle allait vers l'est ? Qu'elle voguait sur la Sequana ? Avait-elle vraiment failli embrasser Enoch ? Devaient-ils quitter le *Phaéton* ? Tout se mélangeait sous son crâne. Elle s'efforça de respirer calmement, posément. La cabine sentait l'humidité, plus que d'habitude, et la vase aussi, parce qu'ils se trouvaient tout près des marécages. Les derniers feux du couchant achevaient de mourir au loin. Thya se ressaisit, alluma à l'aveugle sa lampe à huile.

La lueur tremblotante la rasséréna quelque peu. Elle accrocha la lampe au plafond de sa cabine, tira de sa besace une coupe de métal martelé, versa de l'eau de sa gourde, un filet d'huile de la lampe. Puis elle la posa sur le sol, s'agenouilla devant. Le halo orangé de la flamme se reflétait à la surface du liquide. Le regard de Thya se perdit dans la contemplation des reflets. Le récipient parut soudain si petit, si dérisoire… Mais elle allait s'en accommoder. Au moins, le bateau ne tanguait pas. Elle lissa par réflexe le tissu vert de sa *stola*, releva en chignon ses boucles rousses. Puis elle se concentra sur les moirures de l'eau et de l'huile. Elle reporta sur la coupelle toute son attention, toute sa conscience. Le présent autour d'elle s'effaça peu à peu…

Après que la jeune oracle eut regagné sa cabine, Mettius tenta de réconforter Enoch :

— Ne tiens pas rigueur à Thya, lui conseilla-t-il. Elle est juste perdue.

— Je descends à terre, répondit le maquilleur, sans le regarder. J'ai besoin de me détendre.

Il serra plus fort sa béquille, boitilla vers la passerelle qui permettait d'accéder au quai.

Resté seul, Mettius rangea le jeu de *latroncules*, que le maquilleur avait oublié. Il aurait dû essayer de retenir Enoch, sans doute. Il aurait pu le rattraper, après tout le jeune homme n'avançait pas très vite. Mais il n'en avait plus la force, la force morale en tout cas. Le jeu de *latroncules* à la main, il s'adossa au bastingage. La tête lui tournait un peu. Thya avait raison, il avait trop bu ce soir, et pas seulement pour faire parler les marchands. Ça, ç'avait été son excuse. En réalité, à chaque mille qui le rapprochait du Monte Vosego, sa vieille culpabilité refaisait surface. Voilà ce qu'il avait essayé de noyer dans la cervoise tiède. Sans y parvenir. C'était il y avait vingt ans, pourtant. Vingt ans, depuis qu'il avait trahi l'*Autre*. L'homme qui était le véritable héros de Brog. L'homme qui lui avait sauvé la vie.

Pendant vingt ans, après son retour de Brog, Mettius avait tenté d'oublier. Il y avait presque réussi, au fil du temps. Certains soirs, au coin du feu, quand il racontait le siège et la victoire sur les Vandales, il se persuadait presque qu'il disait la vérité. Que la version officielle de l'Histoire, la seule autorisée par le général Sertor, décrivait les événements tels qu'ils avaient eu lieu. Cependant, dans les tréfonds de sa conscience, la vérité demeurait. La vérité n'attendait qu'une occasion de se rappeler à lui. De craqueler son vernis de soldat exemplaire. Et cette occasion, Thya la lui avait fournie, bien malgré elle. La vérité s'imposait à lui, chaque jour un peu plus. Chaque nuit. Chaque nuit, les visages de ses victimes s'imposaient dans ses songes. Le visage d'Heledd. Et celui de l'*Autre*.

Un passereau chanta, quelque part dans le marécage. À bord du *Phaéton*, les marins allumaient les fanaux. *J'ai obéi aux ordres du général Sertor*, se répéta Mettius, pour la millième fois au moins depuis vingt ans. *J'ai obéi aux ordres. Je n'ai fait que mon devoir.* Cependant, ce soir, ces phrases sonnaient plus faux encore que d'habitude. Pourquoi Thya ressemblait-elle autant à l'*Autre* ? Cela ne facilitait pas les choses. Mais l'alcool non plus. Le passereau lança une nouvelle trille vers le ciel encore pourpre. Pour les anciens augures, aux temps païens, le chant de cet oiseau était un présage de mort. Bien sûr, la religion du Christ avait balayé ces superstitions. Cependant, à cette heure, Mettius n'était pas si sûr de ne plus y croire. Thya avait raison. Il ferait mieux d'aller dormir. Il regagna son hamac, dans la cale du *Phaéton*.

Enoch traînait sa béquille et sa cheville blessée sur le port. En quittant le *Phaéton*, il projetait d'aller jouer aux osselets dans la plus proche taverne. Mais cette envie lui était passée, dès qu'il avait mis pied à terre. Jouer à n'importe quoi, ce soir, lui aurait rappelé Thya, et il ne souhaitait pas trop penser à elle. Il jeta un coup d'œil autour de lui. À cette heure tardive, les pontons étaient quasi déserts. Seul un vieux pêcheur immobile surveillait sa ligne, au bout du quai. Ses cheveux très blancs, un peu longs, luisaient faiblement dans la fin de crépuscule, et son corps maigre s'emmitouflait dans une cape grège, une sorte de couverture. Sa main gauche, celle qui tenait sa canne à pêche, émergeait comme une branche morte de l'épais tissu. Il semblait prêt à passer la nuit là, au bord du marécage. Enoch clopina vers lui, engagea la conversation :

— *Vale !* Il n'est pas un peu tard pour appâter les poissons ?

Le pêcheur haussa les épaules :

— Ça dépend de ce qu'on pêche.

Enoch leva un sourcil. Il trouvait le vieil homme un peu bizarre, simple d'esprit sans doute, mais pas antipathique. Puis il avait envie de discuter. Il s'assit à côté du pêcheur, posa sa béquille contre sa cuisse :

— Et on attrape quoi, ici ?

— Des gens, répondit le vieillard. Comme toi.

Enoch aurait dû reprendre ses distances, suite à cette déclaration, sans doute. Mais il se sentait bien auprès du vieil homme. Et il avait toujours suivi son instinct.

— J'ai peut-être une cheville en moins, mais je peux encore me défendre, plaisanta-t-il.

— Oui, reconnut le pêcheur, très sérieux. C'est un souci, ta cheville. Pour protéger l'Oracle, il va falloir arranger ça.

— L'oracle ? Quel oracle ? s'étonna le maquilleur. Je croyais que les oracles étaient morts.

— Thya est oracle, bien sûr, répondit le pêcheur, avec un sourire en coin. Tu ne le savais pas ?

Enoch tiqua. Comment cet inconnu connaissait-il le nom de Thya ? Il était au service de ceux qui la cherchaient, sûrement, il avait sans doute des soldats avec lui, qui se dissimulaient dans les ombres… Enoch empoigna sa béquille, tenta de se relever. Impossible. Une force implacable le clouait au quai. Le vieil homme dardait sur lui un regard perçant, des yeux bleus à l'iris trop clair, presque inexistant. Le pouls d'Enoch s'accéléra. Des auréoles de sueur s'épanouirent sous ses aisselles.

— Qui es-tu ? demanda-t-il au pêcheur, d'une voix changée. Un magicien, c'est ça ? Un sorcier des terres de l'est ?

— Tu ne me reconnais pas ? s'amusa le vieux pêcheur. C'est vrai, ta mère n'a pas pu te parler de moi, mais tes oncles…

Enoch fit non de la tête. Il essaya de reculer, en vain. Il n'était pas homme à s'angoisser pour rien, mais là, quand même, la situation commençait franchement à lui déplaire. Le vieux pêcheur sortit sa main droite de sous sa cape. Elle étincela sous la lune. Lorsqu'il la posa sur les genoux d'Enoch, son contact se révéla glacial, et pour cause… À la place du bras et de la main droite, le vieillard portait une prothèse d'argent.

— Je suis Nodens au Bras d'Argent, dit-il, le dieu qui pêche les âmes des morts. Le dieu de ta mère. Ton dieu.

Enoch resta sonné. Il ignorait que croire, comment réagir. Les mots franchirent ses lèvres sans même qu'il s'en rende compte :

— Si tu es un dieu, pourquoi as-tu laissé ma mère mourir ?

Pendant ce temps, dans sa cabine, Thya fixait sa coupelle d'eau et d'huile. Son corps se trouvait toujours à bord du *Phaéton*, mais son esprit, lui, était ailleurs, plus loin vers l'est. Plus loin vers Brog. Elle voyait s'étendre devant elle des chemins, des forêts, la Sequana, des plaines, des montagnes… Toutes les routes qui menaient vers Brog. Mais tout défilait vite, si vite… Elle avait l'impression d'être devenue le vent, les bourrasques qui soufflaient sur Brog. Tant de chemins et elle ne savait lequel choisir, ses visions ne parvenaient pas à se fixer. Elle crispa les mains sur sa *stola* verte, si fort que les jointures de ses doigts blanchirent. Elle aperçut une carrière, quelque part dans une forêt sombre, sur les pentes obscures du Monte Vosego. Elle focalisa toute son énergie sur ce point. Bientôt elle ne vit plus que lui. La carrière l'attirait, l'hypnotisait. C'était un nœud entre les chemins, un passage obligé vers Brog. Un lieu où le destin allait se jouer, quoi qu'elle fasse. Dans la cabine du *Phaéton*, ses ongles un peu terreux raclaient sa *stola*. Dans sa vision, elle s'approcha de la clairière, plus près, toujours plus près… jusqu'à discerner une silhouette entre les arbres. Et un étrange puzzle de pierres rondes.

Des boules de granit gris strié, disposées sur un sol sableux, en une sorte de triangle distordu. Certaines rongées de lichens. Et un homme debout au centre. Enoch. Thya voulut avancer vers lui. Mais ses pieds s'enfonçaient dans le sable. Soudain les mains d'Enoch prirent feu, au bout de ses doigts s'allumèrent des flammèches bleuâtres. Et lui les fixait avec un étonnement douloureux. *Il allait brûler*, comprit Thya. Il allait brûler et elle ne pouvait rien faire. Elle voulut crier, mais aucun son ne sortit de sa bouche. Les flammes s'élevaient, de plus en plus hautes, couraient le long des bras du maquilleur, gagnaient ses épaules, sa nuque, ses joues. Il hurla. *Non!* pensa Thya. Elle le pensa avec une telle violence, que cela la tira brusquement de sa vision. Elle se retrouva dans sa cabine du *Phaéton*. Elle cligna des paupières. La coupelle d'eau et d'huile gisait renversée à ses pieds. Le retour avait été si rapide qu'elle avait l'impression qu'une partie d'elle était restée là-bas, dans l'avenir, dans la forêt. Il lui semblait encore sentir le moelleux du sable sous ses pieds et la chaleur du feu sur sa peau.

Non seulement elle avait laissé là-bas une part d'elle, mais elle avait comme ramené dans le présent un morceau de son cauchemar. Une mauvaise sueur qui lui collait à la peau. Elle avait vu Enoch brûler et cela lui avait paru si réel… Elle ébouriffa ses cheveux, fébrile, sans parvenir à chasser son angoisse. Elle se releva, sortit prendre l'air. Et retrouver

Enoch, sans doute. Une réaction exagérée, peut-être, mais elle avait besoin de le voir.

Dehors le pont du *Phaéton* était calme. Tout un peuple d'insectes bruissait dans les marais proches. Un unique matelot gardait la passerelle qui reliait le bateau au quai. Thya se recoiffa pour se redonner une contenance. Puis elle serra les pans de sa pénule et se dirigea vers lui d'un air dégagé.

— Tu n'as pas vu Enoch ? Mon ami, celui qui boite ?

— Il est descendu à terre.

— Merci, répondit Thya, et elle mit un pied sur la passerelle.

Le matelot l'arrêta.

— Tu ne devrais pas quitter le bateau. Pas sans escorte.

Thya le toisa avec une autorité implacable.

— Je sais ce que je fais.

Elle soutint son regard jusqu'à ce qu'il s'écarte et qu'il la laisse passer.

Le port était maintenant éclairé par la lune. Çà et là, des grenouilles, échappées du marécage, coassaient parmi les flaques d'eau. Thya remonta la capuche de sa pénule par-dessus sa chevelure rousse, pour ne pas se faire remarquer. Mettius n'approuverait pas cette escapade nocturne, mais d'un autre côté, elle était redevable envers Enoch, depuis son aventure près des thermes. *Je veux juste m'assurer qu'il va bien*, se dit-elle. *Je ne prendrai aucun risque*… Par où le maquilleur avait-il pu partir ? Thya choisit une direction au hasard, s'en alla vers le bout du quai.

— Si tu es un dieu, demanda Enoch à Nodens, pourquoi as-tu laissé ma mère mourir ?

Le pêcheur au bras d'argent se gratta la barbe, pensif.

— Voyons, marmonna-t-il, de quoi allons-nous nous occuper en premier ? De ton manque de foi ou de ta jambe ?

Enoch trouva que le vieillard étrange s'intéressait un peu trop à sa blessure. Il tenta d'esquiver :

— Pour ma jambe, je pense trouver un bon médecin, en remontant le fleuve.

Il s'étira, bâilla de manière ostensible, ajouta :

— Je ferais mieux d'aller dormir. Tu me laisserais me relever ?

— Non, décida le vieil homme. Je crois que nous allons d'abord soigner ta jambe

— Ah, et… comment vas-tu t'y prendre ? demanda Enoch, tout en cherchant, mine de rien, son couteau à sa ceinture.

— Oh, ce n'est pas moi qui vais te soigner, répondit Nodens, avec un sourire en coin. C'est elle.

D'un geste, il désigna l'eau au-dessous du quai. Enoch baissa la tête, fataliste. Autant voir à quelle sauce il serait mangé. Une tache pâle se dessinait en flou sous la surface. Le maquilleur fronça les sourcils. Était-ce un reflet de lune ? Non, les contours de l'apparition se précisaient, quelque chose remontait à la surface, entre les roseaux. Un visage. Une figure de femme à l'ovale parfait, aux paupières closes. Ses longs cheveux flottaient autour d'elle comme des algues, si blonds qu'ils tiraient sur le blanc. Enoch ne réfléchissait plus, ne bougeait plus, la créature l'hypnotisait. Elle émergea d'un mouvement souple hors du marécage, ouvrit les yeux, battant de ses cils humides, dévoilant des iris mauves irréels. Elle vint s'accouder au ponton. Des perles d'eau ruisselèrent le long des courbes de son corps, à peine vêtu d'un entrelacs d'herbes brunes. D'évidence, elle n'était pas humaine.

— Qui es-tu ? murmura Enoch, fasciné.

— Ondine, prononça-t-elle d'une voix cristalline.

La lueur de la lune arrachait des éclats d'argent à chacune des gouttes qui roulaient entre ses reins. À présent, ce n'étaient plus les pouvoirs de Nodens qui immobilisaient le maquilleur.

L'Ondine effleura sa cheville blessée du bout des doigts, commença à dérouler son bandage. Des gouttes glissèrent des ongles nacrés jusque sur l'articulation enflée. Enoch retint un soupir. L'Ondine posa ses lèvres sur sa peau.

À ce moment précis, Thya arriva à l'autre bout du ponton. Juste à temps pour voir Enoch se faire embrasser par l'Ondine. Par cette superbe femme aux courbes parfaites, si voluptueuses, si douce. Tout ce que Thya ne serait jamais. Et il appréciait ce baiser. L'adolescente en reçut un coup au cœur. Elle qui venait pour sauver Enoch, enfin, pour vérifier qu'il allait bien... Voilà comment il la remerciait ! Elle était choquée, nauséeuse. Elle était de mauvaise foi, aussi. Mais ça, au moins, elle pouvait l'assumer. Elle redressa le menton. Ce n'était qu'Enoch, après tout... Pourquoi se tourmenter pour lui ? La jeune oracle renifla avec mépris, tourna les talons en silence, et regagna le *Phaéton* d'un pas pressé.

Elle passa devant le matelot de garde sans lui accorder un regard, se claquemura dans sa cabine, ôta sa perruque en s'efforçant de ne plus penser. Elle s'enroula dans ses couvertures. *Brog.* Elle devait se concentrer sur Brog. Rien d'autre n'avait d'importance. Et tant pis pour Enoch. Il méritait tout ce qui lui arriverait.

14

Un pays de sorcières

Le lendemain matin, il pleuvait. Pendant la nuit, le ciel s'était chargé de nuages, et à présent un crachin persistant piquetait la surface du fleuve. Thya était maussade. Elle avait dormi d'un sommeil sans rêves, pour une fois, mais elle s'était réveillée la tête lourde et la bouche pâteuse. Elle appela Enoch pour qu'il vienne rajuster sa coiffure. Le maquilleur la rejoignit dans sa cabine, toujours en s'appuyant sur sa béquille. Il marchait pourtant comme avant, sa cheville s'était ressoudée comme par miracle. Mais justement, l'aspect miraculeux de sa guérison le rendait peu pressé de la dévoiler au monde. Car comment aurait-il pu l'expliquer ? De son côté, Thya restait froide et distante, sous le contrecoup de ce qu'elle avait vu la veille. Les non-dits et les secrets avaient élevé une nouvelle barrière entre les deux jeunes gens, même si chacun mit la mauvaise humeur de l'autre sur le compte de la pluie.

Une fois apprêtée, Thya sortit sur le pont. La pluie faisait boucler davantage sa chevelure, assombrissait ses reflets roux. Elle retrouva Mettius accoudé au bastingage. Déjà le *Phaéton* levait l'ancre.

— Nous ne descendons pas ici, je suppose ? remarqua le vétéran avec un sourire résigné.

— Si les hommes d'Aedon approchent, je le saurai, répondit Thya, le regard dur. Je le sentirai assez tôt.

Mettius se redressa, interloqué. Ce ton de certitude, Thya l'avait déjà eu, à Varatedo, quand elle avait parlé de Brog. Qu'est-ce qui la rendait si sûre d'elle ? Était-ce une simple bravade d'adolescente, ou bien Thya était-elle… comme l'*Autre* ?

Alors que le *Phaéton* s'éloignait du quai, Mettius se demanda si Thya n'était pas devin.

Thya passa le reste de la matinée assise sur un caisson à l'avant du navire, à regarder défiler les rives de la Sequana, sans se soucier du crachin qui traversait sa pénule. Enoch tenta bien de la raisonner :

— Tu devrais rentrer dans ta cabine. Tu vas ruiner ton maquillage et ta coiffure.

— Eh bien, répliqua Thya avec morgue, tu les remettras en place. Après tout, c'est à ça que tu sers, non ?

Il envisagea un instant de se rebeller. Il aurait volontiers rappelé à cette petite ingrate tout ce qu'il avait déjà fait pour elle. Mais devant le visage buté de l'adolescente, il se dit que toutes ses plaidoiries n'aboutiraient à rien. Il battit en retraite, la laissa seule avec ses pensées.

Thya se comportait de manière étrange, même pour une patricienne. Le maquilleur avait de plus en plus de mal à la comprendre. Était-ce parce qu'elle était oracle, parce qu'elle avait des dons de divination, comme l'avait prétendu le pêcheur au bras d'argent ? Enoch réfléchit. Cela expliquerait beaucoup de choses. Pourquoi Thya était si solitaire, par exemple. Pourquoi, à son âge, elle n'avait encore ni fiancé ni mari.

Enoch décida d'en avoir le cœur net. Il n'allait pas demander à Thya de but en blanc si elle était devin. Donc il décida d'entrer en douce dans sa cabine. Après tout, il l'avait déjà trahie une fois. La pièce à l'effigie de Glycon en témoignait, elle pesait toujours dans sa poche. Le soir, quand tout le monde dormait, il la sortait parfois et la regardait luire à la lumière des étoiles… Alors, dans ce contexte, forcer une porte n'allait pas lui poser un grand problème moral. L'essentiel était de ne pas se faire prendre.

Il avait toujours deux ou trois épingles à cheveux sur lui. Il vérifia qu'aucun matelot ne le regardait, déverrouilla la serrure en se servant de l'une d'elles, se coula très vite à l'intérieur. Il disposait de peu de temps, Thya risquait de revenir à tout moment. Il balaya la petite pièce du regard, ne vit la besace de Thya nulle part. Elle l'avait sûrement cachée sous sa couchette. Il s'agenouilla. En effet, elle était là. Il la tira vers lui. Thya était trop confiante. Était-ce parce qu'elle était devin, parce qu'elle croyait savoir tout ce que lui réservait l'avenir ?

D'une main preste, Enoch ouvrit la besace, mémorisa l'emplacement de chaque objet, pour pouvoir tout remettre en place après sa fouille.

Sur le haut du sac, il trouva tout ce qui ne l'intéressait pas, une écharpe, une gourde, une bourse avec les bijoux de Thya… Il sourit en s'apercevant qu'elle transportait aussi des collets et des pièges à oiseaux. Ce n'était pas très féminin, mais ça ressemblait bien à sa Thya. À son côté sauvageonne. Puis il plongea la main plus profond, et son visage s'éclaira. Il tira vers lui un rouleau de cuir ciré, entouré d'une cordelette. Il l'ouvrit avec précaution. À l'intérieur, de longues bandes de lin, très fines, très vieilles. L'usure et le temps les avaient rendues presque transparentes par endroits. Mais surtout, elles étaient couvertes de symboles à l'encre noire, une écriture étrange, comme le maquilleur n'en avait encore jamais vu. Il ne savait pas la lire, bien sûr, cependant il se doutait que ce manuscrit n'était pas d'un genre qu'approuvait l'Église. Il ne pouvait pas en déduire que Thya était vraiment oracle, mais au moins il avait appris une chose. La jeune fille jouait à des jeux dangereux, autrement plus risqués que les *latroncules*.

Enoch avait vu tout ce qu'il avait à voir. Il commençait déjà à replier le rouleau, quand soudain le bateau s'arrêta. Enoch redressa la tête. Pourquoi le *Phaéton* stoppait-il ainsi au milieu du fleuve ? Voilà qui n'annonçait rien de bon. Le maquilleur rangea à la hâte la besace. Il revint sur le pont juste à temps pour voir une barque s'approcher du navire. À son bord, trois hommes d'Église, en bure brune, tous debout. Deux d'entre eux avaient leur capuchon relevé, mais le troisième, le plus grand, à carrure d'ours et épaisse barbe brune, laissait sa tonsure se détremper sous la pluie. D'une voix forte, il interpella le capitaine du *Phaéton* :

— Holà, mon brave ! Je suis le Père Théodose, en route pour notre bonne ville d'Andemantunnum. Notre bateau a heurté un tronc d'arbre dérivant sur la Sequana, une avarie le retient à la berge. Pourriez-vous nous prendre à votre bord, pour la grande gloire de notre mère l'Église ?

— Et pour une somme rondelette ! précisa un deuxième moine dans son dos.

Le capitaine du *Phaéton* se concerta avec ses seconds. Thya s'était relevée, elle s'approchait pour voir ce qui se passait, Enoch l'arrêta au pied du grand mât, lui mit une main sur l'épaule, comme pour la protéger. La jeune fille se raidit sous ses doigts.

— Montez ! décida finalement le capitaine.

Un matelot lança une échelle de corde aux moines, qui se hissèrent à bord.

— Soyez les bienvenus à bord, déclara le capitaine.

Le Père Théodose répondit par un vague salut, balaya du regard le pont trempé, aperçut Thya au pied du grand mât, lui adressa un regard étonné. Mettius s'empressa d'intervenir :

— Père Abbé, je te présente ma nièce, Losna Domitia. Je la ramène chez ses parents, dans le Monte Vosego.

— Ce n'est pas prudent, pour une jeune fille, de voyager vers l'est, remarqua l'ecclésiastique. Et sa mise manque de modestie.

Enoch, qui tenait toujours Thya par l'épaule, la sentit vibrer de colère. Cependant elle n'en laissa rien paraître. Au contraire, son visage s'illumina d'un gentil sourire.

— Puis-je savoir ce qui te pousse vers l'est, Père Abbé ? demanda-t-elle avec une parfaite intonation d'innocence.

— Les sorcières, répondit l'homme d'Église. Des gens disparaissent, là-bas, sur le Plateau des Ligons. Des voyageurs n'arrivent jamais à destination.

— On dirait que le Plateau lui-même les avale, ajouta le premier moine, derrière lui.

— Ce ne sont pas plutôt les barbares, les responsables ? remarqua Mettius. J'ai entendu dire que les Vandales avaient repris leurs raids à l'est.

— Oh non, s'exclama le premier moine, un blond cauteleux. Les barbares tuent, pillent, incendient… Ils laissent des traces. Ici, il y a sûrement des sorcières à l'œuvre.

— Et ce n'est pas tout, ajouta le deuxième moine, un petit gros empressé. Plus à l'est encore, dans le Monte Vosego, sévit un homme aux étranges pouvoirs. Les gens de là-bas l'appellent le Diseur. Il a levé une armée de bergers et de charbonniers, et il utilise des dons obscurs pour résister aux barbares. Des sortilèges païens.

Les mots flottèrent quelques instants dans l'air, lourds de menaces, avant d'être balayés par la pluie. Puis, alors que personne ne s'y attendait, Thya s'avança :

— Père Abbé, dit-elle d'un ton respectueux, pourrions-nous voyager avec toi vers l'est, aussi longtemps que nos routes seront communes ? Je me sentirais plus en sécurité sous la protection de l'Église.

Enoch et Mettius fixèrent l'adolescente, atterrés. Le maquilleur aurait donné beaucoup pour revenir en arrière. Le vétéran était partagé entre admiration et panique. Si elle était vraiment… comme l'*Autre*… soit elle faisait preuve d'un courage à toute épreuve, soit elle avait pris sans le savoir un risque inouï. Que se passerait-il, si ce Père Abbé, qui n'avait pas l'air commode, apprenait qu'il se trouvait face à une Oracle ? Face à l'une de ces forces païennes, que justement il souhaitait éradiquer ? En même temps, raisonna l'ancien légionnaire, Thya avait sans doute choisi la meilleure des protections. Qui penserait qu'un devin demanderait l'aide de l'Église ? Mettius suait à grosses gouttes sous son plastron de cuir. Il espéra qu'avec la pluie, cela passerait inaperçu.

En face de Thya, le Père Abbé sourit, bonhomme.

— Bien sûr, vous pouvez nous accompagner, ma fille.

— Merci, répondit l'adolescente.

Le religieux se rengorgea, détailla du regard l'équipage du *Phaéton* grelottant sous la pluie. Puis il déclara, sur le même ton que lorsqu'il montait en chaire :

— Des temps troublés sont devant nous, mes frères. Les barbares apportent le chaos dans l'Empire. Et les païens, les magiciens, les augures... tous ces suppôts des faux dieux n'attendent qu'une occasion pour revenir.

Il se tut, savoura quelques secondes le silence de l'assistance. La pluie tombait plus dru, à présent elle crépitait sur le pont du navire, sur la toile des voiles. Il reprit :

— Mais nous les repousserons, mes frères. Aujourd'hui, l'Église est forte, elle est puissante. À Rome, nous avons brûlé les livres des faux prophètes. Ici aussi, en Gaule, nous ferons reculer les ténèbres. Nous amènerons la lumière en ce monde.

— Amen, lâcha le moine blond derrière lui.

Dans les rangs de l'équipage, quelques matelots se signèrent. Puis, comme la pluie redoublait, chacun retourna à son poste. Le capitaine donna le signal du départ, et les trois religieux allèrent se mettre au sec dans la cale.

Enoch raccompagna Thya dans sa cabine, au prétexte de rajuster sa coiffure.

— Tourne-toi, ordonna la jeune fille, très froide. Il faut que je me change, je suis une éponge.

Le maquilleur obéit sans trop de mauvaise grâce. Thya enleva sa *stola* verte, enfila à la place celle couleur d'aube, qu'Enoch avait nettoyée pour elle.

— Pourquoi m'as-tu raccompagnée ? lui demanda-t-elle tout en s'habillant. Tu avais une idée derrière la tête, je suppose…

Il inspira un grand coup, se lança :

— Je sais ce que tu es.

— Qu'est-ce que tu veux dire ? demanda Thya, tout en rajustant sa robe sur sa clavicule.

— Je sais que tu es une oracle, poursuivit le maquilleur. Ou au moins une magicienne.

Les mots, maintenant, lui venaient naturellement aux lèvres. Au fond, ce n'était pas plus mal qu'il tourne le dos à Thya. Cela facilitait les choses. La jeune fille suspendit son geste. Sa manche retomba sur son bras.

— Tu as deviné comment ? demanda-t-elle. Où est-ce que j'ai fait une erreur ?

— Nulle part, répondit Enoch, je te félicite.

En se changeant, Thya dégageait un parfum suave de savon d'Égypte, celui avec lequel Enoch avait lavé sa *stola*. Le maquilleur essuya ses mains mouillées sur sa tunique, sa nervosité revenait. Allons, se sermonna-t-il, il n'allait pas se laisser troubler par une simple odeur, pas maintenant. Il ravala sa salive, essaya de ne pas imaginer Thya demi-nue derrière lui.

— Tu n'as pas fait d'erreur, simplement j'ai rencontré un... enfin, un gars bizarre qui m'a parlé de toi. Un être surnaturel, je crois.

Thya remonta sa manche, un rien soulagée. Au moins, elle ne s'était pas trahie toute seule.

— Qu'est-ce que tu comptes faire ? s'informa-t-elle. Me dénoncer ?

Encore faudrait-il qu'on te croie, ajouta-t-elle *in petto*.

Enoch garda le regard rivé sur la porte devant lui. À force, il arrivait à distinguer chaque strie du bois.

— Je veux te prévenir, répondit-il. Fais attention... au Père Abbé, aux hommes d'Église, à n'importe qui... Tu es folle d'avoir demandé la protection de ces moines !

— Au contraire, rétorqua-t-elle. Tant que nous voyageons avec ces bons pères, nous sommes certains d'échapper aux sbires de mon frère. Tu me l'as dit, je ne fais pas d'erreur. Et je me méfie d'Aedon bien plus que de trois moines. Aedon a des mages avec lui. Des soldats. Des assassins, peut-être.

Elle attrapa une couverture pour frictionner ses boucles rousses.

— Crois-moi, relança Enoch, les religieux peuvent être pires. J'ai vu le traitement qu'ils réservent à leurs ennemis.

Thya posa sa couverture, surprise. Elle ne l'avait jamais senti aussi grave. Il reprit :

— Ma mère… ma mère est morte quand j'étais très jeune, mais je me souviens de ses dernières années. J'ignore ce qu'ils lui avaient fait subir, les prêtres de mon peuple. Je me rappelle les effets sur elle, par contre. Ses yeux vides, le moindre de ses gestes si lent, si douloureux. Même parler lui était devenu difficile. Elle était jeune encore, pourtant elle semblait déjà une très vieille femme, les cheveux gris, le visage ridé et las, sans expression, sans vie. Certains jours…

Le maquilleur avait serré les poings sans s'en rendre compte. Les images de sa mère lui revenaient au fur et à mesure qu'il en parlait. Tout ce qu'il racontait à Thya. Sa mère si pitoyable, si faible. Et tout ce qu'il cachait encore. Ce qui était trop douloureux à dire. Comment les autres Nodes traitaient sa mère dans les *sortes*. La manière dont ils s'écartaient d'elle, quand elle traversait les rues du village. Les histoires dont ses tantes lui remplissaient le crâne, comment sa mère était belle, était respectée, avant. Des récits qui rendaient plus cruelle, même pour le jeune enfant qu'il était, la déchéance de l'ancienne prêtresse.

Il se retourna vers Thya, les yeux rougis.

— Méfie-toi des prêtres, princesse. Je sais de quoi ils sont capables.

La jeune oracle se retrouva face à lui bras ballants, dépeignée, dans sa *stola* trop large, pas encore serrée à la taille. Jamais personne ne s'était confié à elle jusqu'ici, c'était une sensation étrange, inconnue. Comment réagir ? Elle fit un pas vers lui. Il la serra dans ses bras, l'étreignit comme s'il avait eu peur de la perdre. Thya étouffait un peu, mais n'osa pas le repousser. Puis, à son grand étonnement, elle s'aperçut que l'expérience n'était pas si désagréable. Le torse du jeune homme était ferme et tiède, plutôt rassurant. À son contact, les menaces et les ombres semblaient s'éloigner. Thya se blottit davantage contre lui. Elle se réchauffait, elle se détendait. Elle en oubliait presque qu'il s'agissait d'Enoch. Il passa une main dans les boucles emmêlées.

— C'était bien la peine que je t'arrange... murmura-t-il avec tendresse.

Sa voix fit réagir Thya. Soudain elle se rappela où elle était, dans quelle position, et avec qui. Elle se dégagea. Elle avait très chaud. Elle se détourna, tritura les rubans qui lui servaient de ceinture.

— Je... je vais chercher mon peigne... décida-t-il, embarrassé lui aussi.

— Oui, répondit-elle très vite. Si tu veux me recoiffer, ça vaut mieux.

Il sortit d'un pas pressé. *Tiens*, pensa Thya, *il marche à nouveau*. Il avait oublié sa béquille dans la cabine un peu plus tôt, quand il était passé fouiller dans les affaires de l'adolescente. Par la suite, entre l'arrivée des prêtres et la scène des confidences, personne, pas même lui, ne l'avait remarqué.

Les jours suivants se déroulèrent sans heurts, infirmant, pour un temps du moins, les craintes d'Enoch et de Mettius. Le deuxième jour, le Père Abbé aperçut Thya et Enoch en train de disputer leur rituelle partie de *latroncules*. Le prélat demanda poliment à prendre la place du maquilleur. Enoch goûta peu cette intrusion, mais ne trouva pas de raison valable de refuser. Pendant la partie, l'air de ne pas y toucher, le religieux interrogea l'adolescente sur sa famille, sur le pourquoi de son voyage... Thya resta le plus près possible de la vérité, dit que son père était militaire, qu'il avait reçu une mauvaise blessure. Le même jeu se répéta le lendemain, et le surlendemain encore. Thya se demandait quelles étaient les véritables motivations du Père Abbé, s'il la scrutait, la jaugeait, ou s'il appréciait simplement sa compagnie. Il se montrait affable avec elle, pourtant elle percevait chez lui une violence, une cruauté sous-jacente, prête à remonter à la surface. Parfois, elle avait l'impression de se retrouver face à un de ces ours dressés que des montreurs venus d'Orcynie amenaient dans les fêtes à Rome. Un de ces plantigrades si amusants en société, mais dont on ne riait qu'avec un frisson d'angoisse, car on sentait qu'à n'importe quel moment ils pouvaient se jeter sur un esclave ou un convive.

Bientôt le paysage changea. La Sequana en perdant ses affluents devint moins large, ses rives plus escarpées. Un vent froid se leva, rappelant l'hiver au milieu du printemps, faisant claquer les voiles du *Phaéton*. Ils étaient entrés dans le Plateau des Ligons.

Un matin, alors qu'une brume pâle montait sur le fleuve, une nuée de barques s'approcha du navire. À leur bord, des paysans en guenilles, une foule dépenaillée aux visages terreux et sombres. Le brouillard leur donnait l'air de fantômes. Mettius se précipita au bastingage, se demandant, comme à chaque alerte, si ces gens venaient pour Thya. Par réflexe, sa main se posa sur la garde de son glaive.

Mais non, les paysans voulaient parler aux moines. La rumeur s'était répandue sur le Plateau que des religieux d'importance voyageaient à bord du *Phaeton*. Le chef des miséreux ramait sur la barque de tête. Il portait une longue moustache, à la mode franque, et une capuche en peau retournée retenue par une fibule de cuivre. Lorsqu'il monta à bord, une puanteur de suif et de crottin envahit le pont. Et surtout une odeur de peur. La peur gagnait le fleuve avec le brouillard, avec les paysans hâves et blêmes, qui n'avaient pas dormi depuis plusieurs nuits. En les apercevant, Thya resserra sa pénule. Même Enoch, qui pourtant était peu impressionnable, chercha d'une main son couteau.

Le chef des paysans s'inclina très bas devant le Père Abbé. Puis il déclara avec un accent rauque, dans une langue qui ressemblait à peine au latin :

— C'est le Ciel qui t'envoie, mon père. Les sorcières… Elles ont détruit nos blés en herbe. Tué les vaches. Maintenant les enfants. Je t'en supplie, au nom du Christ, aide-nous.

Le Père Abbé se recoiffa la barbe, pensif. Les yeux des paysans, immenses et creusés, le fixaient au travers de la brume, pleins d'une adoration et d'un espoir sans bornes. Le religieux hésita, prit le temps de peser le pour et le contre. Puis il se tourna vers Thya.

— Tu t'intéresses aux sorcières, jeune fille ? Eh bien, tu vas pouvoir sans doute en voir de tes propres yeux.

15

Dans les ruines de l'Empire

Thya tenta de décliner l'invitation de l'abbé. Peine perdue, elle se retrouva bientôt à bord de l'une des barques. Devant elle, la haute stature du Père Théodose se dressait tel un barrage à la brume. Enoch et Mettius suivaient dans une autre embarcation avec les deux moines. Les paysans ne parlaient pas, leurs rames fendaient en silence la surface du fleuve.

Les canots cognèrent contre le rivage. La petite troupe mit pied à terre. Le chef des paysans désigna du doigt les pentes abruptes qui bordaient la Sequana. Ils devaient grimper jusqu'au sommet du Plateau. Thya fit l'ascension en tête, avec aisance, elle avait gagné en résistance depuis qu'elle avait quitté la maison de son père. Elle atteignit le Plateau à peine essoufflée, marqua une pause pour attendre les autres.

La brume était restée prisonnière du fleuve en bas. Devant la jeune oracle, le Plateau découvert s'étendait jusqu'à l'horizon, mosaïque grise et terne de champs en friche, de vieilles granges, d'étangs et de vasières, avec, çà et là, la tache verte d'un bosquet de hêtres. Une bise aigre couchait les herbes à ses pieds, et les premières fleurs du printemps.

— Courage, grogna le chef des paysans derrière elle. Nous sommes bientôt arrivés.

Il reprit la direction du cortège.

Au bout de quelques milles, les marcheurs arrivèrent en vue d'une ferme. Ou plutôt, comme le comprit Thya, ce n'était pas une ferme, mais une ancienne villa romaine. Une de ces vastes demeures, que l'on construisait autrefois au cœur des *latifundia*, des immenses propriétés agricoles qui avaient, durant des siècles, nourri l'Empire. En la découvrant, le cœur de Thya se serra. Qu'était devenue sa splendeur, aujourd'hui ?

Les terres arables alentour étaient pour beaucoup laissées à l'abandon. Dans les parcelles encore cultivées, le blé pourrissait, bien avant sa maturité. La villa elle-même tombait lentement en ruine. Le portail d'entrée n'était plus qu'un lointain souvenir, enfoui sous la vigne vierge et la glycine mauve. Les deux ailes de la villa avaient conservé leurs quatre murs, mais le toit, à l'étage, avait presque entièrement disparu. Un reliquat de tuiles, au bout de l'aile gauche, contre le pigeonnier, donnait une vague idée de ce qu'il avait pu être, cent ans auparavant.

La villa semblait s'être endormie d'un sommeil sans rêves, et ne plus pouvoir se réveiller. Les vrilles de la vigne s'enroulaient autour des colonnes brisées du péristyle. Les paysans accrochaient leurs ânes aux statues de Proserpine en bronze verdi. Ils menaient boire leur bétail dans les larges piscines carrelées de marbre fendu, nappées de nénuphars et de lentilles d'eau. Une vie nouvelle s'était installée dans l'auguste carcasse. Une vie plus humble, moins fastueuse, que celle des temps anciens. Était-ce cela, l'avenir ? s'interrogea Thya, avec un égoïsme amer. Était-ce pour cela que l'Empire devait mourir ?

La suie des feux de camp noircissait les fresques des façades. Des enfants pouilleux poussaient des chèvres pleines de tiques sur le pavage érodé. Au passage de Thya, ils levèrent la tête, la fixèrent avec une attention gênante. Avec sa *stola* couleur d'aurore, son chignon lourd et complexe, le bijou étrusque qui fermait sa pénule, elle évoquait davantage les femmes qui s'effaçaient sur les fresques, que celles du temps présent. Elle regarda droit devant elle, s'efforça d'ignorer la curiosité insistante des petits pâtres. À la suite du chef local, elle longea les piscines vertes. Le vent froissait les pétales doux des glycines, emportant leur parfum de miel. Quelques rares abeilles bourdonnaient autour des colonnades. Un instant, il sembla à Thya que le murmure autour d'elle était celui de la vieille villa. Qu'elle n'aurait eu qu'à cligner des yeux pour revenir des siècles en arrière, et croiser de jeunes patriciennes en mules de cuir rouge riant au bord des bassins. Dans l'imagination de Thya, en ces temps révolus il faisait toujours beau. Mais sans doute se dépeignait-elle le passé ainsi, à cause de ses propres souvenirs d'Aquitania, de son pays du sud gorgé de soleil et de lumière. Elle ralentit le pas sans s'en rendre compte, s'attarda pour contempler le ballet d'un éphémère à la surface de l'eau. Enoch la prit par l'épaule, la secoua.

— Thya, tu rêves ?

Elle revint au présent.

— Oui, j'ai rêvé, je crois.

Elle regarda autour d'elle, regarda *vraiment*. Les paysans, maintenant, se tenaient tous immobiles, raides, les yeux rivés sur leurs visiteurs. Certains avaient gardé leurs faucilles et leurs fourches à la main. *Ils sont si peu nombreux*, réalisa soudain Thya. *Trop peu, pour entretenir une telle exploitation.*

Le chef tira l'abbé par la manche, pour presser le mouvement.

— Venez, dit-il, c'est par là.

— Nous vous suivons, répondit le Père Théodose en se dégageant d'un geste agacé.

Il savait que les gens d'ici étaient inquiets, mais de là à perdre tout sens du décorum… Le chef se plia en deux, confus, et invita ses hôtes à entrer dans le bâtiment.

Dès qu'elle posa le pied à l'intérieur, Thya se sentit oppressée. Les couloirs bruns de crasse puaient le bouc, les relents de cuisine et les fientes de pigeons. Celles-ci devaient s'accumuler sur le plancher de l'étage, plancher qui servait désormais de toit aux occupants des lieux. La jeune oracle serra les pans de sa pénule, alors même qu'il faisait plus chaud dedans que dehors. À l'intérieur, la villa lui apparaissait comme une sorte de caricature, une version déformée, sale et grotesque, de la maison de son père, en Aquitania. Enoch lui frôla le bras, pour la soutenir. Mettius glissa une main vers la garde de son poignard.

Heureusement, ils ne s'attardèrent pas à l'intérieur. Le chef se contenta de leur faire traverser le bâtiment. De l'autre côté s'ouvrait une seconde cour, moins large que le grand péristyle, entourée de hauts murs. C'était là que les paysans, pour la plupart, s'étaient rassemblés. Ils s'écartèrent à l'arrivée de leur chef, laissant voir, au centre de la cour, un haut bûcher en bois de hêtre. Thya retint un cri. À ce bûcher étaient ligotés deux êtres humains, une femme en robe grise, aux longues nattes blondes, et une fillette osseuse, aux cheveux bruns et gras. Elles étaient à bout de forces, la tête ballante, les paupières mi-closes. Deux poupées de son sans chair et sans nerfs, que leurs liens de chanvre seuls maintenaient encore debout. La foule chuchotait autour d'elles, leur jetait des regards en coin.

— Vois, Père Abbé, déclara le chef local, avec une fierté malsaine. Vois, nous avons capturé les sorcières, à cause desquelles notre blé est mort.

Thya voulut s'interposer, demander quels crimes avaient commis ces deux femmes, la gamine surtout. Mais au moment où elle allait parler, elle saisit une expression particulière sur le visage du chef et ceux de ses paysans. Une lueur trop reconnaissable dans leurs yeux. Cette expression, ce regard, Thya les avait déjà vus. Sur son frère, Aedon, lorsqu'il s'apprêtait à achever un animal pris au piège. Lorsqu'il inventait de nouveaux châtiments, toujours plus cruels, pour ses esclaves, pour le plaisir de les regarder souffrir. La logique, la raison, la justice n'avaient rien à voir dans cette affaire. Ces gens avaient soif de souffrance. Soif de mort et de sang.

Le chef se tourna vers le Père Abbé, en tordant ses doigts gourds.

— Nous voulions les brûler hier, expliqua-t-il, mais nous avions peur de ce qui pourrait sortir du feu. Les sorcières, on m'a dit, elles se transforment en Diable quand elles flambent.

Elles sont encordées là depuis hier, comprit Thya. *Pas étonnant qu'elles soient dans cet état.*

— Tranquillisez-vous, répondit l'abbé d'un ton bonhomme.

Il leva une main, en un geste d'apaisement, et un instant Thya voulut lui faire confiance. Thya nourrit l'espoir dément que le prêtre allait demander un peu de justice, un procès, une enquête…

— Avez-vous fait le nécessaire, pour ces deux malheureuses ? s'enquit-il d'une voix grave.

Un brouhaha léger s'éleva de la foule.

— Le nécessaire, mon Père ? interrogea le chef.

— Oui, reprit l'abbé, pédagogue. Leur avez-vous permis d'avouer leurs péchés ? De se repentir ?

— Non, mon Père. Nous n'y avons pas pensé.

— Eh bien, c'est l'occasion.

Le religieux se carra devant le bûcher, et s'adressa aux deux femmes :

— Confessez vos fautes, et vous obtiendrez le pardon. Autrement, cette nuit, vous rôtirez en Enfer. Dieu est clément, ajouta-t-il, Dieu pardonne. Je vous laisse jusqu'au crépuscule.

Un silence suivit cette déclaration. Le vent sifflait dans les lézardes des pierres, faisait osciller les nattes de la femme âgée, les mèches grasses de la fillette. C'était une farce sinistre. Thya frémit, indignée.

Enoch lui effleura l'épaule. Par une légère pression des doigts, il tenta de lui dire :

— *C'est ainsi que le monde fonctionne. Protège-toi, ma belle. Ne tente pas de changer ça.*

En bas, la brume stagnait sur le fleuve. Sur le pont du *Phaéton*, le matelot de garde scrutait la nappe cotonneuse. Il tapota le bastingage d'une main nerveuse. Il n'aimait pas ce temps. Sa grand-mère lui avait raconté que les monstres naissaient dans la brume. Bien sûr, il n'y croyait pas, pas vraiment. Par contre les *latrones*, les brigands et les pirates adoraient frapper dans le brouillard. Cela surtout inquiétait le marin, plus que des contes de bonne femme. Il leva le nez et huma l'air humide. Il espéra que le Père Abbé ne tarderait pas trop. Pourquoi avait-il emmené la jeune patricienne avec lui ? Le matelot haussa les épaules. Bah, l'abbé était un homme au fond, il n'était pas insensible aux charmes d'une jolie fille… Certes, pensa le marin, la jeune rousse n'était pas vraiment belle, elle manquait trop de chair pour ça. Mais elle était très apprêtée, très élégante. Et elle avait de ces yeux…

Le matelot essaya d'imaginer ce que donnerait le regard vert de Thya, sur la figure d'une autre femme. Par exemple la gironde Alba, qu'il avait rencontrée dans une auberge de Lure… Il avait presque réussi, quand un bruit sur sa gauche le ramena à ses devoirs. Comme un ressac très ténu. Il tourna la tête. Quelque chose cogna contre la coque. Le son n'était pas assez lourd pour que ce soit un tronc d'arbre. Une vieille carpe, sans doute. Certaines, parmi les plus âgées, pouvaient peser plusieurs *limes*. Avec prudence, le matelot se pencha au-dessus du bastingage. Au début, il crut qu'il avait mal vu, à cause du brouillard. Il se frotta les paupières, regarda à nouveau. Mais non, il ne s'était pas trompé. C'était bien une femme, qui flottait juste sous la surface de l'eau. Une noyée ? Le marin le crut tout d'abord. Il allait chercher une gaffe pour la repousser, quand d'un coup elle ouvrit les yeux. Le marin se figea sur place. Elle avait des iris fascinants, troubles comme l'eau saumâtre des marécages, mauves comme les fleurs de glycine, chatoyants comme les améthystes des mines de Salwa.

D'un mouvement souple, elle se hissa hors de l'eau. Elle monta à bord du *Phaéton* par l'échelle de corde, qu'un mousse oublieux avait laissé déroulée. Ses longs cheveux blancs détrempés, plaqués contre son dos pâle, soulignaient la courbe de ses reins. Des gouttes d'eau coulaient en perles liquides le long de sa gorge. Le matelot la regarda avancer vers lui, incapable de remuer un cil. Autour d'elle, la brume se gonflait, respirait telle une chose vivante. L'Ondine posa ses lèvres sur celles du marin. Il grelotta. Elles étaient glacées, et pourtant il n'avait pas envie de rompre ce contact. D'un long baiser suave, l'Ondine aspira le souffle de sa proie. Les poumons du matelot se comprimèrent. Lorsqu'il se rendit compte qu'il suffoquait, il était déjà trop tard. Juste avant de mourir, il se rappela les contes de sa grand-mère. Les monstres naissent avec la brume… Et il regretta de ne pas y avoir cru.

L'Ondine fit basculer le cadavre par-dessus le bastingage, tout en douceur, pour qu'il n'alerte personne en tombant dans la Sequana. Puis elle se dirigea vers la cabine de Thya, ouvrit le loquet en murmurant quelques paroles sacrées que lui avait apprises Culsans, dieu des portes. Une fois à l'intérieur, elle récupéra dans la besace de la jeune oracle le rouleau de manuscrits étrusques, enveloppés dans leur protection de cuir. Puis elle remit tout en place et quitta les lieux. Pour repartir, elle emprunta l'un des canots du *Phaéton*. Elle ne voulait pas mouiller les précieux manuscrits.

Pendant qu'elle regagnait la rive, le corps du marin mort, lui, dérivait le long du fleuve, poussé par les courants. Un peu plus bas, vers l'aval, confortablement installé sur un banc de sable, Nodens, le dieu au bras d'argent, le dieu pêcheur d'âmes, attendait.

16

Le sens du devoir

— Et si elles sont innocentes ? demanda Thya tout à trac.

— Plus bas… répondit Mettius.

— Pourquoi ? Ici personne ne risque de nous entendre.

— Ne joue pas à ce jeu-là, ma belle, soupira Enoch.

Et il retourna les anguilles sur le feu. Un fumet alléchant monta des broches improvisées, de jeunes branches encore vertes, sur lesquelles le maquilleur avait enfilé les poissons. En d'autres circonstances, rien qu'à cette odeur, l'estomac de la jeune oracle aurait gargouillé de faim. Mais pas aujourd'hui.

Ils s'étaient réfugiés dans l'ancienne maison du gardien. Les paysans l'avaient laissée inoccupée, à cause d'un trou dans le mur qui ouvrait sur le Plateau. Enoch avait échangé les anguilles à une jeune bergère, contre une œillade et un morceau de ruban. À présent, il faisait cuire ce repas sur la braise. Sa conquête du jour lui avait fourni une miche de pain rustique, à la farine de châtaigne, qui s'émiettait largement sur le sol. D'habitude, cela gênait Thya, quand Enoch profitait de sa belle gueule pour obtenir des faveurs auprès des filles. Aujourd'hui, elle s'en moquait. Elle tira sur un pli imaginaire de sa *stola*, mit en mots les pensées qui lui martelaient le crâne.

— Ils vont les brûler. Ils les ont laissées accrochées à ce poteau pendant deux jours, et ce soir ils vont les brûler.

Mettius lui saisit le poignet, l'attira vers lui. Il lui chuchota, au creux de l'oreille :

— Ne pense plus à ça, tu as compris ?

Il avait pris un ton d'autorité que Thya n'avait encore jamais entendu, mais il en fallait plus pour la déstabiliser.

— Pourquoi ? répliqua-t-elle.

— Parce que tu ne peux rien pour elles.

— Qu'en sais-tu ? Tu n'as rien tenté.

— Je sais que c'est dangereux. Et je sais aussi où est ton devoir. Aller à Brog. Sauver ton père.

L'évocation de son père fragilisa un instant l'adolescente. Mettius s'engouffra dans la brèche :

— Le devoir exige des sacrifices. Ce n'est pas à la fille de Gnaeus Sertor que je vais apprendre cela.

Thya se reprit. Personne n'avait le droit de se servir de son père. Pas contre elle. Pas ainsi.

— Laisser des innocents mourir, ce n'est pas un sacrifice. C'est juste… plus facile.

D'un geste sec, elle dégagea son poignet. Elle regarda le vétéran avec une colère qui ressemblait presque à de la haine.

— Mon père… répliqua-t-elle d'une voix basse, mais vibrante… Mon père n'aurait jamais parlé comme toi.

Cette déclaration fit l'effet d'une gifle sur le vétéran. Il recula contre le mur, lâcha :

— Crois ce qui te plaît, Thya, fille de Gnaeus Sertor. Mais ne compte pas sur moi pour t'aider.

Il croisa les bras, regarda par le trou dans le mur le jour gris au-dehors. Thya se tourna vers Enoch. Le maquilleur secoua la tête.

— Je t'ai déjà livré ma pensée, ma belle, sur le *Phaéton*, rappelle-toi. Tu ne dois pas te mettre en danger. Et de toute façon, seule, tu ne peux rien pour ces femmes.

Thya tapa du plat de la main sur le pli de sa *stola*. Puis elle prit l'une des anguilles sur le feu, une tranche de pain, se leva avec un port de reine.

— Où vas-tu ? s'inquiéta Enoch.

Elle lui accorda à peine un regard.

— Nourrir les prisonnières. Elles doivent brûler, pas mourir de faim.

Elle sortit sans attendre sa réaction. Enoch se retourna aussitôt vers Mettius.

— Nous devons l'arrêter !

— Elle n'est pas inconsciente, rétorqua le vétéran sans bouger. Elle sait bien que sans nous, elle ne peut rien. Et elle est pragmatique, aussi, elle l'a toujours été.

— Vraiment, lâcha Enoch, consterné. Tu crois si bien connaître Thya ?

Elle traversa le péristyle la tête haute. Elle longea les piscines en droite ligne, avec toute la morgue dont elle était capable. Les yeux des paysans étaient rivés sur elle. Elle les sentait presque physiquement, comme s'il s'était agi d'autant de mains moites, qui lui caressaient la peau. Tous l'observaient, la détaillaient des pieds à la tête. Mais c'était ce qu'elle voulait. Personne ne la soupçonnerait d'aller libérer les prisonnières. Personne ne la croirait capable d'autant d'inconscience. Elle comptait là-dessus, en tout cas.

La situation tout entière lui semblait irréelle. Elle aurait dû... être en sueur, avoir les genoux qui tremblent... Le cœur qui cogne à lui briser la poitrine. Mais rien de tout cela. Comme si l'excès de peur avait tué ses craintes. Rien ne restait dans son esprit, que la certitude, l'évidence absolue qu'elle ne pouvait pas agir autrement.

Suite aux remontrances de l'abbé, les paysans avaient quitté la cour où se trouvait le bûcher. Les prisonnières étaient seules avec leur conscience. Le chef n'avait posté que deux gardes dans le couloir qui menait à la cour. Deux jeunots aux torses râblés, armés l'un d'une serpette, et l'autre d'une petite hache pour élaguer les pommiers. Thya leur lança, toujours hautaine, qu'elle apportait à manger aux sorcières. Pour faire bonne mesure, elle ajouta deux phrases sur la charité chrétienne. Ils la laissèrent passer.

Une fois dans la cour, confrontée à la réalité de ce qu'elle comptait faire, son pouls s'accéléra. Elle ne se laissa pas distraire pour autant. Elle balaya les lieux du regard. Personne en vue, que les deux prisonnières, la femme blonde et la fillette maigre. Et le vent qui soulevait leurs cheveux. Thya posa son poisson et son pain au pied du bûcher, sortit son couteau de sa pénule. Son sac de voyage était resté à bord du *Phaéton*, mais son couteau, elle l'emportait toujours avec elle.

Elle s'occupa d'abord de la fillette. Celle-ci respirait à peu près, son souffle soulevait sa poitrine osseuse, sous le plastron de sa robe en haillons. Elle puait la sueur, la crasse et l'urine, comme sa mère – forcément, songea Thya, après deux jours attachées là… Elle se pencha à l'oreille de la gamine, lui murmura, entre deux mèches de ses cheveux sales :

— Je viens te libérer.

La fillette ouvrit les paupières. Thya lut dans ses yeux une résistance, une ténacité peu commune, qui la touchèrent aussitôt.

— Ne t'inquiète pas, ajouta-t-elle, en espérant que la gamine la comprenne.

Son couteau était affûté. Il mordit férocement dans les cordes de chanvre. La gamine libérée tituba comme un ivrogne. Thya l'aida à s'appuyer contre le poteau, lui apporta de la nourriture, lui fourra un morceau de pain et de poisson dans la bouche. La fillette se mit à mâcher, d'abord lentement puis de plus en plus vite. Elle reprit un peu de couleurs.

— Viens, chuchota Thya.

Elle lui prit la main, l'amena jusqu'au mur d'enceinte, là où la vigne vierge était plus luxuriante qu'ailleurs.

— Tu peux grimper ?

La gamine hocha la tête avec vigueur. *Parfait*, pensa Thya. *Au moins, elle n'est pas trop lourde, la vigne ne cassera pas sous son poids.* Elle lui posa une main sur l'épaule, et à la façon d'une sœur aînée, ajouta :

— De l'autre côté, c'est le Plateau. Quand tu y seras, tu te mets à courir. Tu ne regardes pas derrière toi, tu cours, tu cours jusqu'à ce que tu ne tiennes plus debout, que tu trouves un cheval ou un endroit où te cacher…

Nouveau hochement de tête. Thya se dit qu'elle perdait du temps, que la fillette savait mieux qu'elle comment survivre dans la nature. Elle l'aida à s'accrocher à la plante, la souleva le plus haut qu'elle put. La fillette se hissa jusqu'en haut sans difficulté, bascula de l'autre côté. Thya s'essuya les mains sur sa pénule. *À la mère, maintenant.*

Elle revint vers le bûcher, s'approcha de la femme blonde. Celle-ci, contrairement à la gamine, respirait à peine. Ses nattes, ses longues tresses claires, semblaient seules douées de vie. Thya se demanda si elle parviendrait à tenir debout, une fois ses liens tranchés. Cependant la jeune oracle n'avait pas pris autant de risques pour reculer. Elle serra plus fort son couteau. Au moment où elle allait attaquer les cordes, la pogne de l'abbé s'abattit sur son épaule. Thya se retourna vers lui d'un mouvement brusque. Il eut un sourire de triomphe, comme un ours qui vient d'attraper un rayon de miel.

— Eh bien, qu'avons-nous là ? Tu n'es donc pas si innocente que…

Thya ne le laissa pas finir. Elle lui planta son couteau dans la main. Il hurla, il ne s'attendait pas à une réaction aussi vive. Elle lui échappa, contourna le bûcher, sa lame pleine de sang tendue devant elle. La haute stature de l'abbé obstruait la seule sortie. Thya recula contre le mur du fond. Derrière l'abbé, elle aperçut les deux paysans de garde. Leur serpe et leur hache luisaient sous le gris du ciel. Maintenant, ces instruments révélaient leur vraie nature. Ce n'étaient pas de simples outils agricoles. C'étaient des armes.

Thya était acculée. Elle sentait les feuilles de la vigne s'écraser dans son dos, humides et poisseuses. L'abbé se tenait la main de l'autre côté du bûcher, les doigts dégoulinant de sang. D'un signe de tête, il ordonna aux deux paysans d'attraper la jeune fille. Ils s'avancèrent chacun d'un côté du bûcher, pour la prendre en tenaille. Elle jeta un coup d'œil à droite, à gauche. Lequel frapper en premier ? Si elle était assez rapide… Soudain elle entendit siffler au-dessus d'elle. Elle leva la tête. C'était Enoch. Enoch perché sur le mur, qui lui tendait la main. Elle la saisit. Il la hissa vers lui. L'un des deux paysans tenta de lui attraper les jambes. Il reçut un pilum en pleine gorge, chuta sur le sol en bavant du sang. Thya chercha qui avait lancé l'arme. C'était Mettius, en face. Il était monté à l'étage de la villa, l'étage sans toit. De là, il appela Thya et Enoch :

— Venez !

Les deux jeunes gens s'élancèrent comme des funambules sur le sommet du mur, sautèrent sur le plancher de l'étage.

— Il y a des chevaux, attachés contre le pigeonnier, là-bas, leur dit Mettius. On y va !

Ils coururent vers le pigeonnier. Le plancher était constellé de lichens et de mousses, avec des trous un peu partout, certains bouchés par du chaume, d'autres non. Les paysans grimpaient à leur tour à l'étage par un escalier de pierre usée.

— Partez devant, lança Mettius à Thya et Enoch. Je vais les retarder.

Thya voulut protester. Enoch lui prit la main et l'entraîna avec lui.

Mettius tira son glaive, se mit en garde en haut de l'escalier. Les paysans se jetèrent sur lui en criant. En première ligne, un grand gaillard brandissait une hachette. Mettius lui déchira le bras avant qu'il ait pu frapper. Du coude gauche, il fracassa la mâchoire d'un deuxième assaillant. Un troisième voulut lui faucher la gorge. Il se baissa pour l'éviter. Du tranchant de son glaive, il lui sectionna les ligaments des genoux. L'homme chancela. Mettius le repoussa du pied et l'envoya bouler au milieu de ses camarades, renversant deux d'entre eux. Déjà les autres revenaient à la charge. Mettius perça un ventre d'un glaive, une bêche lui heurta la tempe. Sa tête résonna comme une cloche d'église, il serra les dents, se maintint tant bien que mal sur ses jambes, continua à frapper. Sur un coup de chance, il fendit en deux le crâne d'un de ses adversaires, dans une gerbe de sang. Les autres reculèrent, enfin, lui laissant un peu d'air. Ses muscles lui faisaient mal, ses bras commençaient à trembler. Il devenait trop vieux pour ce genre d'aventures. Il saisit son glaive à deux mains, espéra qu'en face ses ennemis n'avaient rien vu.

De leur côté, Thya et Enoch arrivaient au bout de l'aile gauche. En quelques coups de talon, le maquilleur défonça le plancher moisi, dispersant une nuée de blattes et de papillons blancs. Il passa par le trou, retomba au rez-de-chaussée.

— Saute, souffla-t-il à Thya.

Elle ne l'entendit pas, mais elle comprit les mots aux mouvements de ses lèvres. Elle sauta. Enoch la réceptionna dans ses bras. Elle regarda autour d'elle. Ils étaient tombés dans une petite pièce poussiéreuse, vide, par chance, avec une porte qui donnait dehors, sur le plateau. C'était presque trop beau pour être réel. Dehors, ils entendaient piaffer des chevaux.

— Je passe le premier, chuchota Enoch.

Thya hocha la tête. Il tira son poignard, par précaution, se glissa jusqu'à la porte entrouverte. Il passa le torse au-dehors. Thya entendit un choc sourd, le vit s'effondrer d'un coup. Elle retint un cri. La silhouette du Père Abbé s'encadra dans l'ouverture. Il avait un bâton dans les mains. Son sang gouttait le long de l'écorce. Thya s'enfuit dans les couloirs de la villa. Il y avait forcément une autre issue… Elle avisa une deuxième sortie, elle y était presque… quand soudain les enfants émergèrent des pièces adjacentes. Les petits pâtres maigres, silhouettes déguenillées, noires de crasse, lui barrèrent le passage. Elle avait perdu la partie. Le Père Abbé cria, en direction de l'étage :

— C'est bon, je la tiens !

À l'étage, il y eut un moment de flottement. Les paysans ne savaient plus s'ils devaient reprendre l'assaut. Exigeant un dernier effort de ses muscles douloureux, Mettius escalada le pigeonnier en s'accrochant à la vigne. Il se mit debout sur le toit en pente. Les tuiles moussues craquèrent sous ses bottes. Il jeta un coup d'œil en bas, vers les piscines pleines à ras bord d'eau de pluie. Il faudrait qu'il plonge assez loin, songea-t-il, pour ne pas s'écraser sur le bord.

Sur le pigeonnier, il ne pourrait pas prendre beaucoup d'élan. C'était hasardeux, très hasardeux. Mais pas irréalisable. Il prit une profonde inspiration, plia les jambes, et d'une brusque détente se propulsa en avant.

Les paysans assistèrent bouche bée à son plongeon dans la piscine. La surface de l'eau se gondola lorsqu'il la frappa, les vagues soûlèrent les plantes aquatiques qui nappaient la piscine, secouèrent les ajoncs et les roseaux. Quelques femmes se précipitèrent vers le bassin. Elles attendirent de le voir remonter. En vain. Il ne remonta pas.

Thya dressa l'oreille. Elle avait entendu Mettius plonger. Puis plus rien. Un instant, elle espéra qu'il allait surgir derrière le Père Abbé, son glaive à la main. Puis elle se rendit à l'évidence. Le vétéran ne viendrait plus. Elle ravala sa salive, une tristesse intense lui noua la gorge. Mais elle n'allait pas pleurer, pas maintenant, devant le prêtre. Au contraire.

— Je suis fille de général romain, déclara-t-elle. S'il m'arrive quoi que ce soit, ma famille te demandera des comptes.

— Ne t'inquiète pas pour ça, grimaça l'abbé, tu auras un procès dans les règles.

— Où ça ? railla Thya. Ici, dans ces ruines ?

— Non, dans l'une des plus grandes cités de Gaule. Losna Domitia, ou quel que soit ton nom, je t'amène avec moi à Andemantunnum.

Andemantunnum. Thya encaissa le choc, mieux qu'elle n'aurait cru. *Au moins*, songea-t-elle, *cela me laisse le temps de préparer ma défense. Et ça me rapproche de Brog.*

Étendu aux pieds du prêtre, Enoch geignit faiblement, sans pour autant reprendre connaissance. Dehors, sur le Plateau, il se remit à pleuvoir. De lourdes gouttes froides martelèrent la surface de la piscine où Mettius avait disparu.

17

Andemantunnum

La pluie tombait dru sur Andemantunnum, la capitale du nord de la Gaule, la seule rivale de Lugdunum, et la plus puissante cité du Plateau des Ligons. Élevée sur une colline escarpée, dominant l'étendue grise du Plateau, la ville avait déjà repoussé plusieurs invasions barbares. C'était au pied de ces murailles que l'Empereur Constance avait vaincu les Alamans, un siècle plus tôt. Aujourd'hui, l'averse lavait à grande eau les remparts de pierre claire. Le mauvais temps vidait les rues. Seuls quelques esclaves transis traversaient en courant le *cardo*, l'axe nord-sud qui partageait en deux la ville, et se confondait, ici, avec la Voie Romaine qui menait à Treveris.

Depuis la fenêtre de sa chambre, à l'étage de sa riche maison urbaine, Flavius Namitius contemplait avec une moue le déluge qui noyait la cité. Fils oisif du proconsul Flavius Salone, en poste depuis dix-huit mois dans la Gaule Celtique, Namitius était un jeune héritier boudeur et trop gâté, qui, à vingt et un ans, s'empâtait déjà. Son ventre rond et mou tendait sa tunique de soie amarante. Des bagues multiples alourdissaient ses doigts boudinés. Un cercle d'argent, à la mode franque, serrait son front dégarni. Un peu plus tôt dans la journée, il avait fait apporter plusieurs braseros dans sa chambre. La chaleur des braises rougeoyantes luttait vaillamment contre l'humidité qui montait du dehors. Namitius s'éloigna de la fenêtre, après un regard peu amène vers le cardo en contrebas. Il alla chercher sa cape en hermine sur le dossier d'une chaise, s'en enveloppa frileusement. Il haïssait ce pays. Andemantunnum, le Plateau, et la Gaule tout entière… Il aurait tellement aimé que son père le laissât à Rome. Mais non, le vieux Salone avait insisté pour que son fils unique l'accompagne dans sa nouvelle affectation. Pour l'endurcir, disait-il. Et aussi pour le soustraire à la mauvaise influence de ses amis romains. Sur ces deux points, le vieil homme avait échoué. La rudesse du climat avait juste renforcé l'aversion de Namitius pour l'hiver. Et en dépensant sans compter l'argent paternel, le jeune homme avait peu ou prou retrouvé, dans sa luxueuse demeure du centre-ville, un train de vie qui valait celui de Rome. Car Salone lui-même passait ses journées hors des murs, à surveiller les abords de la Via Agrippa, à pourchasser les *latrones* qui se multipliaient sur le Plateau, à surveiller les mouvements des barbares du côté du Monte Vosego… Tout cela avec si peu d'hommes, que c'en devenait une tâche absurde. Namitius ne comprenait pas pourquoi son père s'acharnait, se ruinait la santé sur les routes pour poursuivre des chimères. Le terme même de devoir, cette vieille notion des chimères antérieures à l'Empire, née aux temps obscurs de la République, avait depuis longtemps perdu tout son sens. Ce n'était plus qu'un emblème en loques, dont les dernières couleurs filaient dans la boue du Plateau. Non, décidément, Namitius n'éprouvait plus aucun respect pour son père, si jamais il en avait eu un jour.

Andemantunnum n'était pas Rome, et Namitius, malgré son existence aisée, s'ennuyait chaque jour davantage, éloigné des intrigues et des complots qui se tissaient là-bas, dans la capitale de l'Empire, c'est-à-dire du monde. Du coup, quelques jours plus tôt, quand il avait reçu un message de son cher ami Aedon, cela avait embelli sa matinée. Aedon, il le savait déjà, avait essayé d'assassiner son propre père, et il avait plus ou moins échoué, d'ailleurs. Namitius, lui, n'avait jamais été tenté par le meurtre. Trop sale, et, comme la mésaventure d'Aedon le prouvait, beaucoup trop incertain. Pis encore, Aedon avait plus ou moins perdu la trace de sa sœur – comment pouvait-on perdre la trace d'une *femme* ? s'était étonné Namitius. A fortiori quand ce n'était ni une courtisane ni une catin ?

Quoi qu'il en soit, pour rendre service à son ami, Namitius avait imité la signature et le sceau de son père, ce qui n'était pas une première pour lui. Il avait lancé des agents du proconsul sur les fleuves, à la recherche de l'adolescente. En vain, jusqu'à présent. Cette gamine s'avérait plus fuyante qu'une anguille. Enfin, cette traque rompait la monotonie du Plateau…

Namitius hésita un instant à sortir de sa chambre, décida plutôt d'appeler un esclave pour se faire apporter du vin. Et des dattes. Des dattes fourrées charroyées à grands frais depuis les rives de la Mare nostrum. Depuis un pays civilisé. Le jeune patricien passa la tête par la porte, il allait appeler, donc, quand brusquement, une forme se matérialisa devant lui. Un scribe égyptien sans âge, avec de longues mains cireuses, un manteau vert brodé de hiéroglyphes. Namitius sursauta. Même s'il avait déjà assisté à une apparition de Nakht, le phénomène restait impressionnant. Au contraire d'Aedon, Namitius, en bon chrétien, craignait Dieu et ne frayait pas avec les magiciens. Certes, sa moralité s'arrêtait là. Mais il était toujours révulsé, quand Nakht projetait son corps au travers du temps et de l'espace, pour qu'Aedon puisse s'exprimer à travers lui. Il remonta sa fourrure sur son menton, se retint de faire un signe de croix. Nakht demeurait immobile, les lèvres molles et le regard vide. Enfin il parla, avec la voix d'Aedon. Les mots d'Aedon coulèrent de sa bouche :

— *Vale*, Namitius, mon cher camarade, comment te portes-tu ?

— *Vale*, Aedon. Je vais aussi bien que je puis, dans cette ville fade et glaciale. Et je n'ai pas retrouvé ta sœur, si c'est ce pour quoi tu es venu.

Une ombre de sourire glissa sur les lèvres amorphes de Nakht. Le rictus cynique, si reconnaissable, d'Aedon. Namitius refoula un haut-le-cœur. Nakht se remit à parler :

— Non, ça, je m'en doutais. Ma sœurette fait preuve de ressources insoupçonnées. Mais j'ai enfin de bonnes nouvelles. Elle s'approche de toi, elle vient vers Andemantunnum, mon magicien me l'a dit. Quand elle sera ici, dans ta ville, j'espère qu'au moins tu réussiras à la retrouver. Car pour l'instant, mon cher Namitius, tu te révèles aussi inutile que les vieux soldats de mon père. Sauf qu'eux ne m'aident pas, parce qu'ils ne m'aiment pas. Toi, quel est ton excuse ? Tu n'es pas plus bête qu'un autre… non ?

Namitius ne releva pas l'insulte. Après tout, il ne fréquentait pas Aedon pour le plaisir de sa compagnie. Il préféra dévier la conversation :

— Et ton père, comment se porte-t-il ?

— Toujours en vie.

— Il s'accroche, remarqua Namitius, un brin cruel.

— Il n'est que l'ombre de lui-même, grinça Nakht-Aedon. Sa mort serait une délivrance.

— Même pour lui ? plaisanta Namitius.

Nakht-Aedon ne se donna pas la peine de répondre. Il regarda ailleurs, comme s'il observait, par la fenêtre de sa chambre, à Varatedo, un oiseau s'envolant de l'oppidum. Il lança, sur un ton anodin :

— J'ai hâte que tu m'apportes des nouvelles de ma sœur. Sinon, je me chercherai de meilleurs amis. Et souviens-toi, pour la reconnaître : elle est maigre, des cheveux noirs toujours mal coiffés, une silhouette de garçon…

— … et des yeux clairs, compléta Namitius. Tu me l'as déjà dit, et je ne l'ai pas oublié.

Nouveau sourire fantôme sur la face de Nakht.

— Tu vois, tu es parfois capable de quelque chose. Je te revaudrai ça, quand mon père sera mort. Et que je serai sénateur.

La tête de Nakht retomba contre son torse. Il disparut d'un coup.

Namitius prit une profonde inspiration. Il avait besoin de s'asseoir. Il se laissa choir en arrière, faillit manquer la chaise. Son diadème d'argent lui comprimait le front. Il le retira d'un geste nerveux. Il suait à grosses gouttes. Pour faire passer son malaise, il se concentra sur ce que lui avait appris Aedon. Thya venait ici. À Andemantunnum. C'était un cadeau empoisonné. Si Namitius réussissait à retrouver la jeune fille, à découvrir où elle allait, il s'attirerait les bonnes grâces d'Aedon pour longtemps. Mais s'il échouait, il n'aurait pas d'excuse. Et dans l'entourage d'Aedon, ceux qui n'avaient pas d'excuse finissaient mal. Namitius essuya son crâne humide. Décidément, il lui fallait du vin.

Il s'aventura dans le couloir, entendit des portes claquer au rez-de-chaussée, des pas précipités et des éclats de voix. D'une voix, surtout, forte, autoritaire. Flavius Salone, son père, venait de rentrer à la maison. *Toujours là au bon moment*, songea Namitius. Il espéra que le vieux proconsul ne monterait pas le voir. Pour quoi faire ? Pour lui reprocher, comme d'habitude, la forte chaleur qu'il entretenait dans sa chambre ? *On se croirait dans un sudatorium, ici*, grognerait-il, *pas dans la chambre d'un soldat romain.*

18

Secrets et prières

Quand Enoch reprit conscience, il mit un moment à comprendre ce qui lui était arrivé. Il était à nouveau à bord du *Phaéton*, dans la cabine de Thya, allongé sur la couchette. Et la jeune oracle le couvait d'un regard inquiet. Il tenta de se redresser. Sa nuque se rappela douloureusement à lui. Il éprouvait des difficultés à bouger son cou.

— Qu'est-ce qu'il m'est arrivé ? demanda-t-il, la bouche pâteuse.

— Tu as été imprudent, et tu as pris un coup sur le crâne, résuma Thya.

— Imprudent… grommela Enoch. Tu peux parler… Ce n'est pas moi qui ai libéré deux prisonnières et lancé une armée de paysans à nos trousses…

— J'ai fait ce que je devais faire, répliqua la jeune oracle.

— Et ça nous a parfaitement réussi, termina Enoch. Les deux femmes, elles ont pu s'enfuir, au moins ?

— La fillette oui. Le prêtre a lancé des hommes à sa recherche, mais ça n'a rien donné. J'aurais voulu…

La voix de Thya s'étrangla dans sa gorge. Elle ravala bravement sa salive, termina sa phrase :

— J'aurais voulu les sauver toutes les deux.

— Et… – le maquilleur hésita – et Mettius ?

La jeune fille se détourna. Une fine mèche rousse glissa devant son visage. Une peine sincère voila ses yeux verts.

— Mettius a disparu.

Enoch se laissa retomber en arrière, et un élan de souffrance lui vrilla à nouveau le crâne. Il respira lentement, le temps que le choc passe. Le vétéran avait toujours fait partie de sa vie, il le connaissait depuis son enfance, et voilà qu'il avait… *disparu*, comme le disait Thya, avec une tristesse dans la voix qui n'augurait rien de bon. Mais ressasser son chagrin ne le ramènerait pas. Enoch refoula ses pensées sombres, se concentra sur les soucis présents.

— Où en sommes-nous, nous deux ? interrogea-t-il. Et ne me ménage pas, je suis encore solide.

La jeune fille ne voyait comment présenter les choses de manière agréable. Elle débita d'une traite :

— Nous sommes prisonniers de l'abbé. Il est persuadé que je suis une sorcière. Il nous amène à Andemantunnum, pour nous juger.

Enoch encaissa le coup. Leur situation pouvait difficilement être plus mauvaise. Ah, si, songea-t-il après réflexion. Elle pouvait…

— Le Père Abbé sait ce que tu portes dans ta besace ?

Thya se raidit, suspicieuse.

— Qu'est-ce que je transporte dans ma besace ?

Sous-entendu : *comment peux-tu être au courant ?* Enoch se dit que ce n'était ni l'heure ni le lieu pour expliquer ses actions et comparer leurs visions de la Morale. Il se contenta de répondre :

— Je les ai vus. Des manuscrits dans un alphabet qui n'est ni du latin ni du grec. Et qui me semblent peu chrétiens. Si le bon père les trouve…

— Non, l'interrompit Thya. Non, il ne les a pas encore trouvés. Les religieux ont fouillé ta besace, mais pas encore ma cabine.

— Bien, dit Enoch, pratique. Donne-les-moi.

Thya tira son sac de sous le lit. Enoch s'assit en serrant les dents. À nouveau la douleur s'élança en pulsations rouges sous son crâne. Comment allait-il réfléchir dans cet état ? Tandis qu'il s'efforçait de calmer son mal de tête, la jeune oracle ouvrit son bagage, en sortit ses bijoux, son couteau, sa *stola* verte, ses collets… Cependant, le sac lui paraissait bien léger, aujourd'hui. Elle fouilla au fond. Normalement, ici, elle aurait dû sentir le rouleau de cuir qui protégeait ses manuscrits étrusques. Mais ses doigts ne rencontraient que du vide. Avec un début d'angoisse, elle vida entièrement sa besace, en répandit le contenu sur la couverture à côté d'Enoch, retourna le tissu comme une peau de lapin qu'on écorche. Rien. Pas de manuscrit, en tout cas. Thya adressa à Enoch un regard atterré.

— Je ne les ai pas pris, se défendit aussitôt le maquilleur. D'ailleurs, si je les avais volés, je n'aurais pas attiré ton attention dessus, non ?

Il marquait un point.

— Qui, alors ? demanda Thya, très blanche.

— Mettius ? hasarda Enoch.

La jeune oracle réfléchit. Mettius aurait-il pu s'extirper de la piscine, revenir au *Phaéton*, s'emparer des manuscrits – dont il ignorait l'existence – et enfin s'évanouir dans la nature ? Tout cela entre l'arrestation de Thya et son retour au navire ? Ça semblait peu probable. Mais d'un autre côté, qui d'autre aurait pu s'emparer des rouleaux ? Les religieux ? Non, ils n'auraient pas gardé une telle découverte secrète. Un des matelots ? Il aurait aussi pris les bijoux. Thya aplatit machinalement le sac vide, se força à espérer. Si les rouleaux avaient disparu, cela signifiait peut-être que Mettius était en vie.

Le *Phaéton* leva l'ancre. Un lent tangage fit osciller la coque.

— Pousse tes affaires, dit Enoch à Thya, il faut que je me rallonge.

La jeune fille allait répliquer qu'elle n'était pas sa servante. Mais la pâleur du jeune homme l'en dissuada. Il était mal en point, il ne réussissait même plus à le cacher. Elle remballa ses bijoux et ses pièges, ôta sa *stola* de rechange du lit, juste avant qu'Enoch ne pose dessus ses bottes boueuses.

Il s'étendit avec un soulagement visible.

— Mon bagage à moi, où est-il ? demanda-t-il.

— Ici, répondit Thya. Les bons pères l'ont fait porter ici, quand ils ont vu qu'il ne contenait rien de compromettant, que des accessoires de coiffure.

— Parfait, dit Enoch.

Il s'autorisa à sourire, ce qui provoqua un nouveau sursaut de douleur. Il crispa les poings. Vivement que ça cesse. Il ordonna à Thya :

— Prends le flacon à tête de chien, dans mon sac. C'est de l'eau de menthe pouliot. Tamponne-moi les tempes avec. Ça fera baisser la douleur.

Thya obéit, pour une fois sans discuter. Il souffrait, il avait besoin de son aide. Et surtout, ils n'étaient même pas certains que Mettius soit encore de ce monde. Alors ils devaient pouvoir compter l'un sur l'autre.

Quand Thya déboucha le flacon, une odeur poivrée envahit la cabine. La jeune fille humecta avec le médicament un coin de sa *stola* verte, et tapota doucement le visage d'Enoch. Le maquilleur ferma les yeux. Il s'apaisa. Tant mieux. Autant qu'il se repose, d'ici à Andemantunnum. Dehors le jour baissait. Le *Phaéton* cinglait vers l'est sous la pluie.

Pendant ce temps, ailleurs, sur le Plateau des Ligons. Dans la grange d'une vieille ferme, une grande bâtisse en bois branlante, dont les bardeaux du toit résonnaient sous l'averse. L'Ondine souffla sur une lampe à huile pour y allumer une flamme bleu pâle, qui n'avait rien de naturel. Sur ses genoux reposait le rouleau de cuir qu'elle était allée chercher un peu plus tôt dans la cabine de Thya. D'une main prudente, elle dénoua le lacet qui le maintenait fermé, déplia les bandes de lin couvertes d'une écriture serrée. Une légère incompréhension se peignit sur ses traits parfaits.

— Je n'ai jamais vu ces signes, murmura-t-elle. Qu'est-ce que ça peut bien être ?

— De l'étrusque, répondit Culsans, le dieu aux deux visages, qui trayait l'une des chèvres avec lesquelles ils partageaient la grange.

Quelques gouttes de lait giclèrent sur sa main. Il les lécha avant de poursuivre, avec un brin de mélancolie :

— C'était la langue de mes premiers fidèles, une civilisation qui était flamboyante et prospère autrefois, bien avant l'ascension de Rome. Toi, ma belle, tu n'étais pas née encore.

Un instant, l'esprit de Culsans se perdit au loin, dans ce passé révolu, sous un soleil plus chaud, un climat plus clément. Dans des villes plus vastes et plus belles encore qu'Andemantunnum, pourtant la plus grande cité du Plateau des Ligons. Dans les rues patrouillaient des soldats aux casques de bronze, entre les statues de chevaux ailés et de lions. Dans les grottes des forêts vivait encore tout un peuple de nymphes et de centaures. Et des femmes plus libres que celles de Rome, des femmes aux cheveux noirs, comme Thya, allaient voir les bateaux accoster dans le port…

Tout à ses souvenirs, Culsans en oubliait de traire la chevrette. Elle frappa du sabot en signe de protestation et lui donna un coup de queue en plein visage. Il revint au présent. Dans son coin, assise sur des ballots de paille, l'Ondine demanda :

— C'est pour ça que tu savais que Thya avait ces manuscrits ? Parce qu'ils sont… *étrusques* ?

Le mot était nouveau pour elle. Elle le prononçait avec une certaine curiosité. Le dieu hocha la tête, acheva de remplir son seau de lait.

— En effet. Ils m'appellent, me parlent, dans mon premier langage. Même maintenant, alors qu'ils ne sont qu'à quelques pas de moi, je les entends chuchoter à mon oreille.

— Et que te disent-ils ?

— Qu'ils portent des secrets, je crois. Ils sont difficiles à comprendre, quand ils me parlent. Je n'avais plus entendu les sonorités de ma langue natale depuis longtemps. Ils me disent qu'ils ont un double sens, comme moi j'ai une double figure.

Il renvoya la chèvre vers ses congénères, d'une tape sur l'arrière-train. Elle bêla. Il l'ignora. Il remplit un gobelet dans le seau de lait tiède, poursuivit :

— Thya, la jeune oracle… je suis certain qu'elle s'est arrêtée au sens premier du texte. C'était déjà bien, elle a appris à canaliser ses dons grâce à ça. Mais ces rouleaux… ce ne sont pas simplement un manuel d'augure. Il y a autre chose dedans. Quelque chose que je n'arrive pas à saisir encore.

L'Ondine suivit du bout du doigt les symboles, leurs pointes, leurs traits et leurs courbes. En y prêtant davantage attention, elle percevait comme des frémissements d'énergie s'échappant du lettrage. Ou peut-être les imaginait-elle, parce qu'elle s'attendait à les sentir. Elle demanda :

— Tu m'as envoyé chercher ces manuscrits, parce que tu ne voulais pas qu'ils tombent aux mains des moines ?

Culsans hésita à répondre, fit tourner entre ses doigts fins la tasse de lait de chèvre.

— Ce ne sont pas seulement les soldats du Christ que je crains. Parmi les nôtres, ceux de l'Ancien Monde, tous n'ont pas des intentions aussi pures que toi et moi. Certains s'approprieraient volontiers les secrets de ces manuscrits et les pouvoirs de l'Oracle. Et ce, pour leur seul profit.

L'Ondine releva la tête, fixa le dieu de ses beaux yeux mauves.

— À qui penses-tu ?

— Aux Chtoniens, surtout. À ceux du sous-sol. Il y avait des êtres redoutables, parmi eux, autrefois. Il y en a encore.

Culsans fronça les sourcils de son second visage, celui qui ne regardait pas l'Ondine. Il but une gorgée de lait, reprit :

— Les frontières entre l'En Dessous et la surface sont devenues poreuses, depuis que la nouvelle religion a affaibli les gardiens de nos Enfers.

— Alors nous devons craindre aussi les nôtres, soupira la fille des eaux.

Culsans eut un fin sourire, l'une de ses deux bouches soulignée d'un trait de lait blanc.

— Disons que nous allons être prudents, tant que nous ne sommes pas plus puissants.

Il termina son verre, conclut :

— Avec assez de patience, je réussirai bien à percer l'énigme de ces manuscrits.

— Et Thya ? s'exclama l'Ondine. Et l'Oracle ? Tu comptes l'abandonner aux mains des prêtres, pendant ce temps ?

Le dieu tourna vers elle son second visage, celui qui était plus dur, plus sombre.

— Que veux-tu que je fasse ? répliqua-t-il.

— Ouvre une porte ! s'emporta l'Ondine. Sur la Sequana, sur le navire… ! Que l'Oracle leur glisse entre les doigts…

Culsans émit un ricanement sec. Un rictus amer déforma son second visage.

— Si je pouvais ouvrir des portes n'importe où, à ma guise… corriger toutes les erreurs des dieux et des hommes… tu crois vraiment que j'en serais réduit à ça ? À tirer moi-même mon lait de chèvre, dans ce palais de planches, sur ce Plateau bourbeux ?

Son ton devenait féroce, presque cruel. Culsans n'éprouvait jamais de pitié pour personne, encore moins pour lui-même. En l'écoutant, l'Ondine se rappela qu'il avait été le Chaos Primordial, le plus puissant d'entre les surnaturels sans doute, l'un des plus anciens et des plus craints parmi les dieux. Le voir réduit à jouer les chevriers aujourd'hui avait quelque chose de pathétique en effet, et de risible aussi. Elle aurait voulu l'aider, le soutenir. Mais comment s'y prendre, pour réconforter un dieu ? Une chèvre bêla dans un coin de la grange.

— Je suis désolé, reprit Culsans, radouci. Désolé, Ondine, mais l'Oracle devra trouver quelqu'un d'autre pour la sauver.

Au même moment, ailleurs, Mettius émergea d'un boyau souterrain au beau milieu du Plateau, dérangeant dans son action quelques limaces grasses et des escargots lents qui profitaient de la pluie parmi les mousses. Une fois à l'extérieur, il laissa l'averse le laver de la terre accumulée pendant son expédition souterraine.

Quand il avait plongé dans la piscine de la villa en ruines, il n'avait pas de plan, pas d'idée pour la suite. Il espérait juste nager jusqu'au bord et sortir de l'eau avant que le gros des paysans soit redescendu de l'étage. Mais quand il s'était immergé, il avait aperçu sous l'eau, entre les racines des joncs, une sorte de boyau d'évacuation. Son instinct l'avait poussé à le suivre. Il avait nagé jusqu'à ce que ses poumons soient au bord de l'explosion. Il avait refait surface dans une grotte sous le Plateau, dans une obscurité complète. Il avait réussi, presque par miracle, à allumer un peu d'amadou qu'il gardait toujours sur lui. Ensuite, en suivant le souffle d'air qui courbait la flamme, il était ressorti des souterrains.

Le jour baissait sur le Plateau. Il ferait mieux de trouver un abri pour la nuit. Il avisa, plus loin sous le déluge, un petit bois de hêtres. Là-bas, il parviendrait sans doute à se construire une cabane.

Au centre du bois, dans une clairière, il découvrit un dolmen, une structure rudimentaire, une grosse pierre plate posée sur trois pieds inégaux, sur lesquels s'agglutinaient des colonies de champignons. Agenouillé, Mettius avait juste la place de tenir sous le toit. Dessous, il trouva des herbes et des bouts de branches sèches. Il bâtit un foyer. Bientôt un petit feu réchauffa le dolmen. Le vétéran s'adossa à l'un des pieds de pierre. Ses habits en séchant dégageaient de la vapeur. L'humidité n'améliorait pas ses courbatures. Au moindre de ses mouvements, il sentait ses articulations grincer pire qu'une vieille porte. Il enleva ses bottes avec difficulté. Son humeur s'accordait à son état physique. Un vieillard bon pour l'hospice, voilà ce qu'il était. Et il avait laissé le Père Abbé s'emparer de Thya. Thya était prisonnière alors que lui, Mettius, était encore libre. Voilà, surtout, ce qu'il avait du mal à se pardonner.

Le soir s'avançait. L'averse enveloppait le dolmen d'un cocon crépitant. Mettius tira une gourde de sa ceinture. Elle était remplie de cervoise. Il n'avait pas mangé depuis longtemps, et l'alcool lui monta à la tête. Peu à peu, il se détendit. Il régnait sous le dolmen une sérénité sans âge. Comme si les pierres qui le constituaient avaient gardé, au fil des siècles, un peu de la foi de ceux qui l'avaient érigé. Soudain, Mettius eut envie de prier. Il joignit les mains.

— Mon Dieu, laissez-moi retrouver Thya, murmura-t-il. Si je la sauve…

Il s'interrompit, s'humecta les lèvres. Que pouvait-il promettre, qui eût un sens, ce soir, en cet instant précis ? Il ne réfléchit pas longtemps. La réponse était évidente. Qu'est-ce qui le tourmentait, depuis ses premières conversations avec Thya, et plus encore, depuis qu'il approchait de Brog ?

— Mon Dieu, dit-il avec ferveur, Dieu bon, Dieu juste, si vous permettez de sauver cette jeune fille, alors je lui révélerai tout ce qui s'est passé il y a vingt ans. Toute la vérité sur Brog.

Il baissa la tête. À sa prière succéda un grand silence, habité seulement par le murmure de la pluie sur la clairière et les craquements du petit feu. Puis, alors que Mettius allait déplier les mains, une voix inconnue mais amicale l'interpella :

— Je ne suis pas sûr que tes prières aident beaucoup Thya !

Le vétéran se retourna. Il s'attendait à tout, sauf à ce qu'il vit alors. Car celui qui l'avait interpellé, et qui se tenait sous la pluie à l'entrée du dolmen, était tout sauf un être humain. Il avait un poitrail velu, des yeux dorés, des oreilles hautes et pointues… Pourtant, en le dévisageant, le vétéran ne ressentit aucune crainte. Plutôt une certaine sympathie.

— Tu connais Thya ? lui demanda-t-il.

— Bien sûr, répondit le Faune. J'ai été envoyé ici pour la protéger.

— Dans ce cas, déclara Mettius avec un pauvre sourire, j'espère que tu seras plus efficace que moi.

— Pourquoi n'unissons-nous pas nos forces, plutôt ? proposa le coureur des bois.

Pourquoi pas, en effet ? Dans son état d'épuisement et de légère ivresse, la suggestion du Faune lui parut somme toute naturelle. Et très sensée. De toute façon, seul, il ne pouvait plus grand-chose.

— Entre, dit-il à son soutien inattendu. Ne reste pas sous la pluie.

Le Faune s'installa de l'autre côté du feu, s'assit en repliant ses pattes de bouc. *Tiens, il a des pattes de bouc*, songea Mettius en le regardant. Alors de deux choses l'une, raisonna le vétéran. Ou la cervoise qu'on lui avait vendue à l'auberge était plus forte qu'il n'avait cru. Ou bien il existait des êtres étranges en ce monde. L'ancien légionnaire n'était plus un jeune homme. Il avait déjà vu son lot de surnaturel et de mystères. Donc la deuxième solution lui sembla la bonne. Après tout, si les pouvoirs des prêtres nodes étaient réels, et aussi les dons des oracles, pourquoi ce Faune ne le serait-il pas lui aussi ?

— Tu es un faune, n'est-ce pas ? demanda-t-il quand même à son invité, pour être sûr.

La créature hocha la tête.

— Et, reprit Mettius, tu es un ami de Thya ?

Le Faune se gratta derrière l'oreille gauche, plissa le bout de son nez, pensif.

— C'est-à-dire… déclara-t-il enfin… Elle ne m'a jamais vu, mais je l'ai déjà aidée, en Aquitania. Et Sylvanus m'a envoyé veiller sur elle.

— Tu es venu d'Aquitania jusqu'ici pour elle? insista Mettius.

Le Faune cligna des yeux, la lueur du feu aviva ses iris d'or. Il expliqua :

— Je suis passé par une des portes de Culsans. Toi aussi, tu en as déjà emprunté une?

— Tu parles d'un trou noir, béant, et quand tu le traverses, tu te retrouves en un battement de cils à l'autre bout de la Gaule?

— C'est ça, oui, sourit le Faune. Donc tu connais.

Mettius sourit à son tour, remua les braises du bout de son glaive. Une gerbe d'étincelles s'envola sous le dolmen.

— J'ai découvert ça après avoir croisé Thya, oui, répondit-il. C'est vrai qu'elle est oracle?

— Tu ne le savais pas? s'étonna le Faune. Alors pour quelle raison tu la protèges?

Mettius prit un temps pour répondre. C'était une bonne question. Pourquoi protégeait-il Thya, au fond? Parce qu'il s'était attaché à elle? Sans doute, oui, mais pas seulement. Au début, il l'avait accompagnée en souvenir de son père, du général Gnaeus Sertor, mais maintenant… Maintenant, il voulait la sauver parce qu'il n'avait pas pu, pas su sauver l'*Autre*, vingt ans plus tôt. Thya lui avait ouvert les yeux, à la villa abandonnée, quand elle était allée libérer les deux prisonnières. Sacrifier des innocents, ce n'était pas faire son devoir. Quand il avait laissé mourir l'*Autre*, il n'avait pas accompli son devoir. Il avait simplement détourné les yeux.

Mettius fixa quelques instants les reflets de feu liquide dans les branches ardentes. En face, le Faune attendait. Enfin le vétéran décida :

— Je protège Thya parce qu'elle le mérite.

— Et tu pries le Dieu des chrétiens pour elle ? interrogea le Faune. Pourquoi ? L'Église chrétienne brûle les devins comme elle.

— Ce ne sont pas tous les chrétiens qui condamnent les augures, répondit Mettius. Et mon Dieu, le Dieu des chrétiens, comme tu l'appelles, prône la compassion et l'amour. Ne le juge pas à l'aune des hommes, qui commettent des crimes en son nom.

Le Faune se frotta le nez, peu convaincu.

— Ton Dieu doit s'occuper de l'univers tout entier. Comment trouve-t-il le temps d'écouter tes prières ?

— Parce que tes dieux répondent toujours à tes appels ? relança Mettius, avec un sourire en coin.

— Parfois, en tout cas. Tiens, prends Culsans par exemple. Il a ouvert une porte pour moi.

— Ce n'est pas...

Mettius agita les braises, cherchant ses mots. Il finit par dire :

— Ce n'est pas ce genre de miracle que j'attends de mon Dieu.

Le Faune haussa les épaules. Les humains étaient devenus bien compliqués, depuis qu'ils avaient abandonné les anciennes croyances. Mais il y avait plus urgent que de se lancer dans un débat théologique avec cet humain-là. Il se racla le sabot du bout de l'ongle, changea de sujet.

— Une Ondine, une fille de la Sequana, m'a appris que l'Oracle était prisonnière des prêtres chrétiens. Ils remontent le fleuve sur un navire...

— ... le *Phaéton*, bien sûr, reprit Mettius.

Il s'abîma dans la contemplation des braises.

Ainsi, Thya était toujours à bord du *Phaéton*. Et Enoch avec elle, avec un peu d'espoir. L'ancien légionnaire raisonna à voix haute :

— Le Père Abbé va sûrement engager des gardes, si ce n'est pas déjà fait. Tu sais te battre, Faune ?

— Très mal, avoua le coureur des bois.

— Alors nous devons trouver des alliés. Nous pourrions sans doute recruter des pirates, ou des latrones, mais avec quel argent ? Tu n'es guère plus riche que moi, je suppose…

Le Faune secoua la tête. Cette discussion semblait ne mener nulle part.

— Et ton dieu, celui des portes, il ne peut pas nous aider ?

— Culsans ? Il est trop imprévisible… Et je suis loin de mes terres, loin de mes amis, ici. Non, pour l'instant nous devons agir seuls. Suivre Thya, guetter une occasion favorable…

Le vétéran objecta :

— À pied, nous ne rattraperons jamais le *Phaéton*.

— Alors nous volerons des chevaux dans une ferme.

Il cligna des yeux, malicieux, ajouta :

— Je te montrerai comment faire.

Au tour de Mettius de sourire.

— Après quinze ans de Légion, je sais comment voler un cheval.

— Voilà qui est décidé, conclut le Faune. Nous nous en occuperons dès demain. D'ici là, dors, je monterai la garde. Tu ne nous seras pas d'un grand secours si tu ne tiens plus debout.

C'était frappé au coin du bon sens. Mettius approuva, s'allongea en ménageant ses vieilles articulations rouillées. Comme autrefois, lors de ses campagnes, il s'enroula dans sa cape pour se tenir chaud.

— Où es-tu né, Faune ? demanda-t-il en étouffant un bâillement. Tu n'es pas d'ici, tu viens de Gaule Aquitaine ?

— En effet, répondit le coureur des bois. Mais avant cela, je vivais en Colchide.

Mettius tendit l'oreille. Il avait entendu parler de la Colchide, dans son enfance, il y avait très longtemps. Un royaume mystérieux, d'une richesse légendaire. Là où Jason était parti chercher la toison d'or. De l'autre côté du feu, les iris d'or du Faune se teintèrent d'une profonde nostalgie.

— Pourquoi l'as-tu quittée ? demanda Mettius.

Le Faune évacua la question d'un revers de la main.

— À cause d'une magicienne, qui m'avait envoûté. Longue histoire… C'était il y a longtemps. Quand la Colchide était encore un royaume de magiciennes, avant l'invasion des Cimmériens. Enfin, c'est vieux, tout ça.

Le vétéran sourit à nouveau, un peu ému, cette fois. Il se rendait compte soudain de l'âge véritable du Faune, que cachait son énergie juvénile. Le coureur des bois avait connu, vu de ses propres yeux, des époques qui pour lui, Mettius, appartenaient à la légende. L'expression « il y a longtemps » n'avait pas le même sens pour eux deux.

— J'espère que tu reverras ta Colchide un jour.

— On ne remonte pas le temps à l'envers, répondit simplement le Faune. Mais merci. Et bonne nuit.

— Bonne nuit.

Mettius remonta la couverture sur son menton. Tandis qu'il s'endormait, les yeux mi-clos, il jeta un dernier regard au Faune, à l'être étrange qui veillait sur lui, assis à l'entrée du dolmen. Pourquoi le coureur des bois voulait-il tellement secourir Thya ? Parce que l'un des multiples dieux le lui avait demandé ? Non, pas seulement, comprit Mettius dans un demi-sommeil. Le Faune s'était attaché à Thya, lui aussi. Comment c'était possible, le vétéran l'ignorait, et il était trop épuisé pour y réfléchir. Mais c'était bien le genre de sentiments que la jeune oracle suscitait. Oui, songea Mettius, Thya était sauvage, dure, obstinée, parfois hautaine, et d'un courage frôlant l'inconscience. Mais elle entraînait les gens derrière elle, malgré ça, ou à cause de ça. Comme, autrefois, l'*Autre* l'avait fait. Sur ces pensées, le légionnaire sombra dans l'inconscience.

Le Faune, lui, observait le paysage par l'ouverture du dolmen. L'averse et les nuages bouchaient l'horizon, mais même si le ciel avait été dégagé, il n'y aurait pas eu de lune. C'était une nuit de lune noire, une de ces nuits comme Hécate les aimait. Hécate, la déesse-magicienne, qui se nourrissait d'ombre et de terreurs nocturnes. Elle aurait apprécié cette atmosphère. Des choses sombres, des créatures insaisissables mais terribles, parcouraient le Plateau des Ligons sous la pluie.

19

Le retour des mauvais rêves

La litière de Namitius, portée par quatre esclaves germains, se hissait péniblement dans les rues en pente d'Andemantunnum. Allongé à l'intérieur, les rideaux tirés pour se séparer du bas peuple, le jeune patricien suçait un quart de grenade un peu desséchée. Un fruit venu, comme ses dattes favorites, d'un pays au climat plus clément. La litière cahotait dans la côte, malgré les ordres explicites que Namitius avait donnés aux esclaves avant le départ. Le jeune patricien soupira. À quoi cela servait-il d'acheter à prix d'or des barbares, si au final ils le chahutaient avec aussi peu de respect pour son confort ? L'Empire allait à vau-l'eau. D'une main molle, Namitius entrebâilla ses rideaux de velours et cracha dans la rue les petites peaux jaunes de la grenade, qui s'étaient coincées entre ses dents.

Dès que le rideau s'entrouvrit, un petit mendiant scrofuleux se précipita vers la litière, en tendant la main. Namitius le repoussa d'une tape sur le museau, s'empressa de refermer le pan de velours. Dieu, que les importuns s'enhardissaient… Le jeune patricien se pelotonna comme un chat obèse dans ses couvertures fourrées. Il avait hâte de rentrer. La rue, au-dehors, était bruyante et froide. La litière, qui déjà n'avançait pas vite, ralentit puis finit par s'arrêter. Namitius attendit, bon prince, en écrasant sous ses dents les derniers grains de grenade. Cependant, la patience n'était pas son fort, et au bout de quelques minutes il écarta à nouveau les rideaux, pour voir ce qui le retardait.

Sa litière était bloquée sur une petite place ronde, où les badauds s'agglutinaient. Au centre, sur le socle d'une antique statue, depuis longtemps descellée, un homme en piteux état haranguait la foule. Namitius haussa un sourcil blasé. Il en fallait plus pour le surprendre, cependant le gêneur présentait un aspect vaguement intrigant. Ce n'était pas le sempiternel moinillon en haillons de bure et les pieds nus.

Non, l'orateur de ce jour était un homme dans la force de l'âge, encore robuste, mais déjà marqué de nombreuses cicatrices, pour certaines encore fraîches. Une balafre lui traversait la joue gauche et lui tordait le coin de la lèvre, un bandeau de tissu grossier, maculé de vieux sang, lui couvrait l'œil droit. Comme vêtements, il portait des restes d'uniforme, une tunique de la Légion lacérée de part en part. Décidément, songea Namitius, ce n'était pas un moine, plutôt un déserteur, ou un soldat remercié par l'armée. Relâché dans la vie civile, il portait encore partout la guerre avec lui, comme une sangsue grasse et gluante accrochée à sa chair meurtrie. Ce n'était pas un religieux, cependant il avait dans le regard la même lueur inquiétante que les prêtres, quand ils évoquaient le châtiment des pécheurs. Et la foule, autour de lui, l'écoutait.

— Les temps obscurs reviennent ! clamait-il. Les Vandales sont de retour, plus nombreux, plus inhumains que jamais ! Je les ai vus, ils ont déjà atteint les contreforts du Vosego. Quand ils auront pris la montagne, combien de temps leur faudra-t-il pour déferler sur la plaine ? Repentez-vous, mes frères. Priez Dieu pour qu'il vous ouvre les portes du Paradis, quand votre tête éclatera comme un fruit mûr sous les coups des haches barbares. Ou alors fuyez ! Fuyez si vous le pouvez ! Mais méditez bien ceci…

À ces mots, l'orateur laissa planer un silence. Il se tourna dans la direction où se trouvait la litière de Namitius. Soudain, le jeune patricien eut l'impression désagréable que leurs regards se croisaient, et qu'au travers de toute la foule le légionnaire déchu parlait pour lui, Namitius, et pour lui seul.

— Méditez bien ceci, reprit-il, d'une voix plus sourde. Bientôt, il n'y aura plus un endroit où fuir…

Des exclamations fusèrent parmi la foule. Une matrone aux bras chargés de légumes manqua de s'évanouir, tomba dans les bras d'un commis marchand derrière elle. Quelques badauds en appelèrent à Dieu, aux Saints protecteurs… Namitius, ennuyé, se demanda si cette farce allait encore durer longtemps. Soudain, une voix claire, tranchante, coupa court aux lamentations :

— Nous ne devons pas fuir ! Nous devons nous battre !

La foule se tourna comme un seul homme vers celui qui venait de parler. Même Namitius daigna se tordre le cou pour le voir. Il s'agissait d'un jeunot, un adolescent de quinze ans à peine, le teint bistre, les cheveux en bataille, perché sur l'auvent d'un caviste. Il dégageait une fougue, une vitalité, qui fatiguèrent Namitius rien qu'à le regarder. Si ce gamin se lançait dans une controverse avec le soldat défiguré, ils n'étaient pas près d'en finir.

— Tu n'étais pas là-bas ! répliqua le borgne à l'adolescent. Tu n'as jamais monté la garde sur les lisses, tu n'as jamais guetté le pas des Vandales, la nuit, sur les frontières de l'est. Sinon, tu saurais. Et tu aurais peur.

— Les Vandales se nourrissent de votre peur, rétorqua le garçon, en prenant la foule entière à témoin. C'est votre peur qui change en monstres de simples mortels.

— Les Vandales ont un nouveau chef, Skadan le Cornu, plus cruel encore que ne l'était Othon, son père.

— Othon a été vaincu, autrefois, rappela l'adolescent. Et Skadan le sera.

— Par qui ? lança un marchand de volaille. Les anciens héros de l'Empire sont trop vieux, ou sont morts, ou retournés à Rome.

— Nous sommes la plus grande cité au nord des Gaules, le moucha une poissonnière, debout les poings sur les hanches. Nous n'avons plus besoin de Rome.

— Si Rome ne nous défend pas, argumenta le volailler, alors qui le fera ?

— Le Diseur des Monts ! s'exclama l'adolescent. Quelqu'un du pays, comme nous !

Le Diseur… Le nom courut parmi la foule, passa

de lèvres en lèvres. Un instant le nom parut presque s'incarner en un visage, une présence… Namitius tiqua. Décidément, ces derniers temps, il n'y en avait plus que pour ce *Diseur*. Une sorte de héros paysan, qui avait formé une armée de fortune, une troupe de charbonniers, de bûcherons et de pâtres, dans les forêts du Monte Vosego. Il avait obtenu quelques succès inattendus, dans sa guérilla contre les Vandales. Depuis certains lui prêtaient des pouvoirs de sorcier.

D'ailleurs ça ne manqua pas, un anonyme s'exclama, caché par la foule :

— Le Diseur des Monts n'est qu'un sorcier ! Un disciple du Diable ! Un suppôt de Satan !

À partir de là, la situation dégénéra. L'adolescent juché sur l'auvent cria :

— Viens me dire ça en face, si tu es un homme !

La foule devint houleuse. Entre partisans et adversaires du Diseur, le ton monta. Les gens en venaient aux mains. Namitius claqua des doigts. Ses esclaves se postèrent devant les rideaux de sa litière, par mesure de sécurité. À ce moment, un mouvement parcourut la place.

— La garde ! beugla un des combattants.

C'était la garde qui arrivait. Les bagarres baissèrent d'intensité, alors qu'une dizaine de légionnaires faisaient leur entrée sur la place. Pilum au clair, ils remettaient de l'ordre dans la mêlée.

Enfin, souffla Namitius. Ils en avaient mis, du temps, pour intervenir. Mais tout se désorganisait, à Andemantunnum. Même si les Vandales n'avaient pas encore atteint, loin s'en faut, le pied des murailles. La seule aura des barbares, leur simple évocation, suffisait à semer le trouble. Namitius remonta sur sa gorge ses couvertures de fourrure. Il allait bientôt pouvoir repartir, Dieu merci, mais sa petite halte lui avait donné froid. Il eut une pensée émue pour le confort de sa chambre, qu'il allait retrouver bientôt. Du coin de l'œil, avant de refermer les rideaux, il vit les soldats se saisir de l'adolescent qui avait pris le parti du Diseur. Et il les en félicita, intérieurement.

Pendant ce temps, non loin de là, Thya laissait son esprit vagabonder. Elle était perdue dans la forêt du Monte Vosego, cette forêt de résineux d'un vert intense, plus sombre, plus profond que celui d'Aquitania. Elle sentait les odeurs de sève dans l'air. Les aiguilles d'épicéa tombées au sol craquaient sous chacun de ses pas. Un oiseau inconnu lançait, quelque part sous la futaie, un cri rocailleux, un *kree kree* lancinant. Thya avançait à pas mesurés. Il lui semblait que quelqu'un l'observait, depuis la pénombre entre les hauts troncs. Mais qui ? Elle avait beau écarquiller les yeux, elle n'apercevait aucune figure humaine. Elle savait qu'elle devait trouver le chemin… Le chemin vers Brog. Mais où aller ? Elle ne distinguait aucune sente, pas un début de piste. Dans toutes les directions, le paysage était pareil, des milles et des milles de troncs et de fougères, qui se répétaient à l'infini. Devait-elle descendre ou monter la pente ? Même quelque chose d'aussi simple, elle n'en avait aucune idée. Et pourtant elle marchait, elle continuait d'avancer, poussée par un sentiment d'urgence. À cause de cela, sans doute, de cet impératif étrange, elle percevait tout autour d'elle avec une acuité accrue. Le moindre frôlement d'insecte sur les feuilles, le scintillement des gouttes de rosée sur les toiles d'araignée accrochées au creux des branches. Elle crut voir la fourrure tachetée d'un lynx se dessiner furtivement dans la pénombre. Elle tressaillit, s'abrita derrière un arbre, resta là sans bouger, sans oser respirer presque, le cœur battant. Contre son dos, l'écorce râpait sa *stola*. Elle regarda de l'autre côté du tronc. Rien. La forêt était calme. Pourtant, Thya aurait bien aimé avoir son couteau avec elle. Il n'était plus à sa ceinture. Où l'avait-elle perdu ?

— Tu sembles avoir égaré beaucoup de choses, lança une voix derrière elle.

Un timbre amical, qui tranchait avec l'aspect glaçant de la forêt. Elle se retourna. Il était adossé à un tronc d'arbre, l'homme qui ressemblait tellement à son père, mais en plus jeune, vingt ans plus jeune. Son attitude dégageait une nonchalance, une liberté, qui ne correspondait pas avec l'image de Gnaeus Sertor, tel que Thya l'avait connu.

— Qui es-tu ? ne put s'empêcher de demander la jeune oracle.

Les yeux verts du jeune homme pétillèrent, amusés.

— Je suis le sauveur de Brog. Le vainqueur d'Othon le Vandale.

Il débita cela avec un fin sourire, comme s'il se moquait de sa propre gloire. Le cœur de Thya fit un bond dans sa poitrine. Alors elle s'était trompée, pensa-t-elle, soudain radieuse. L'inconnu de ses visions, l'homme qui avait le visage de son père, *c'était* bien son père, après tout. Elle était heureuse de s'être trompée, elle eut envie soudain de tournoyer sous les arbres. Bien sûr elle se retint. Elle était la fille de Gnaeus Sertor, pas une bacchante ou une ménade. Elle demanda juste :

— Pourquoi es-tu venu ? Pourquoi reviens-tu toujours dans mes visions, dans mes rêves ?

— Parce que *tu* me cherches, répondit-il. Tu me cherches depuis des années. Tu es une oracle bien plus puissante que je ne l'ai été. Que je ne le serai jamais. C'est toi qui m'appelles dans tes visions, pas l'inverse. Souviens-toi de ça.

À nouveau Thya vacilla dans ses certitudes. Son cœur se racornit. Son père n'avait jamais été devin, ce n'était pas son père… ? Mais le vainqueur d'Othon, le sauveur de Brog… ?

L'inconnu se détacha de son arbre. Il s'approcha de la jeune fille, la considéra avec sérieux, presque avec amertume. Il lui passa une main sur la joue.

— Souviens-toi de ça, Thya, quand tu auras des raisons de m'en vouloir. Parce que tu m'en voudras.

— Pourquoi ? demanda-t-elle, la gorge serrée. Pourquoi est-ce que je t'en voudrais ?

— Parce que le devoir exige des sacrifices.

Il lui lâcha la joue, avec douceur, comme à regret. Autour de Thya la forêt changea. La jeune oracle se retrouva dans la clairière aux boules de grès strié. L'homme aux yeux verts n'était plus là, mais Enoch oui, Enoch s'enflammait, Enoch brûlait dans un feu bleu pâle. Enoch hurlait et se tordait, ses bras se couvraient de cloques, ses cheveux clairs noircissaient et tombaient en cendres. Thya voulait courir vers lui, l'aider, étouffer l'incendie. Mais ses pieds s'enfonçaient dans le sable, dans le sol gris et moelleux de la clairière. Le rêve s'emballait, l'entraînait ailleurs, toujours dans la forêt, mais cette fois dans une embuscade. Une bataille. Les chocs du métal, la lune, le sang… Et elle au milieu, comme invisible, invulnérable. Mettius s'effondra devant elle. Le sang giclant sur son plastron de cuir. En criant, elle se réveilla.

Ou plutôt elle aurait voulu crier. Mais Enoch l'en empêcha, en lui plaquant une main sur la bouche.

— Chut… murmura-t-il à son oreille. Chut… si tu cries, tu vas attirer l'attention des prêtres. Et ils vont encore nous questionner sans fin…

Elle opina, ravala son cri. Comme souvent, il lui fallut quelques instants pour reprendre ses esprits et se rappeler où ils se trouvaient.

Ils avaient dormi sur des paillasses à même le sol, dans une chambre rustique d'une auberge de campagne, chacun contre un mur. Avec des gardes à la porte, et sous l'unique fenêtre. Ils avaient quitté le *Phaéton* et le fleuve, quelques jours plus tôt. Depuis, ils voyageaient à cheval, sur des routes secondaires constellées d'ornières et de cailloux. Le Père Théodose avait engagé des hommes d'armes, autant pour se protéger des latrones que pour surveiller ses prisonniers. Ceux-ci avaient tenté de s'échapper, plusieurs fois. Ils s'étaient fait rattraper. Thya, cependant, ne prenait pas vraiment au sérieux leur captivité. Enoch ne le comprenait pas. Ils se disputaient de temps à autre à ce sujet. Des querelles feutrées, à voix basse, pour ne pas attirer l'attention de l'abbé. Car Thya restait persuadée, contre toute évidence, qu'elle arriverait à Brog. Parce que le Destin en avait décidé ainsi. Parce que ses visions le lui avaient montré si souvent. Parce qu'elles le lui montraient encore. Enoch, lui, pensait qu'elle se nourrissait de fantômes et de rêves, pour oublier un présent qu'elle ne supportait plus.

Ce qui inquiétait Thya, par contre, c'étaient ses cauchemars. Ils revenaient toutes les nuits, de plus en plus forts, plus violents. Certains soirs, l'homme aux yeux verts venait lui parler, d'autres non. Mais toujours, avant la fin du rêve, avec une régularité cruelle, elle voyait Enoch et Mettius mourir.

Enoch sentait bien que Thya souffrait, que quelque chose la tourmentait, la poursuivait dans son sommeil. Mais la jeune fille ne se confiait pas à lui. Ni à personne, d'ailleurs.

Des rumeurs sombres couraient sur le Plateau. Les barbares approchaient. Des créatures étranges, qui n'étaient ni humaines ni animales, rôdaient dans les bois au crépuscule. Plus loin, dans les montagnes, un sorcier qu'on appelait le Diseur levait une armée de paysans pour défier à la fois les barbares et Rome. La nuit, dans les fermes, les chiens hurlaient à la lune. Ils flairaient la violence proche, le sang prêt à couler.

Dans l'auberge, Enoch serra Thya contre lui, la berça avec tendresse.

— Encore des cauchemars, ma belle ? lui demanda-t-il tout bas.

Elle se dégagea. Trop d'émotions, encore, la mettaient mal à l'aise. Elle se gratta la tête, pour détourner la conversation.

— Ce sont ces épingles, aussi, grogna-t-elle, de mauvaise humeur. Toutes ces épingles que tu m'enfonces dans le crâne…

À cause de la surveillance de l'abbé, Thya n'osait plus enlever sa perruque rousse, même pour dormir. Enoch savait qu'à la longue la coiffure lui tirait sur la peau. Mais il n'y pouvait pas grand-chose, à part l'arranger, avec discrétion, quand aucun regard n'était braqué sur eux. Justement, le garde à la porte leur présentait son dos.

— Viens, souffla Enoch à Thya.

Elle se carra plus près de lui. Il lui passa les mains dans les cheveux, enleva une à une les épingles qui la meurtrissaient le plus, s'arrangeant pour ne pas trop déranger la perruque, malgré tout. Du bout des doigts, il lui massa le cuir chevelu. Elle soupira, bascula la tête en arrière. Le massage la soulageait, elle s'amollissait, un peu, baissait malgré elle ses défenses. Elle murmura :

— Tu sais ce que m'a dit l'abbé, hier ? Qu'il était certain que j'étais une sorcière, dès qu'il m'avait rencontrée. Que cela se sentait, à mon odeur. C'est pour ça qu'il m'a tendu un piège, en se dissimulant près du bûcher, à l'ancienne villa. Si je n'étais pas patricienne, il m'aurait déjà fait brûler.

Enoch ne répondit rien. Qu'y avait-il à répondre ? Il sortit un peigne de sa besace, commença, avec un luxe de douceur, à brosser les longues boucles rousses, pour leur rendre de la souplesse, de l'éclat.

— Est-ce que je sens *ça* ? poursuivit Thya, d'une voix frêle. Est-ce que j'ai une odeur reconnaissable ? Un parfum de sorcière ?

Enoch laissa retomber sa chevelure, qui étincela tel un brasier dans la petite chambre. Il mit sa tête contre le cou de la jeune oracle, inspira.

— Non, tu ne sens rien. À part le savon d'Égypte,

avec lequel j'ai lavé ta *stola*. Et la crasse, surtout. Tu aurais besoin d'un bon bain.

Il sourit. Elle grommela :

— Malpoli…

Mais au fond, il l'amusait. Elle secoua la tête. Les boucles cascadèrent autour de son visage, lui caressèrent les joues.

— Au moins, ça me tient chaud, plaisanta-t-elle.

Il détailla du regard son profil fin derrière les mèches. Ses joues qui ne lui paraissaient plus si osseuses, plutôt bien dessinées, au contraire. Ses pommettes hautes, saillantes. Et la résolution implacable qui couvait toujours, en toutes circonstances, au fond de ses yeux. Il s'étonna, soudain, de se découvrir si attaché à elle. Si amoureux. Il aurait voulu la rassurer, la prendre dans ses bras, lui souffler à l'oreille que tout irait bien, même si c'était un mensonge. Mais il n'osait pas, il avait peur de l'effrayer. Il se retrouvait maladroit et gauche. Tout ce qu'il réussit à dire, ce fut :

— Aujourd'hui, demain au plus tard, nous arriverons à Andemantunnum. J'ai surpris les conversations des voyageurs, hier soir, dans la grande salle.

— Et alors ? dit-elle d'une voix plus dure.

Il rassembla d'une main légère les mèches échappées devant son visage, les ramena sur sa nuque en une tresse lâche.

— Alors, remarqua-t-il, ce sera plus difficile encore de nous enfuir, quand nous serons à Andemantunnum, derrière de vraies murailles.

— Eh bien, fais quelque chose, bougonna Thya.

Le jeune homme soupira, lâcha sa tresse.

— Toi aussi, tu pourrais aider davantage, remarqua-t-il. Si j'étais de mauvaise foi, je dirais que tu t'en moques, que nous soyons prisonniers. Tant que nous allons vers l'est. Vers ton fameux Brog.

Thya se renferma, ramena ses genoux contre sa poitrine.

— Qu'est-ce que tu attends de moi ?

— Je ne sais pas, s'énerva-t-il, furieux contre elle mais surtout contre lui-même. Tu es oracle, non ? Tu ne pourrais pas voir… nos évasions possibles…

Elle se buta :

— Non, je vais me faire prendre.

Il lui mit une main sur l'épaule.

— Ne me mens pas. Je te connais. Tu ne te laisses pas arrêter par ça.

— Non, insista-t-elle, plus bas.

— Mais pourquoi ?

Il lui prit le menton, la força à se retourner vers lui, à lui dire non en face. Et alors il s'aperçut qu'elle avait des larmes au bord des paupières. Il pâlit, ses doigts glissèrent. Elle lui déclara, sans détourner les yeux :

— Je vois l'avenir, toutes les nuits. Toutes les nuits, je vois Mettius mort, je te vois mort, et je ne peux rien faire pour vous sauver.

Elle le défia du regard. *Est-ce que tu comprends, maintenant, ce que c'est que d'être oracle ? De voir mourir ceux que l'on aime, et de savoir que cela va se réaliser ?* Il resta interdit, quelques secondes à peine. Puis il la serra dans ses bras. Un long sanglot silencieux secoua le corps maigre de la jeune oracle. Il l'étreignit plus fort, comme pour la ramener au présent. Lui dire qu'il était encore vivant, que cela seul comptait. Elle leva la tête. Leurs lèvres étaient très proches, elles se frôlaient presque. Les mains d'Enoch caressèrent les épaules de Thya, descendirent plus bas, le long de ses bras, de sa taille, s'attardèrent sur ses hanches… Elle effleura son torse du bout des doigts, par l'encolure de sa tunique. Elle sentit le pouls du jeune homme s'accélérer, elle s'enhardit, elle avait envie soudain d'aller plus loin, plus vite. Elle commença à enlever la tunique du maquilleur, dévoilant son torse ferme, ses muscles saillants… Déjà Enoch dénouait les rubans turquoise qui ceinturaient la *stola*. Thya frémit, se raccrocha à lui comme une femme qui se noie, enfouit son visage au creux de sa nuque, inspira l'odeur de sueur âcre sur sa peau… Le pas lourd du Père Abbé résonna dans le couloir. Thya et Enoch se séparèrent aussitôt. Enoch se posta debout près de la fenêtre, à contre-jour, tira sur sa tunique pour masquer son émotion. Thya, les joues empourprées, rajusta rapidement sa ceinture de rubans.

— Vous êtes prêts ? demanda le Père Abbé sur le seuil de la chambre. Nous repartons.

Thya et Enoch opinèrent en même temps.

Quand ils sortirent de l'auberge, sans surprise l'air sentait la pluie. La tenancière se plaignait à ses clients. La nuit précédente, un renard lui avait tué deux poules. Dans la cour, des chiens pelés, des bâtards de lévriers, se traînaient telles des âmes en peine. Ils aboyèrent au passage d'Enoch et de Thya.

20

Le choix d'Enoch

Le Père Théodose et sa troupe arrivèrent à Ademantunnum sous le crachin, dans la grisaille, en fin d'après-midi. En passant les portes de la ville, Thya se redressa sur son cheval malgré la fatigue, pour faire bonne figure. Même si avec la pluie, et la capuche qui lui cachait le visage, personne ne la regardait. Derrière elle, Enoch ne put s'empêcher de ressentir une certaine mélancolie, en contemplant l'agitation au carrefour, en écoutant le brouhaha dans les rues. Il se serait volontiers imaginé vivre ici. Le climat ne l'aurait pas gêné, au contraire. Son ascendance barbare lui rendait parfois peu supportable la chaleur du Sud. Oui, il se serait bien vu avec une échoppe de maquillage non loin des murailles, dans cette *urbs* influente où s'échangeaient plus de richesses, en un jour, qu'en un mois à Varatedo. Mais c'était un doux rêve. Il n'était pas venu à Andemantunnum pour y vivre, plus probablement pour y mourir. Cela ne le surprenait pas outre mesure, qu'il se retrouve condamné à son âge. Depuis son enfance, on lui répétait qu'il finirait mal. Non, en y réfléchissant bien, sa situation présente l'amusait presque.

Lui qui pensait rendre l'âme dans son bourg de province, dans un combat de taverne ou poignardé par un mari jaloux, il était arrivé à l'autre bout de la Gaule, en protégeant l'une des dernières oracles. Par rapport à ses espérances, il n'avait pas si mal manœuvré.

Certes, il restait toujours une infime chance qu'il s'en sorte indemne. Dans sa poche pesait toujours la pièce d'or à l'effigie de Glycon. Les moines qui l'avaient fouillé ne s'étaient même pas rendu compte de sa présence. Elle devait donc bien posséder un peu de magie. Il aurait pu essayer de s'en servir pour appeler Aedon à la rescousse, se mettre sous la protection du fils de Gnaeus Sertor. Mais pour cela, il aurait fallu trahir Thya. Y était-il vraiment prêt ?

Le Père Abbé lança une piécette de cuivre à un petit mendiant, pour qu'il les conduise, lui et sa troupe, jusqu'à la prison d'Andemantunnum. Une certaine désorganisation régnait parmi les geôliers. À cause de l'avancée des barbares, la population était à bout de nerfs. Des émeutes éclataient un peu partout dans la ville, et bien sûr les tire-laine, les coupe-jarrets et les scélérats en tout genre saisissaient la moindre occasion de profiter du désordre. Les cellules étaient pleines. Le matin même, le propre fils du proconsul, Flavius Namitius, avait failli être pris à partie par des séditieux.

Le Père Abbé dut jouer de toute son autorité pour obtenir un réduit où enfermer ses propres prisonniers. C'est ainsi que Thya et Enoch se retrouvèrent derrière les barreaux, dans une pièce étroite et sombre, au fond d'un couloir qui par ailleurs servait à l'intendance, et où trois gardiens déjà fatigués s'apprêtaient à les surveiller toute la nuit.

Les trois geôliers étaient des natifs du Plateau, pas de mauvais bougres, juste des paysans chassés de leurs fermes par les raids des latrones. Ils s'installèrent confortablement à deux pas de la cellule, sortirent des bouteilles de vin, du jambon, un damier de *latroncules*, et entamèrent une partie.

Derrière les barreaux, Thya s'assit, très droite, au bout du seul banc crasseux qui meublait leur lieu de détention. Enoch observa leurs compagnons d'infortune. Ils n'étaient que quatre, et heureusement, à se partager cet espace exigu. Outre l'oracle et le maquilleur, croupissait là un gros homme rougeaud, allongé à même le sol, et qui ronflait tourné contre le mur. Et un adolescent aux cheveux en bataille, au teint bistre, qui faisait les cent pas sans décolérer.

— Tu devrais t'arrêter, remarqua Enoch avec un demi-sourire. Ou tu vas creuser une tranchée dans le sol.

L'adolescent leva la tête, interloqué. Puis il comprit que le maquilleur plaisantait, répondit, un peu confus malgré tout :

— Je suis mal à l'aise, enfermé. Et je supporte mal l'attente.

— Dans ce cas, compatit Enoch, te voilà en mauvaise posture, car je doute qu'on vienne nous tirer d'ici avant l'aube.

Il se sentit devenir amer, changea de sujet.

— Je m'appelle Enoch, dit-il à l'adolescent. Et toi ?

— Arsas. Mon père était un légionnaire, d'origine parthe. Un archer, je crois. Enoch, ce n'est pas un prénom romain.

— Ma mère était barbare, expliqua le maquilleur de bonne grâce. Prêtresse d'un dieu bizarre, au sein d'une obscure tribu germaine, dont tu n'as sûrement jamais entendu parler.

Arsas hocha la tête, alla s'accrocher aux barreaux, toujours nerveux. De l'autre côté, dans le couloir, l'un des geôliers, le plus âgé, venait de gagner pour la troisième fois de suite aux *latroncules*. Il leva les bras au ciel avec un geste de triomphe. Ses deux compères lâchèrent des exclamations de dépit, se resservirent un godet de vin. Enoch observa leur manège du coin de l'œil.

— Pourquoi tu es ici, toi ? demanda-t-il à Arsas, sur le ton de la conversation.

— Une émeute, ce matin, dans le quartier des cavistes, et aussi…

Il s'interrompit, lâcha les barreaux, se rongea le bout d'un ongle.

— Bah, reprit-il, ils ne vont pas me laisser moisir ici pour quelques coups de poing…

Il feignait très mal l'insouciance. Enoch se demanda s'il n'était pas ici pour plus que « quelques coups de poing », comme il le prétendait. Ou peut-être qu'il supportait mal d'être enfermé, simplement, comme il l'avait dit. *De toute façon*, songea le maquilleur, *j'ai des soucis plus urgents*… Il s'approcha des barreaux, héla les gardiens de l'autre côté :

— Holà, vous autres… vous voulez pimenter la partie ?

Le plus âgé des geôliers, celui qui venait de remporter trois manches d'affilée aux *latroncules*, se leva en faisant grincer sa chaise. Il toisa Enoch des pieds à la tête.

— Pourquoi, le jeunot, tu veux jouer contre nous ?

— Pas moi, mais mon esclave vandale, répondit Enoch, en désignant Thya du menton.

La jeune oracle comprit aussitôt quel était son rôle. Elle adressa au gardien un sourire désarmant.

— C'est à cause d'elle que je suis ici, continua le maquilleur, volubile. Le dernier patricien avec qui elle a joué l'a accusée de fricoter avec le Diable, parce qu'elle a gagné contre lui. Elle gagne toujours. Mais je peux vous assurer qu'il n'y a aucune sorcellerie là-dessous…

Le geôlier se gratta la barbe, cracha par terre avec mépris.

— Bah, les riches, ça ne sait pas jouer…

— Mais toi, si, je ne me trompe pas ? glissa Enoch.

Une lueur de défi étincela dans son regard. Le geôlier était presque ferré, son instinct ne le trompait jamais là-dessus. Surtout, le brave homme devait s'ennuyer ferme, ici, à garder ce bout de couloir. Alors une partie contre une jolie fille, c'était tentant, forcément.

— J'ai soif, ajouta Enoch, un rien provocant. Je te parie une bouteille que ma Vandale gagne trois parties d'affilée…

— Et tu me paries quoi, gamin ? s'étonna le geôlier.

— Ça.

D'un geste gracieux, Enoch tira de sa poche la pièce à l'effigie de Glycon, la fit étinceler à la lumière chiche de la cellule.

— Tu es fou ! lança le jeune Arsas près de lui. C'est... c'est de l'or !

— Oui, répondit Enoch, mais j'ai très soif.

Le geôlier hésita, posa sur la pièce un regard respectueux, presque intimidé. Derrière lui, ses deux compères se levèrent de leur siège.

— D'accord, finit-il par dire, la gorge sèche. D'accord, on va jouer.

Pendant ce temps, bravant le vent, la pluie et la foule, le Père Théodose et ses moines grimpaient les rues abruptes des hauts quartiers. Un petit mendiant, toujours le même, les guidait au travers du dédale. Il s'arrêta bientôt devant une *insula* gris clair, plus grande et plus élégante que ses voisines, la façade sculptée de nymphes aux formes rondes lavées par la pluie.

— C'est ici, assura le mendigot aux religieux. La maison du proconsul.

L'abbé descendit de cheval, renvoya son guide d'une tape sur la tête, puis alla en personne cogner le heurtoir de bronze.

Au bout de quelques minutes, un esclave maigre entrouvrit la porte. À la demande de l'abbé, il répondit que le proconsul ne pouvait les recevoir. Ce, pour la simple et bonne raison que le proconsul était absent, en mission sur la Via Agrippa, où on avait signalé des embuscades de latrones.

— Mais à la prison, on m'a assuré... argua le Père Abbé.

L'esclave le laissa dire, puis répéta d'une voix lymphatique que le proconsul, hélas, ne se trouvait pas chez lui. Pourtant, des bruits de fête, de la musique et des rires filtraient depuis les fenêtres des étages, derrière des volets clos.

— Il n'y a personne à la maison ? insista le Père Abbé.

Non, répondit l'esclave. Non, seulement le jeune Flavius Namitius, et il n'était pas en état de recevoir. Le Père Abbé tenta de forcer le passage par principe. Sans grand résultat. Tant pis. Il décida de revenir le lendemain matin. Avec un peu de chance, le proconsul serait revenu de la Voie Romaine. Ou alors son rejeton aurait cuvé son vin.

À la prison, Thya remporta sa quatrième partie de *latroncules* consécutive, sous les regards ébahis et admiratifs des gardiens. D'une manœuvre hardie, elle avait capturé en trois coups rapides le *dux* et les derniers pions de son adversaire. Elle se permit un sourire de triomphe, but une gorgée de vin à même la bouteille pour parfaire son personnage d'esclave vandale. Les gardiens l'avaient laissé sortir de la cellule pour qu'elle vienne jouer avec eux. Enoch, lui, était resté de l'autre côté des barreaux. Il tenait lui aussi une bouteille, une de celles qu'il venait de gagner aux gardes. Et il couvait Thya des yeux.

— Une autre partie ! exigea le vieux geôlier avec bonne humeur. Une autre !

— Une revanche ! appuyèrent ses collègues. Vous nous devez une revanche !

— Vous misez quoi, alors ? questionna Enoch, sur un ton badin. Parce que là, je ne suis pas sûr qu'il vous reste du vin…

Le geôlier se gratta la barbe, admit, amusé :

— C'est vrai qu'elle est terrible, ta Vandale. Je comprends qu'on vous ait accusé de commercer avec les arts occultes…

— N'est-ce pas ? sourit Enoch. Et encore, là, elle s'échauffe à peine…

Le geôlier balaya l'argument d'un revers de la main.

— Non, jusqu'ici je n'ai pas joué sérieusement, mais je parie que je peux la battre. Je te parie ce que tu veux…

Enoch saisit l'occasion au vol :

— Ils m'ont confisqué ma besace à l'entrée. Y a rien de dangereux dedans, que des perruques, des parfums… Je suis maquilleur, expliqua-t-il. Et j'ai pas envie que mon fonds de commerce orne la femme du gardien-chef. Pas si elle me paye pas.

— Je te comprends, gamin, approuva le vieux geôlier, qui avait un sens prononcé de la propriété.

— Une autre partie, donc ? résuma Enoch.

Il fit tourner entre deux doigts la pièce de Glycon, lui arracha un éclat d'or. Le geôlier saliva.

— Une autre partie. Et si elle gagne…

Enoch sourit. Un instant, son regard croisa celui de Thya. Une lueur de connivence aviva les iris verts de l'oracle.

— Dehors, grogna Flavius Namitius, en congédiant d'une main molle les convives de son banquet improvisé, à l'étage de l'*insula* de son père.

Le sol, autour de lui, était jonché des reliefs du festin, un épais tapis de croûtes de pain, fanes de légumes, arêtes de poisson, os de mouton, peaux de poulet encore gluantes de sauce au miel… Avec, çà et là, des traces de vin et de vomi.

— Dehors, répéta Namitius, irrité. Les musiciens aussi…

Hôtes et artistes quittèrent la pièce d'un pas hasardeux, en marmonnant des remerciements avinés. Ce n'étaient pas des amis de Namitius, le jeune patricien n'avait sympathisé avec personne à Andemantunnum. C'étaient des pique-assiettes patentés, pour l'essentiel, qui venaient mettre un peu d'animation et de présence humaine dans ses repas, quand il en avait assez de manger seul. Il ne leur en demandait pas plus. Et puis ces convives avaient le bon goût de disparaître dès qu'ils ne se sentaient plus désirés. C'était pratique. Cela aussi, Namitius l'appréciait.

Les lieux se vidèrent rapidement. Namitius soupira, tendit le bras pour essuyer ses doigts gras sur la tunique d'un esclave qui passait. Les parfums pourtant chers dont il s'était aspergé ne parvenaient plus à masquer la puanteur de la salle à manger, ni la sienne d'ailleurs. Il renversa la tête en arrière, sur les oreillers moelleux de sa banquette tendue de velours. Son corps tout entier était lourd, fatigué, il aspirait au sommeil. Un instant, il joua avec l'idée de s'endormir ici. Puis il songea à la mine qu'afficherait son père, s'il rentrait plus tôt que prévu, et le trouvait ainsi, ronflant au milieu des ordures tel un petit porcelet. La figure sévère du vieux Flavius Salone s'imposa à son esprit, le poussa à se redresser. Il appela un esclave d'un geste, s'appuya sur son épaule, se laissa traîner jusqu'à sa chambre.

Sur le seuil de sa chambre, il se figea. La pièce était plongée dans la pénombre, bien sûr, et elle aurait dû être vide. Mais elle ne l'était pas. Assise sur le lit, les mains posées sur les genoux, une figure hiératique et décharnée comme la mort attendait le jeune patricien. *Nakht…* comprit Namitius. Il refoula un haut-le-cœur. Le visage émacié du scribe égyptien se tourna vers lui. Le pauvre hère semblait plus maigre encore que la dernière fois, le teint plus cireux, quasiment jaune. Cependant, dans les orbites enfoncées de Nakht, c'était le regard cruel d'Aedon qui brillait.

— Elle est ici, déclara-t-il d'une voix froide.

Namitius sentit une sueur glacée lui couler le long de l'échine. Soudain, il regretta d'avoir autant mangé. Si seulement son estomac n'était pas si lourd. Tout ce qu'il avait avalé semblait s'agglutiner en un épais bouchon dans sa gorge, et l'empêcher de parler.

— Ma sœur est ici, reprit Nakht-Aedon, chaque mot tranchant l'air frais comme une lame. Elle est à Andemantunnum, dans la prison. J'ignore ce qu'elle trafique là, mais je suis plus que lassé de la suivre à la trace. Et mon mage commence à fatiguer. Alors tu vas me la ramener, ici, dans ta chambre. Cette nuit.

Namitius passa un doigt boudiné dans le col de sa tunique. Le tissu le comprimait d'un coup.

— Je… je me rafraîchis et je vais à la prison, bafouilla-t-il.

— Non, coupa Nakht, tu y cours. Maintenant.

— Enfin, si elle est en cellule, elle ne risque pas de partir très loin…

— Maintenant, outre gonflée, lâcha Nakht-Aedon, d'un ton sans réplique.

Namitius recula d'un pas, manqua de se prendre les pieds dans sa propre cape. Les mains moites, l'estomac prêt à se retourner, il baissa la tête, obtempéra :

— Je vais me dépêcher.

— J'abandonne, lâcha le vieux geôlier, après que Thya eut gagné sa huitième partie d'affilée.

— À moi ! Laisse-moi jouer ! le poussa un de ses collègues. À l'avant-dernier coup, tu aurais pu la battre. Si tu n'avais pas bougé ton *dux*, mais plutôt le pion sur la gauche…

— D'accord, d'accord, déclara le premier gardien, grand seigneur. Prends ma place, on verra si tu te débrouilles mieux que moi.

Le regard vert de Thya allait de l'un à l'autre des gardes. Elle refréna un sourire. Elle n'avait pas l'habitude que deux hommes se battent pour elle. Ou du moins, pour jouer aux *latroncules* avec elle. Toute la scène lui paraissait quelque peu irréelle.

Assis sur l'unique banc de la cellule, le dos calé contre le mur, Enoch semblait se désintéresser de la compétition. Il avait récupéré sa besace, après que les gardiens en eurent inspecté le contenu. Il peignait l'une de ses perruques, la blonde. Cette occupation paraissait l'absorber entièrement. Arsas le fixait d'un air atterré. Le prisonnier rougeaud ronflait toujours. Enoch s'interrompit quelques secondes, tendit la main vers l'une des bouteilles près de lui, but au goulot.

De l'autre côté des barreaux, le geôlier âgé se passa la langue sur les lèvres. Il avait soif, ses collègues aussi. Mais ils avaient perdu tout leur vin au profit d'Enoch. Le maquilleur le comprit, tendit une bouteille au travers des barreaux.

— Allez-y, les amis, c'est ma tournée...

Les geôliers s'empressèrent de récupérer la bouteille, se désaltérèrent à longues rasades.

Quelques minutes plus tard, ils dormaient. D'un sommeil aussi profond, aussi réel, que celui de l'ivrogne contre le mur. Enoch se releva d'un bon, à nouveau alerte, efficace. Il rangea la perruque dans sa besace.

— Les clés, vite ! ordonna-t-il à Thya.

La jeune oracle opina, décrocha le trousseau pendu à la ceinture du plus âgé des geôliers, se dépêcha d'ouvrir la cellule.

— Qu'est-ce qui s'est passé ? s'exclama Arsas.

— Disons que je n'avais pas que des parfums dans ma besace, expliqua Enoch, en passant la bride du sac sur son épaule. J'avais aussi du nard.

— C'est un narcotique, ajouta Thya, serviable. Tu viens avec nous, Arsas ?

Thya et Enoch se tenaient par la main, à la porte de la cellule. L'adolescent leva les yeux vers eux comme un croyant regarde une relique. D'une voix changée, il prononça ces mots étranges :

— Il l'avait prédit...

— Qu'est-ce... ? commença Enoch.

Arsas ne le laissa pas finir sa question. Il semblait transfiguré. Il tendit une main vers le couple, sans oser les toucher.

— Il l'avait prédit. Le Diseur.

Il se mit à rire, de joie, d'émotion, face aux deux

jeunes gens interloqués. Il reprit, avec une force de conviction un peu effrayante :

— C'est lui qui m'a envoyé ici. Le Diseur. Il m'a demandé de me faire arrêter aujourd'hui, il a prédit qu'on m'enverrait en prison, et que là je vous rencontrerais, que vous me feriez évader… Et moi, pauvre imbécile, j'ai presque douté de lui…

— Attends, l'arrêta Enoch. Tu prétends que ton chef, ton Diseur comme tu l'appelles, t'a demandé d'aller en prison pour nous rencontrer ? Et toi, tu as obéi, aveuglément ?

Arsas hocha la tête.

— Quand le Diseur ordonne, on exécute. Je sais qu'il a des pouvoirs, je l'ai déjà vu à l'œuvre, mais je dois reconnaître… je dois reconnaître que ça m'impressionne toujours autant, quand une de ses prédictions se réalise…

Thya considéra l'adolescent avec un intérêt nouveau. Des dizaines de questions se bousculaient dans sa tête. Sur le Diseur des Monts. Sur cet homme qui était sans doute un autre Oracle. *Un autre Oracle*… Elle n'avait même jamais pensé que cela soit possible. Elle avait cru être la dernière. Quelle naïveté… Ce n'était pas si illogique, après tout, qu'il existe un autre devin. Un qui n'avait pas peur d'envoyer des gens en prison, sur la simple foi de ses augures.

Elle allait interroger Arsas, lui demander… Enoch ne lui en laissa pas le temps.

— Nous parlerons de tout ça plus tard, décida-t-il. Sortons d'ici d'abord. Juste une chose, Arsas. Pourquoi t'a-t-il envoyé à notre rencontre, ton Diseur ?

L'adolescent tourna vers le maquilleur de grands yeux étonnés. La réponse lui semblait évidente.

— Mais… pour vous mener jusqu'à lui.

— Parfait, conclut Enoch. Allons-y.

Il entraîna sa petite troupe dans le couloir. Au passage, ils récupérèrent les glaives et les couteaux des gardiens. Juste après l'intendance, Enoch allait tourner à droite. Arsas le retint.

— Non, à gauche.

— C'est le Diseur ? supposa Thya. Le Diseur t'a dit comment nous emmener dehors ?

L'adolescent confirma :

— La garnison est désorganisée. La discipline se relâche, les soldes ne sont plus payées… C'est pour ça que nous avons décidé de nous défendre, dans les montagnes. Parce que nous ne pouvons compter que sur nous-mêmes.

L'adolescent parlait à voix basse, en les menant par un trajet complexe hors de la prison. Ils ne rencontraient personne, aucun garde en tout cas. Même si la prison était mal surveillée, cette absence complète de geôliers ne manqua pas de surprendre Thya et Enoch. Ils avaient du mal à y croire, le Diseur leur avait, depuis ses monts, préparé un parfait itinéraire de fuite. *Si c'est bien un devin*, songea Thya, admirative, *alors il est plus puissant que moi.*

Une seule fois, Arsas les fit s'arrêter, juste avant un croisement. Il les précéda de quelques pas, l'arme au clair, trancha la gorge du gardien qui se tenait au coin, caché par l'angle du mur. L'homme s'écroula avant d'avoir pu crier. Ce fut l'unique mort sur leur route.

Ils sortirent de la prison par une porte dérobée au fond d'un cellier qui ne servait plus. Dehors, Thya remonta sa capuche, même s'il ne pleuvait plus. La nuit était tombée, les nuages bouchaient le ciel.

— Venez, chuchota Arsas. Je connais un passage. Un endroit où la muraille est éboulée. Nous sortirons de la ville par là.

Il sourit.

— Nous sommes bientôt tirés d'affaire. Vous verrez, il faut toujours faire confiance au Diseur.

Enoch et Thya étaient loin de partager sa foi. Cependant, pour l'heure, ils n'avaient pas de meilleur choix que de le suivre. Au moins ils étaient libres. Hors de la prison, hors des griffes de l'abbé Théodose. Et ils étaient ensemble. Enoch serra plus fort la main de Thya. Elle répondit en pressant ses doigts. À ce moment, le maquilleur avisa un pauvre hère en haillons, qui dormait sur le trottoir contre le mur de la prison. Pris d'une impulsion, il sortit la pièce de Glycon de sa poche, la posa dans la main crasseuse du vagabond. Et il se sentit plus léger.

— Dépêchez-vous… lança Arsas, plus loin, sans oser crier trop fort.

Enoch redressa la tête.

— Nous arrivons…

21

Les jeux cruels du Destin

Cette même nuit, à l'heure où Enoch et Thya s'échappaient d'Andemantunnum, Mettius et le Faune, à cheval, atteignaient l'auberge du Plateau. À leur approche, les chiens bâtards se mirent à aboyer et à gronder. Pas intimidé, Mettius mit pied à terre, alla toquer à la porte. De la lumière filtrait par le chambranle, donc il y avait encore quelqu'un de réveillé à l'intérieur. Le vétéran cogna encore, insista jusqu'à ce qu'il entende, par-delà le vacarme des chiens, des pas traînants à l'intérieur.

— Qui va là ? lâcha une voix de rogomme.

— Deux voyageurs étrangers au Plateau.

— Vous arrivez trop tard, renvoya la mégère. On n'ouvre plus à cette heure.

— Nous n'avons pas de mauvaises intentions, tenta d'argumenter le vétéran.

— Vous pourriez tout aussi bien être des diables déguisés en mortels, pour ce que j'en sais, riposta la tenancière.

Mettius comprit qu'elle allait couper court à la discussion. Les chiens, dans la grange à côté, aboyaient et hurlaient comme des damnés. Le Faune, qui n'était pas descendu de son cheval, se gratta l'oreille, mal à l'aise. Mettius se plaqua contre la porte.

— Une question ! Nous voulons seulement vous poser une question, lança-t-il, et après nous partons !

— Quoi encore ?

Mettius soupira. Au moins, la femme ne s'était pas éloignée. Il dit :

— Je cherche un jeune couple, une fille rousse et un garçon aux yeux clairs. Ils voyagent avec des moines. Ils sont sans doute leurs prisonniers.

— Ah, s'exclama la voix, ces deux-là… ! Ils sont partis ce matin, pour Andemantunnum.

Mettius serra les poings. Il les avait manqués de peu. Les chiens devenaient enragés. Le Faune, derrière Mettius, fit reculer son cheval. Les dogues aboyaient-ils à cause de lui, ou à cause des ombres qui erraient par la campagne ?

— Silence, on dort ! beugla un client depuis les étages.

Contre la porte close, Mettius demanda :

— C'est dans quelle direction, Andemantunnum ?

— Continuez sur le chemin vers l'est, et vous arriverez sur la Via Agrippa. De là, remontez vers le nord.

Mettius entendit les pas de la femme s'éloigner à nouveau. Il n'obtiendrait rien de plus d'elle. Qu'importe. Il savait l'essentiel. En grimaçant, à cause de ses muscles engourdis, il remonta en selle.

— Tu es fatigué, le Faune ? lança-t-il à son compagnon d'aventure.

Le coureur des bois secoua la tête.

— Non, du moment qu'on part loin de ces chiens…

Mettius tira sur ses rênes.

— Tu as entendu, Thya a une journée d'avance sur nous. Les chevaux peuvent encore tenir, alors allons-y !

Ils s'élancèrent au galop vers l'est, fouettés, dans leur dos, par les hurlements des chiens.

Le lendemain, l'aube surprit Thya, Enoch et Arsas sur un chemin de traverse, quelque part en pleine campagne. Les trois évadés avaient marché toute la nuit, ils ne sentaient plus leurs jambes. L'aurore dorait l'horizon, radieuse comme une belle promesse. Au loin, sur le bleu azur du ciel, se dessinait en flou la ligne des montagnes. Épuisé mais heureux, Enoch déclara à la jeune oracle :

— Regarde, ma belle. Le Monte Vosego. Nous y sommes presque. Nous avons réussi.

Thya ne répondit pas, se força à sourire. Enoch était si touchant, si fier. Elle n'allait pas lui apprendre maintenant que c'était là-bas, dans cette montagne, qu'elle l'avait vu brûler dans des flammes bleues.

— Vous tenez encore debout ? leur demanda Arsas.

— À peine, plaisanta Enoch. Nous devrions dormir un peu…

— Je connais une grange abandonnée, non loin d'ici, proposa Arsas. Nous pourrions nous y reposer avant de reprendre la route.

— Avec plaisir, répondit Thya en s'étirant.

À Andemantunnum, Namitius non plus n'avait pas dormi. Cependant, lui se retrouvait de bien plus méchante humeur. Ses joues pas rasées le grattaient, ses yeux secs et rougis l'irritaient, il avait la gorge sèche, le crâne dans un étau, et de persistantes crampes d'estomac. Il avait passé l'essentiel de sa nuit à fouiller la prison, rassemblant dans la cour principale toutes les filles aux cheveux noirs dégottées en cellule. Un éventail de visages ingrats, aux dents pourries, aux haleines infectes, une belle collection de catins, de voleuses à la tire, d'esclaves en fuite et de vagabondes crottées. Et, bien sûr, aucune trace de la sœur d'Aedon. Ç'aurait été trop beau... Dans un corridor, on avait retrouvé un geôlier mort, la gorge tranchée. Une victime de Thya ? Peu probable. Namitius imaginait mal une jeune patricienne tuer comme un assassin confirmé.

Namitius grelottait dans la cour de la prison, dans le petit jour aigre. Il se fit apporter une infusion de laser de Cyrénaïque, pour aider à la digestion. La tasse brûlante entre ses mains glacées le réconforta un peu. Par contre, l'idée de ce qu'Aedon allait lui faire subir, s'il ne retrouvait pas sa sœur, avait quelque chose de beaucoup moins rassurant. Namitius avait déjà étendu le périmètre des recherches. Des hommes à lui ratissaient le quartier autour de la prison, ils retourneraient la ville entière, au besoin...

Namitius aspira une petite gorgée d'infusion, laissa le liquide sucré, chargé de miel, imbiber sa langue et son palais. Un décurion se présenta devant lui, l'air beaucoup trop réveillé pour cette heure matinale.

— Mes hommes ont ramassé ça près des murailles, *domine*, j'ai pensé que ça vous intéresserait.

Namitius haussa un sourcil. Sur un signe du

décurion, deux soldats traînèrent dans la cour, tel un sac de chanvre, un clochard en haillons. L'homme puait plus encore que les pauvresses que la garde avait réveillées cette nuit. Namitius tira son écharpe de soie devant son nez.

— Pourquoi m'apportez-vous cette infection, Seigneur ! lança-t-il au travers de son masque improvisé.

— Il avait ceci sur lui, répondit l'un des soldats.

Il tendit à Namitius la pièce d'or à l'effigie de Glycon. Un bref instant, l'image du serpent magicien étincela dans la lueur de l'aube. Namitius le reconnut aussitôt. C'était l'un des artefacts magiques favoris d'Aedon. C'était sûrement grâce à cela qu'Aedon avait pisté sa sœur. Namitius se pencha vers l'homme en haillons, en surmontant le dégoût que celui-ci lui inspirait.

— Dis-moi, mon brave, déclara-t-il d'un ton affable, comment t'es-tu retrouvé en possession de ceci ?

Le clochard roula des yeux effrayés.

— Je l'ai pas volé, *domine*, se défendit-il dans un jet de postillons.

— Personne ne t'accuse, l'assura Namitius. Je veux simplement savoir comment tu as récupéré cet objet.

— C'est un homme, il me l'a donné. La nuit dernière. Un jeune.

— Il y avait une fille avec lui ?

Le clochard hocha la tête.

— La fille, poursuivit Namitius, comment était-elle ?

— Je ne sais pas, avoua le loqueteux. Je n'ai pas vu son visage, j'avais les yeux fermés, comme si je dormais, vous comprenez… ? Mais à la voix, elle était pas vieille, non plus. Et il y avait un troisième gars avec eux. Ils parlaient d'aller dans les montagnes. Ils voulaient retrouver le Diseur.

— C'est tout ? demanda Namitius – la proximité du miséreux lui était de plus en plus insoutenable, il avait hâte que cet interrogatoire se termine.

— C'est tout, oui.

— Très bien.

Le jeune patricien fit un signe au garde :

— Emmenez-le !

On lui obéit aussitôt.

Le loqueteux hors de sa vue, Namitius parvint à se concentrer à nouveau. La fille que l'homme avait entendue était certainement Thya. Elle se dirigeait vers les montagnes. *Eh bien*, soupira le jeune patricien pour lui-même, *je vais devoir aller la chercher là-bas*. Dans les montagnes. Dans ce territoire sauvage, où se croisaient bêtes féroces, Vandales et sorciers. Comment se rendre là-bas, et si possible en nombre ? Le jeune patricien ne réfléchit pas longtemps. Il allait parler à son père. Depuis des mois déjà, le proconsul Salone voulait envoyer une troupe dans le Monte Vosego, pour lutter contre les barbares et le Diseur. Namitius allait lui proposer de mener cette expédition. Il prétendrait avoir eu une illumination, que Dieu ou la Vierge lui avait ordonné de partir se battre contre l'envahisseur… Le très chrétien proconsul serait trop heureux du changement de son fils, pour mettre sa parole en doute.

Sa décision prise, Namitius termina d'un trait sa tisane.

— Mon cheval ! ordonna-t-il. Qu'on amène mon cheval !

Son estomac gargouilla, il avait faim à nouveau. Allons, l'horizon s'éclaircissait. Et il ne serait pas fâché de quitter la prison.

Quand Thya se réveilla, une douce lumière pourpre filtrait à travers les planches de la vieille grange, où Arsas, Enoch et elle s'étaient réfugiés pour dormir. Elle s'étira, repoussa d'une main ses longs cheveux noirs, enfin libres. Elle avait retiré sa perruque rousse, sur les sentes de campagne ils ne croisaient personne. Enoch et Arsas dormaient encore. Thya décida de ne pas les déranger. Elle se leva en silence, sortit de la grange d'un pas feutré.

Dehors, le crépuscule assombrissait déjà les prés et les bois. Thya avait dormi longtemps, plus qu'elle l'avait prévu. Mais elle avait besoin de reprendre des forces, et Enoch aussi. Que leur réserverait la suite du voyage ? Justement, Thya aurait bien aimé le savoir. Elle ignorait toujours quoi penser d'Arsas, du Diseur… L'intervention de l'adolescent, dans la prison, avait été presque trop providentielle. Leur fuite, trop facile. Debout sur le seuil de la grange, Thya inspira à pleins poumons l'air du soir. Elle en avait assez, de se laisser mener par le hasard et les rêves. Elle voulait reprendre son destin en main. Et elle ne connaissait qu'une méthode pour ce faire. Elle allait à nouveau interroger l'avenir.

Avant que les garçons ne se réveillent, elle alla relever les collets qu'elle avait posés non loin de la grange. Des pièges improvisés avec ce qu'elle avait pu emprunter à Enoch, quelques longues et fines épingles de métal, des lacets de cuir… Dans le premier s'était étranglée une grive. Thya tâta le corps de l'oiseau sous ses plumes. Il était déjà froid. La grive était morte depuis trop longtemps pour servir aux augures. Par contre, elle ferait un repas très convenable. Thya la suspendit à sa ceinture, continua son chemin. Le deuxième collet était vide. Le troisième avait pris un blaireau au piège. Cependant l'animal était recouvert de grosses limaces noires et huileuses, qui l'oignaient d'une couche de matière gluante. Thya préféra ne pas y toucher. Enfin, dans le quatrième collet, sous un chêne, elle trouva un lièvre encore tiède. Elle le dégagea avec précaution, lissa sa fourrure du bout des doigts. Puis elle s'agenouilla sur l'herbe, allongea le lièvre devant elle. Elle tira son couteau, pas celui que l'abbé lui avait confisqué plusieurs jours auparavant, juste un poignard ordinaire, pris la nuit d'avant aux geôliers d'Andemantunnum. Un rai de soleil rose passait entre les branches du chêne au-dessus d'elle, teignait d'incarnat la fourrure du lièvre. Elle fendit d'un geste le corps mou, le sang gicla parmi les fleurs et les mousses. Avec sa dextérité habituelle, elle retira le foie de l'animal, si petit qu'il tenait dans sa main. Elle se concentra sur les reflets et les moirures de l'organe encore frais.

Son monde se réduisit à une large tache auburn, une tache de sang. Puis dans ce cercle rouge, des images commencèrent à prendre forme, d'autres couleurs apparurent.

Le vert des montagnes d'abord, les contreforts du Vosego. Puis très vite, avec violence, comme un coup de poing dans l'estomac, les images, Mettius tombant sous les armes barbares, Enoch brûlant et hurlant dans un incendie bleu. Mais justement, cette fois, Thya s'était attendue à les voir. Elle s'était préparée. Cela ne rendait pas les visions plus plaisantes. Tout juste plus supportables. Assez pour que la jeune oracle ne s'y arrête pas. *Montre-moi plus loin*, ordonna-t-elle à son don. *Montre-moi après. Montre-moi Brog.* Elle sentit une intense résistance. La forêt, ou le Destin, se figea et se durcit devant elle, comme si l'air lui-même devenait solide, plus que l'acier. Elle insista, grinça des dents, se cabra. Elle supportait la vue de la mort, elle supportait la vue de la douleur. Un sursaut d'orgueil la fit trembler tout entière. Elle était oracle, et le Destin ne se débarrasserait pas d'elle si facilement. Sa main se crispa autour du foie de lièvre. La chair collait à sa paume. *Montre-moi!* hurla sa voix intérieure. Et d'un coup, la barrière céda.

Elle se retrouva à nouveau à Brog. Elle se vit, elle, Thya, debout sur la muraille. Thya telle qu'elle était à présent, avec ses longs cheveux noirs dénoués et sa *stola* couleur d'aube. Ni vraiment celle qui avait quitté la villa d'Aquitania, ni la princesse rousse qu'Enoch avait créée à Varatedo. Le vent se levait sur le chemin de ronde. Thya regarda par-dessus la muraille. Deux armées convergeaient vers la forteresse. L'une venait de l'est, une marée sombre, avec des capes en peau de bête, des casques à cornes, des crânes de loups et d'aurochs brandis en guise d'étendards. *Les Vandales*, comprit Thya. Elle se tourna vers l'ouest. De là venait la seconde troupe. Le contraste avec les Vandales était saisissant. La deuxième armée progressait en rangs serrés, d'un pas régulier, ses drapeaux à hampe dorée claquaient au vent de la montagne, les casques de ses soldats rutilaient. C'était une légion romaine. Thya serra les poings. Avec un peu de chance, les Romains venaient pour combattre les barbares… La jeune oracle aurait aimé le croire. Cependant, elle pressentait, au fond d'elle-même, que la situation n'était pas si simple. Sans doute était-ce à cause du vent, du souffle qui balayait la muraille, qui emmêlait ses cheveux noirs et la glaçait jusqu'aux os. Dans le présent, le crépuscule descendait sur la grange, le foie de lièvre bleuissait et se recroquevillait dans la paume de l'oracle. *Montre-moi après*, intima-t-elle à son don. *Encore après.*

À Brog, le vent lui remplissait le crâne. Le froid la tétanisait, le froid de la mort, ou de l'avenir. La vision résistait à nouveau. Elle devait toucher à quelque chose d'essentiel. Un événement crucial. Un point de non-retour. Le temps s'accéléra, une nuit entière défila en un clin d'œil. À l'aube, Thya vit s'ouvrir les portes de Brog. Elle se vit, elle, silhouette floue aux longs cheveux noirs, à la *stola* couleur d'aube, avançant d'un pas heurté vers l'armée romaine.

Au premier rang de la légion se tenait un jeune homme à cheval, un peu gras, le front dégarni, portant bagues aux doigts et cape d'hermine. Thya sut, avec une certitude aveuglante, que cet homme était un ami de son frère. Un agent d'Aedon. La fille brune de l'avenir, la pauvre fille au pas heurté, s'inclina devant lui, avec humilité. Elle se rendait à lui.

Non. Thya secoua la tête. Non, c'était impossible. Elle ne pouvait se rendre. Elle était la fille de Gnaeus Sertor. Elle ne se rendrait jamais. Soudain elle eut l'impression que ses yeux se dessillaient. Et si… songea-t-elle avec une acuité cruelle. Si le Destin ne l'avait pas envoyée vers Brog pour sauver son père, mais pour y mourir ?

Sa gorge se serra. Elle n'arrivait plus à respirer. Le monde de la vision se délava et devint couleur de cendres. D'un coup elle revint au présent. Ses poumons se gonflèrent à nouveau. La jeune oracle frissonna, jeta au loin le foie du lièvre, ou ce qu'il en restait. Elle s'essuya frénétiquement la main sur la mousse. Elle effleura quelque chose de gluant, d'irritant. Elle baissa les yeux, aperçut une limace noire, semblable à celles qui grouillaient sur le blaireau mort. Elle sursauta, se releva d'un bond. Elle balaya les lieux du regard. Le sol autour de la grange n'était plus fait d'herbes. Il bougeait, se mouvait, luisait dans la pénombre… Ce n'était pas un sol, saisit Thya. C'étaient des limaces, des larves ou des sangsues. Les plus petites faisaient la taille d'un poing de nourrisson. Les plus grosses, un marcassin. Et elles enflaient encore, ouvraient des gueules rondes, cerclées de dents pointues, dégoulinant de bave noire.

La grange, complètement encerclée, semblait surnager tel un navire branlant dans une mer de larves. Thya cria, pour donner l'alerte. Le tapis de sangsues s'étalait vers elle, leur bave s'infiltrait déjà sous ses semelles… Son épiderme se hérissa. Elle retira ses pieds, se hissa sur les branches basses du chêne. En face, Enoch et Arsas déboulèrent hors de la grange, avec des glaives et des torches. Ils éclairèrent un spectacle d'Apocalypse.

Des dizaines, des centaines de larves s'extirpaient du sol meuble, ouvraient leurs gueules dentues, elles se dressaient sur leur séant avec des sifflements sonores. Des langues fourchues minuscules claquaient hors de leurs gueules. Brusquement, l'une d'elles bondit vers Arsas. L'adolescent l'embrocha sur son glaive. La matière noire infecte se mit à couler le long de son arme, sur sa main, sur ses doigts. Il eut l'impression qu'elle lui rongeait les chairs. Il hurla. Enoch plongea sa lame dans les sangsues. Quand il voulut la retirer, elle resta reliée aux larves par des dizaines de fils visqueux. Il tira dessus. Devant lui, les larves qu'il croyait avoir tailladées se tordaient et se relevaient, plus difformes, plus hideuses encore qu'avant son attaque. Il lâcha le glaive, écrasa sa torche incandescente dans le flot des sangsues. Les créatures de cauchemar se gonflèrent de cloques au contact de la flamme. Loin de les amoindrir, ces nouvelles excroissances semblaient leur insuffler un surcroît d'énergie. Elles enflèrent, sifflèrent, s'étirèrent haut sous les étoiles. Enoch recula.

Perchée sur son chêne, Thya vit des milliers de filaments s'élever du tapis de larves, enserrer le tronc au-dessous d'elle. À leur contact, la matière même de l'écorce se transformait, se dénaturait. L'infection gagnait les branches et les feuilles. Thya grimpa plus haut, jusqu'au faîte de l'arbre. Ses doigts se crispèrent sur son couteau. Elle n'abandonnerait pas sans se battre. Les filaments s'allongèrent jusqu'à sa *stola*, plantèrent des crochets acérés dans le tissu couleur d'aube. Thya tenta de les couper, ils s'accrochèrent à son poignard, la tirèrent vers eux. En bas, près de la grange, Arsas essayait désespérément de jeter son glaive. En vain, la matière noire des larves avait comme soudé son arme à sa chair. Il supplia Enoch :

— Coupe-moi le bras ! Coupe-moi le bras, j'ai trop mal…

— Non, tu vas t'en sortir…

Le maquilleur le saisit sous les aisselles, le maintint debout. Il était inondé de sueur. Ils ne pouvaient même plus se réfugier dans la grange, la bave des sangsues engluait leurs bottes au sol. Déjà le cuir commençait à s'effriter…

En haut du chêne, Thya s'aperçut avec horreur que la branche à laquelle elle s'accrochait, la dernière encore saine, changeait lentement de texture sous sa main…

22

L'autre oracle

Thya arracha son poignard aux filaments gluants, dans un sursaut de hargne. Elle le planta dans la branche. La lame s'enfonça dans le bois dénaturé comme dans du beurre. Thya tourna et retourna l'arme dans la plaie, comme si par ce geste, elle allait meurtrir les larves. Les faire souffrir. En bas, Arsas se recroquevilla sur lui-même, il n'avait plus assez de forces pour hurler. Enoch le serra plus fort. L'ensemble des larves se fondait en une seule créature immense et floue. Tout en arabesques et volutes, elle s'éleva comme une vague, prête à s'abattre sur lui.

— Enoch ! cria Thya.

Soudain des percussions éclatèrent de l'autre côté du bois. Toute une bacchanale de sistres, de cymbales, de crécelles et de grelots, bientôt accompagnés par un concert strident de buccins, de cornus, de flûtes et d'ascaules. Au fur et à mesure que la musique approchait, les larves refluaient. L'infection s'écoulait du chêne comme l'encre d'une éponge. La bave au sol séchait et se craquelait. Arsas put lâcher son poignard, en claquant des dents. Enoch l'allongea par terre, gratta la croûte noire sur son bras. Dessous, la peau partait par plaques, comme la peinture d'une vieille fresque, et la chair se nécrosait. Enoch improvisa un garrot avec sa ceinture à la pliure du coude de l'adolescent. Arsas n'arrêtait pas de trembler.

Debout au faîte de l'arbre, Thya vit des musiciens émerger du bois, un cortège dionysiaque brandissant fanions et lanternes. Les flammes dorées se reflétaient dans le cuivre des instruments. Un homme élancé, à cheval, menait cette bruyante troupe. Il était vêtu de vert, des habits coupés à la mode franque, avec une longue cape, des braies rayées et de la fourrure au col. Il portait ses cheveux blancs un peu longs sur la nuque. À son poignet brillait un bracelet d'argent. Il évoquait un esprit des forêts sorti d'une légende germanique. Thya ne distingua pas d'emblée son visage, à cause de la pénombre. Pourtant, dès qu'elle l'aperçut, son cœur bondit dans sa poitrine. Elle dégringola le long du chêne. Les dernières larves rentraient dans le sol, dans la terre humide, laissant l'herbe derrière elles pourrissante et brunie.

L'homme altier arrêta son cortège devant la vieille grange, descendit de cheval. Thya noua ses cheveux en chignon sur sa nuque, tira sur un pli de sa *stola* déchirée. Elle se dressa très droite dans la nuit. Elle avait conscience de vivre l'un des tournants de son existence. Elle en oubliait presque Enoch, Mettius, ses visions, et les coupures que les sangsues avaient laissées sur ses orteils. Elle ne voyait plus que l'homme en face, ses traits aiguisés, à peine vieillis.

Ce visage identique à celui de Gnaeus Sertor, à la base, mais qu'une expression sauvage, presque féroce, rendait radicalement différent. Et la lueur joueuse dans l'iris vert de ses yeux.

— Tu es le Diseur des Monts, remarqua Thya.

Ce n'était pas une question, juste un constat. Il répondit malgré tout :

— En effet.

Une émotion retenue, et pourtant à fleur de peau, faisait trembler sa voix. Thya reprit, sur le même ton :

— Tu es un oracle, comme moi.

L'homme en vert hocha la tête. La jeune fille s'enhardit :

— C'est toi que je croise dans mes visions et dans mes rêves. Et tu n'es pas mon père.

Il sourit.

— Non, je ne suis pas Gnaeus Sertor. Je suis Gnaeus Aylus. Son frère.

Sur les derniers mots, sa voix vacilla. Il conclut :

— Je suis ton oncle, Thya.

Et avant qu'elle s'en soit remise, il la serra dans ses bras.

La troupe d'Aylus installa son campement pour la nuit dans la vieille grange. Quelques hommes nettoyèrent la bave séchée sur le sol. Un chirurgien s'isola avec Arsas au fond du bâtiment. Enoch les rejoignit. Il se sentait redevable envers l'adolescent, qui les avait aidés à quitter Andemantunnum. Et surtout, il aurait eu l'impression d'être de trop, s'il était resté auprès de Thya. S'il était tout à fait sincère… il lui semblait qu'elle n'avait plus besoin de lui, maintenant qu'elle avait rencontré le Diseur. N'avait-elle parcouru le long chemin depuis l'Aquitania que pour rencontrer cet homme, ce seigneur des montagnes ? Ce Diseur qui avait des yeux verts, comme elle, et comme elle des dons de devin…

Pour se changer les idées, Enoch aida le chirurgien à coucher Arsas sur des draps propres. L'adolescent tremblait moins, mais avait blêmi davantage, comme si son sang se retirait de son corps. Le chirurgien, un vieillard affable, tendit une lampe à huile à Enoch.

— Tiens, éclaire-moi.

Enoch leva la lampe, de façon que la lumière tombe sur le bras d'Arsas. La blessure était mauvaise, les chairs semblaient s'atrophier et se corrompre un peu plus à chaque seconde. Le chirurgien soupira :

— Il va falloir amputer.

Il se tourna vers Enoch.

— Va me mettre de l'eau à bouillir, pour mes instruments, et va me chercher du vinaigre…

— J'ai de la jusquiame noire dans mon sac, proposa Enoch. Contre la douleur.

Le chirurgien fit la moue.

— Vu son état, je ne suis pas sûr que ça serve…

Enoch opina, reposa la lampe, et partit chercher de l'eau.

Thya et Aylus, le Diseur des Monts, étaient restés dehors, près du chêne. La jeune oracle tendit une main vers le tronc, effleura l'écorce du bout des doigts.

— C'est fantastique, murmura-t-elle. On dirait qu'il ne s'est rien passé.

Elle se retourna vers son oncle.

— Qu'est-ce que c'était ? demanda-t-elle. Ces créatures que vous avez mises en fuite.

— C'étaient des *larvae*, des mauvais génies échappés des Enfers. Les anciens gardiens de l'En Dessous perdent leurs pouvoirs. En certains lieux, le monde est devenu poreux, comme ici, sur le Plateau. Des abominations se hissent jusqu'à la surface.

Il sourit, ajouta :

— Heureusement, les *larvae* détestent la musique.

Thya lui rendit son sourire.

— De la musique ? Une vraie cacophonie, oui.

— Ce sont des charbonniers et des pâtres, mes troupes, plaisanta Aylus. Pas des artistes comme ceux que tu as entendus à Rome.

Intimidée, l'adolescente ramena dans son chignon une mèche de cheveux noirs, expliqua :

— Je… je n'ai pas grandi à Rome. Mais dans une villa d'Aquitania. Et j'ai rarement vu des musiciens.

Avec cette simple phrase, elle mesura l'étendue de son ignorance. De leur ignorance, à tous les deux. Jusqu'à ce soir, elle ne savait même pas que son père avait un frère, qu'elle avait un oncle. Et que cet oncle était devin. À cette pensée, un bonheur encore inconnu la réchauffa tout entière. Elle n'était plus solitaire. Il existait un autre oracle, et il se tenait à quelques pas d'elle, il la regardait avec affection, comme si elle était sa propre fille, presque. Elle avait tant de questions à lui poser, tant de choses à lui dire… Pourtant, ils avaient commencé par parler des larves, comme si cela avait encore de l'importance. En même temps, songea Thya, c'était une façon de s'apprivoiser. D'apprendre à se connaître.

Bientôt ils en viendraient aux choses sérieuses. Et alors, Thya le pressentait, leur discussion remettrait en cause toutes ses certitudes, tout ce qu'elle avait toujours connu. Pourquoi son père lui avait-il caché l'existence d'Aylus, s'il ne voulait que son bien ? Pourquoi lui laisser croire qu'elle était à ce point seule, perdue ? Le dernier oracle dans le vaste univers…

Aylus remarqua, comme s'il avait lu dans son esprit :

— Tu n'es pas seule. Tu n'étais pas seule, même avant notre rencontre. Il y a des gens qui tiennent à toi. Ton amant barbare, Enoch…

— Ce n'est pas mon amant, se défendit Thya, un peu trop vite.

Aylus leva un sourcil amusé.

— Ah, pas encore ?

Elle se mordit la lèvre pour ne pas jurer. Bien sûr, Aylus était devin, il avait dû voir des dizaines et des dizaines d'avenirs possibles. Et dans beaucoup d'entre eux, Enoch et elle… Elle rougit, mais ne trouva pas la perspective si désagréable, au fond.

— Et toi ? demanda-t-elle à son oncle en retour. Tu as une femme ? Des enfants ?

Elle avait posé la question en toute innocence. Cependant, même dans la pénombre, elle vit le regard du devin se voiler. Elle s'en voulut. Mais comment aurait-elle pu… savoir ? Elle voyait l'avenir, non le passé. Elle aurait comprit qu'Aylus refuse de répondre. Pourtant il lui confia :

— J'ai aimé une femme, quand j'étais jeune, il y a…

Il soupira, c'était si loin tout ça.

— … il y a plus de vingt ans. Tu n'étais même pas née. J'ai été marié avec elle, et elle avait un fils. Il n'était pas de moi, mais je lui servais de père. Elle s'appelait Heledd, c'était une prêtresse node. Elle était belle, puissante. C'était la femme la plus courageuse que j'aie jamais connue. Et son fils…

— Son fils, compléta Thya, c'est Enoch.

Aylus baissa la tête, fit tourner autour de son poignet son bracelet d'argent. Thya s'approcha de lui. Elle lui dit, à voix basse :

— La suite, Enoch me l'a déjà racontée. Comment Heledd… je suis désolée…

Aylus se força à sourire.

— Personne ne peut vivre sans cicatrices. Et je ne regrette rien. Ou plutôt si.

Il prit une profonde inspiration.

— Je regrette que nous nous soyons éloignés, ton père et moi.

— Vous étiez proches, avant ? demanda Thya.

Elle n'avait jamais été proche d'Aedon. Avant de rencontrer Enoch et Mettius, elle croyait qu'elle n'aurait jamais de véritable ami, puisqu'elle était devin.

Aylus alla s'asseoir sur une souche sous le chêne, invita Thya à prendre place près de lui. La jeune oracle s'installa sur l'herbe brune, tira sur l'ourlet de sa *stola*, que les larves avaient réduite en lambeaux. Aylus raconta :

— Nous n'avons pas été élevés ensemble, ton père et moi. Dès que notre famille a pris conscience de mes dons, on m'a exilé à la campagne, dans notre latifundium de la plaine du Pô, tandis que Sertor, lui, étudiait à Rome.

Thya hocha la tête. Cette histoire, c'était la sienne. Et ça ne l'étonnait pas vraiment. Aylus fit tourner le bracelet à son poignet. Il était gravé de runes, qui accrochaient la lueur des étoiles. Est-ce qu'il lui venait d'Heledd ? Était-ce tout ce qu'il avait gardé de sa femme, après qu'on les eut séparés ?

Encore un point commun, entre mon oncle et moi, songea Thya, *nous avons tous deux un amour barbare. Mais lui, avant de rencontrer Heledd, il avait déjà un frère. Un vrai frère.* Le devin reprit :

— Ton père venait me voir, à la campagne, dès qu'il en avait l'occasion. Quand j'ai eu treize ans, je n'ai plus supporté la plaine. J'étais prêt à me noyer dans le Pô pour échapper à ma solitude. Au lieu de ça, j'ai fugué, j'ai rejoint ton père à Rome. Nos parents venaient de mourir. Il m'a accueilli chez lui. Lui aussi se retrouvait seul. Il était déjà militaire, officier dans la Légion. J'ai mis mon don à son service. J'ai multiplié les prédictions pour lui. Quand il a été envoyé en Gaule, il m'a emmené avec lui.

Aylus se tut quelques instants, fit tourner son bracelet, encore. Comme si à chaque tour, il remontait le temps. Thya comprit qu'il approchait de zones plus sombres. Des événements qui les avaient séparés, le général Sertor et lui.

— Ici, en Gaule… En Gaule, tout est devenu différent. Loin de Rome, Sertor ne se gênait plus pour dire que j'étais son frère. Au contraire, ça l'arrangeait, vis-à-vis de ses alliés nodes. Eux respectaient les devins, les honoraient même. Nous n'avions plus à nous cacher. Pendant quelques mois, malgré les Vandales, malgré la guerre, nous avons… nous avons eu une belle vie. C'est difficile à avouer, sans doute, parce que la campagne était dure, nos hommes tombaient par dizaines. De braves gens, de bons soldats. Mais nous avons été heureux. Ton père était déjà marié. Ta mère, à Rome, était enceinte d'Aedon. J'ai rencontré Heledd, je l'ai accompagnée à Brog.

— Et après ? demanda Thya. Que s'est-il passé, à Brog ?

Le temps était comme un ressac, une marée sur l'océan bordant le monde. Le temps, ou le Destin, semblait toujours tout ramener vers Brog. Vers cette forteresse du Monte Vosego, qui avait vu la gloire du général Sertor.

Nouveau tour de bracelet. Au terme d'un débat intérieur, Aylus décida :

— Ce n'est pas à moi de te l'apprendre, décida-t-il enfin. Cette partie de l'histoire, c'est à ton père de te la raconter.

— Si je le revois un jour, grinça Thya.

Aylus se releva sans répondre. Il grimaça. Sa vieille cicatrice à la hanche, celle qui datait de Brog, tirait plus que d'ordinaire ce soir. Sans doute à cause du voyage. Il n'avait plus l'habitude de monter à cheval, plus sur d'aussi longues distances. Il tendit la main à Thya :

— Tu reverras ton père. Tu dois garder espoir.

Thya accepta sa main. Sa gorge se serra. Des larmes lui montèrent aux yeux. Elle renifla, elle se détesta, pour ce qu'elle s'apprêtait à dire.

— Je ne vois plus mon père, avoua-t-elle. Il n'est plus là, ni dans mes visions ni dans mes rêves.

— S'il était mort, je le saurais, lui assura Aylus. Ton père est toujours en vie.

— Mais pour combien de temps ?

Aylus voulut la prendre dans ses bras. Elle se dégagea. Ce n'était pas du réconfort qu'elle attendait de lui.

— Si je ne connais pas le passé, comment veux-tu que je comprenne l'avenir ?

Elle plongea son regard dans le sien. Leurs yeux verts étaient si semblables. Des yeux d'oracle, qui en avaient trop vu.

— Écoute-moi, Thya, dit-il. Je te promets… Accompagne-moi à Brog, et je te promets que là-bas, tout te sera révélé.

— Pourquoi te ferais-je confiance ?

— Parce que nous sommes oracles. Parce que comme toi, dans mes rêves, je vois mourir les gens que j'aime. Nous partageons le même don, la même malédiction, le même destin. Je jure de ne jamais te mentir.

Thya comprit qu'il tiendrait parole. Pas parce qu'il avait juré, entre eux ils n'avaient pas besoin de serment. Mais parce qu'ils étaient chacun le miroir de l'autre. On ne ment pas à son reflet.

Thya avait encore d'autres questions pour son oncle. Mais elles attendraient. Elle en avait appris assez pour cette nuit. Elle leva les yeux vers les Pléiades, sa constellation favorite, s'étonna presque de la trouver à la même place dans le ciel, alors que son monde avait tellement changé. Elle se sentait heureuse, un peu ivre, même si elle n'avait rien bu. Elle renversa la tête en arrière. Elle avait l'impression que le champ tournait sous ses pieds.

— Tu devrais aller dormir, remarqua Aylus. Une longue route nous attend.

Elle opina, rentra dans la grange. Aylus resta dehors sous le chêne, la regarda s'éloigner. Elle marchait très droite, comme son père, et en même temps elle avait en elle une sauvagerie, une liberté, qui ne venaient pas du général Sertor. Comme si elle était un mélange des deux frères, de ce qu'ils avaient de meilleur. Aylus serra les poings. Sa vieille blessure, toujours, le taraudait. Thya était plus que sa nièce, plus qu'une oracle. Il s'était déjà attaché à elle, comment aurait-il pu en être autrement ? Et pourtant, songea-t-il avec amertume, pourtant il allait la sacrifier.

Thya traversa la grange d'un pas léger, pour ne pas déranger les hommes d'Aylus endormis. Çà et là brillaient les petites lucioles des lampes à huile. Elle chercha Enoch des yeux. Elle l'aperçut au fond du bâtiment. Elle approcha sans qu'il l'entende. Il était assis en tailleur, à côté du lit d'Arsas. Il veillait l'adolescent endormi. De temps à autre, il lui rafraîchissait le front avec un chiffon humide, qui dégageait une vague odeur de vinaigre. Il était torse nu, sa tunique servait d'oreiller pour le blessé. La lueur de la lampe soulignait d'or et d'ombre les lignes de ses muscles. Soudain, Thya eut une envie furieuse de se blottir contre lui, contre son corps dur et ferme. Se raccrocher à lui comme au seul point fixe dans son monde mouvant. Elle voulut l'embrasser, l'étreindre, s'assurer qu'il était encore vivant. Oublier qu'elle l'avait vu mourir.

Elle n'osa pas, à cause des hommes d'Aylus autour d'eux. Elle trouva un coin libre plus loin contre le mur, se coucha à même le sol, s'enroula dans sa pénule comme un légionnaire en campagne. Et elle ferma les yeux.

23

Tu m'en voudras

Le lendemain, à l'aube, une brume basse et claire stagnait sur le Plateau, recouvrait autour de la vieille grange les stigmates du combat de la nuit. Des grenouilles coassaient quelque part dans des vasières. Les hommes d'Aylus dormaient encore, ils avaient voyagé deux jours sans dormir, sans presque s'accorder de halte, pour arriver à temps et sauver Thya et Enoch.

Seul le Diseur était déjà debout. Depuis le seuil de la grange, il contemplait le paysage blanchi, essayait de deviner les contreforts du Monte Vosego au loin. Surtout, il attendait quelqu'un. La porte de la grange grinça derrière lui. Il se retourna. C'était Enoch. Le maquilleur avait remplacé sa tunique colorée par une chemise blanche, sans doute empruntée au chirurgien de la troupe. Il portait sa besace sur l'épaule, et sa capuche relevée. Il tentait de s'esquiver en douce. Mais quand il vit Aylus, il ne fut pas vraiment surpris.

— Tu savais que j'allais passer, je suppose ?

Le devin ne répondit pas, c'était inutile. Enoch huma l'air frais, plissa les yeux à cause de la lumière. Il ajouta, sans regarder Aylus :

— Ah, et Arsas va vivre, au cas où son sort t'intéresserait. Il a réussi à passer la nuit. Maintenant, ça ne fera pas repousser son bras, bien sûr. Mais il s'en moque, à cette heure. Quand il s'est réveillé, il n'avait que ton nom à la bouche. Il ne comprend pas encore tout ce que cela signifie.

Aylus sentit le reproche dans sa voix, remarqua, sans en prendre ombrage :

— Tu ne m'approuves pas.

Enoch rétorqua, le regard sombre :

— Tu aurais pu envoyer ce jeunot à la mort, et il y serait allé, le sourire aux lèvres, encore. Parce qu'il est convaincu que tu les amènes, lui et les siens, vers le meilleur avenir possible. Parce que tu es devin.

— Tu penses que je suis égoïste ? Que c'est ma propre gloire, que je cherche à travers eux ?

Un sourire triste glissa sur les lèvres d'Enoch :

— Non. Je suis persuadé que tu es sincère. Que tu es même prêt à te sacrifier pour eux. Mais tu ne leur expliques rien, tu ne te demandes pas si tes aspirations rejoignent les leurs. Non, tu leur dis juste où ils doivent aller, quoi faire. Tu les traites comme des esclaves. Et moi je suis un homme libre.

— C'est pour ça que tu pars ?

Enoch ne répondit pas tout de suite, écouta les grenouilles coasser au loin. Tout était si paisible, autour d'eux, si calme. Il avait du mal à croire que des rejetons de l'Enfer avaient failli avoir leur peau, au même endroit, quelques heures plus tôt. Enfin il déclara :

— Je pars, parce que Thya n'a plus besoin de moi.

— Tu te trompes, assura Aylus. Ou alors tu la quittes, parce que tu es un lâche.

Enoch secoua la tête.

— Non, je ne suis pas un lâche. Je suis lucide. Thya est faite pour vivre dans un monde de devins, de chefs de guerre. Comme son père, le général Sertor. Comme toi. Et moi… je ne suis qu'un maquilleur. Pourtant, je serais prêt à endurer beaucoup, pour elle. Mais je n'ai aucun don, contrairement à toi. Et elle ne supporte pas de me voir souffrir. Elle pleure pour moi dans ses rêves…

— Thya sait ce que ses dons impliquent, répliqua Aylus. Elle le sait depuis son enfance. Tu ne crois pas que c'est à elle de décider, si elle veut rester avec moi ?

Enoch se recoiffa d'une main, par habitude. Aylus ne pourrait jamais le comprendre, sans doute. Il répondit quand même :

— J'assume mon choix. Je veux l'épargner, autant que je peux. Je pars pour la protéger. J'espère…

Il prit une profonde inspiration. Puisqu'il déballait ses vérités au Diseur, autant aller jusqu'au bout. Il termina sa phrase :

— J'espère qu'elle ne deviendra pas comme toi.

Un silence. Aylus serra les poings. Un instant, Enoch crut qu'il allait le gifler. Mais le devin se retint, expliqua :

— Je n'ai pas choisi d'être oracle. Pas plus que je n'ai choisi de mener la guerre, là-bas, dans les montagnes. Simplement, il n'y avait que moi. Tous les autres étaient des bergers, des bûcherons, des charbonniers… Des paysans sans aucune expérience militaire. Alors oui, j'envoie des hommes au combat, à la mort. Mais sans moi, les Vandales les auraient massacrés, eux et leurs familles, depuis déjà longtemps.

Enoch haussa les épaules.

— Grand bien te fasse ! Tu as des responsabilités, *dux bellorum*, chef de guerre. Moi, je n'en ai aucune. Ou plutôt si, une seule, vis-à-vis de Thya. Et je l'assumerai jusqu'au bout.

— En l'abandonnant au petit matin, comme un amant volage ?

Le maquilleur laissa passer l'insulte.

— Je suis un joueur de *latroncules*, remarqua-t-il seulement. Oh, pas aussi bon que Thya, mettons un joueur honorable. Et je sais reconnaître quand j'ai perdu la partie.

Il se tut. Il avait hâte, maintenant, que cette conversation finisse. Il avait beau être sûr de son choix, cela ne rendait pas les choses plus faciles. Au loin les grenouilles coassaient toujours, indifférentes aux querelles des hommes. Enoch les envia.

Il avait une ultime question pour le devin, avant de partir.

— Est-ce… ?

Il dut s'y reprendre à deux fois, tant les mots peinaient à sortir.

— Est-ce que tu es mon père ?

Aylus se dérida, soudain ému. Enoch poursuivit :

— Mes oncles m'ont toujours raconté que mon père était un Romain. Bon, ils m'ont dit aussi que mon père était criminel, qu'il était mort dans les montagnes, mais ils ont tendance à enjoliver la réalité. Et tu portes un bracelet runique, comme ceux de ma mère.

— Ta mère…

Aylus sourit. Enoch ressemblait tellement à Heledd… Même sans ses dons d'oracle, Aylus l'aurait reconnu. C'était bon de le revoir, de constater qu'il avait grandi. Le devin aurait aimé avoir plus de temps, pour réapprendre à le connaître. Enoch, le fils d'Heledd. Presque son propre fils. Il aurait tellement aimé être son père. Mais il ne l'était pas. Il lui répondit :

— J'ai aimé ta mère, comme aucune autre femme. Je l'ai épousée, contre l'avis de mon frère, et aux yeux du monde tu es mon fils. Je t'ai toujours présenté comme tel. Cependant je ne suis pas ton père. Heledd était déjà enceinte quand je l'ai rencontrée, je n'ai jamais su de qui.

— Et tu n'as jamais essayé de savoir ? grimaça Enoch. Avec tes dons…

— Je vois l'avenir, pas le passé, lui rappela Aylus. J'espère que je ne t'ai pas déçu.

Le maquilleur se recoiffa d'une main nerveuse.

— Non, ricana-t-il. Non, tu ne m'as pas déçu. Tu t'es prétendu mon père, puis tu nous as abandonnés, ma mère et moi, au moment où nous avions le plus besoin de toi.

— J'ai cru agir au mieux, tenta d'argumenter Aylus. Et vous aviez tes oncles, tes tantes… votre famille node…

— Ma famille… lâcha Enoch, avec un rictus cynique. Oh oui, ils m'ont aidé. Ils m'ont bien enfoncé dans le crâne… que je valais moins qu'un bâtard. Que je n'étais ni romain, ni node. Je n'étais que le fils d'un criminel sans nom.

— Enoch…

— Non, laisse-moi parler.

Il reprit rageusement :

— Je suis content de t'avoir retrouvé, Aylus. Je

suis sincère. Grâce à toi, j'ai appris que j'étais vraiment un bâtard. Que mon véritable père pourrait être… Dieu sait qui ! Peut-être ce clochard aviné à qui j'ai lancé une pièce, dans un caniveau d'Andemantunnum.

Il fixa Aylus sans ciller, conclut :

— Merci. Tu viens de m'enlever les derniers scrupules que j'avais encore à partir.

Il tourna les talons. Aylus lui prit le poignet.

— Attends !

— Quoi encore ?

Il se retourna vers le devin, ses iris clairs flamboyant de colère. Aylus soutint son regard.

— Ta mère était intrépide, intelligente, puissante, lui asséna-t-il. Elle commandait aux brumes et à la foudre.

— Et moi, railla Enoch, je maîtrise le grand pouvoir du baume coloré pour les lèvres. Et celui des perruques et des chignons tressés. Maintenant je vais retourner dans mon monde. Là où mes talents sont utiles.

Il voulut s'éloigner. Aylus le serra plus fort. Il gardait une force impressionnante, pour un homme aux cheveux blancs. Enoch glissa une main vers son poignard.

— Prends ça, avant, lui dit Aylus.

Il lui tendit un fin rouleau de vieux cuir.

— Qu'est-ce que c'est ? demanda Enoch.

— Une carte. Elle indique une clairière, dans le Monte Vosego. L'héritage de ta mère est enterré là-bas. Je te prêterai mon cheval pour y aller, ça ne te prendra que quelques jours. Après tu pourras retourner à tes tresses et tes couleurs, si tu le souhaites.

Mais sans doute as-tu peur de découvrir à quel monde tu appartiens vraiment.

— Pas besoin d'être né patricien ou oracle pour avoir un peu de courage, répliqua le maquilleur.

D'un geste de défi, il attrapa la vieille carte. Le cuir sous ses doigts était doux et souple, les bords un peu brunis, comme si elle avait survécu à un feu.

Aylus lui montra un chemin de terre, à l'autre bout du champ.

— Si tu pars dans cette direction, à midi tu devrais atteindre une statue d'Hécate. De là, tu n'auras plus qu'à suivre le plan. Tu sais lire une carte, au moins ?

— Oui.

Enoch tira sur son poignet, et cette fois Aylus le laissa partir. Le maquilleur rangea le rouleau de cuir dans sa besace. Puis il alla détacher le cheval du devin. La brume s'évanouissait, dévoilant l'herbe putrescente et noire, les fêlures dans la glaise sèche, comme des traits de poignard. Le ciel devenait gris, des nuages arrivaient de l'est. Enoch sauta en selle et partit au galop.

À ce moment précis, Thya sortait de la grange. Elle vit Enoch partir, voulut s'élancer vers lui. Aylus l'attrapa par les épaules, la retint fermement contre lui.

— Enoch ! appela-t-elle, à s'en arracher la gorge.

Elle se débattit, donna des coups de pied dans les jambes d'Aylus. Il resserra son étreinte.

— Lâche-moi ! se révolta-t-elle. Lâche-moi ! Tu ne comprends pas, je l'ai vu… Dans une clairière, au milieu des boules de pierre. Je l'ai vu prendre feu et mourir.

— Je sais, chuchota-t-il à son oreille. Je l'ai vu

aussi, qu'est-ce que tu crois ? Et la clairière aux boules grises, je ne vais pas te mentir, c'est là qu'il va.

— Mais pourquoi ? cracha-t-elle, sans cesser de griffer et de cogner. Pourquoi ?

— Parce que c'est nécessaire, lui dit Aylus.

Il avait mal pour elle. Mais il ne pouvait pas lui mentir.

Thya se tordait comme une anguille. Ses longs cheveux noirs dénoués lui giflaient le visage.

— Laisse-moi partir ! plaida-t-elle. Laisse-moi le rejoindre !

— Ce n'est pas possible, lui murmura-t-il. Je le regrette tellement... Mais tu viens avec moi à Brog, même si je dois t'enchaîner pour ça.

— Pourquoi ? lâcha-t-elle.

Sa voix s'éraillait. Elle savait déjà ce qu'Aylus allait lui répondre, mais elle voulait l'entendre de sa bouche. Pas dans une de ses visions, dans l'avenir. Ici, maintenant. Il l'accepta.

— Parce que le devoir implique des sacrifices, lui confia-t-il. Souviens-toi, je te l'ai dit, dans un rêve. Un jour, tu auras des raisons de m'en vouloir. Un jour, tu m'en voudras.

24
Vers les montagnes

Debout sur le rempart d'Andemantunnum, Namitius contemplait d'un œil morose le Plateau au pied de la cité. La nappe de brouillard bas, qui couvrait les champs, les lacs et le tracé de la Via Agrippa, floutait l'horizon terne et plat. L'idée même de traverser ces terres humides et froides déprimait Namitius. Le jeune patricien avait un point faible, il aimait son confort, et il l'avouait volontiers. Il n'avait pas encore quitté la ville, que déjà la tiédeur de sa chambre lui manquait. Il tira sur ses épaisses moufles fourrées, qui protégeaient ses mains et ses bagues. Sous sa tunique de soie, il en avait enfilé une autre en laine, qui l'irritait mais, au moins, lui tenait chaud. Un bonnet de renard gris couvrait son crâne dégarni. Une cape en hermine complétait l'ensemble, retenue au col par une fibule d'argent. Bien sûr, ses soldats critiqueraient sa tenue dès qu'il aurait le dos tourné. Mais il s'en moquait. Si les plans d'Aedon réussissaient, dans quelques mois, quelques années au plus tard, ses amis et lui seraient les maîtres de Rome. Et ces légionnaires pouilleux apprendraient à le respecter…

Namitius respira une bouffée d'air froid. Le printemps, ici, ressemblait à un mauvais hiver. À Rome, à cette époque… Namitius se reprit. Non, il ne devait pas penser à Rome, pas aujourd'hui. Il devait se concentrer sur sa mission. Celle qu'Aedon lui avait confiée. Aedon, parfois, lui faisait presque peur. Et pas seulement parce qu'il entretenait de bons rapports avec des mages, des pirates pictes et toutes sortes d'assassins… De leur petit groupe, quelques amis qui intriguaient autrefois à Rome, sous des dehors indolents Aedon était le plus féroce. Le plus dénué de scrupules. Celui qui irait le plus loin. En ces temps troublés, tous les espoirs étaient permis. Peut-être qu'Aedon se hisserait très haut. Qu'un jour, il deviendrait… pourquoi pas empereur.

Non, plutôt conseiller d'un empereur fantoche. Manœuvrant les ficelles à l'ombre du trône. Cela conviendrait mieux à Aedon. Il avait toujours préféré l'obscurité à la lumière. Huit heures sonnèrent à l'église, en bas des remparts. Le son de la cloche parvint étouffé jusqu'à Namitius. Allons, il était temps de rejoindre ses officiers. D'un pas traînant, le jeune patricien se dirigea vers le cardo.

Namitius partait à midi pour le Monte Vosego. Convaincre son père s'était révélé presque trop facile. Le vieux proconsul s'était persuadé que Dieu avait enfin répondu à ses prières, qu'il avait changé son rejeton ingrat en futur héros romain. *Flavius Namitius, pourfendeur des Vandales.* Les lèvres charnues du jeune homme se plissèrent en une moue méprisante. La vieille génération, celle de son père et de Gnaeus Sertor, était devenue trop crédule. Ces anciens soldats s'étaient abêtis avec le temps. Ils ne méritaient pas de survivre. Le monde changeait, le désordre gagnait l'Empire, et dans ce chaos des hommes neufs allaient émerger. Des hommes différents. Comme Aedon. L'Empire était à leur portée. Ils n'avaient qu'à tendre la main…

Et à balayer les menus obstacles en travers de leur route. Comme cette Thya et sa quête absurde de Brog. Quoique… Thya n'était qu'une femme, la tuer ne serait pas nécessaire. Il suffirait de la marier. Oui, Namitius s'imaginait bien épousant la sœur d'Aedon, pour lier son propre destin à celui du frère. Certes, Namitius n'avait jamais vu Thya, et d'après le portrait qu'Aedon avait tracé d'elle, elle incarnait tout sauf l'épouse idéale. Sans compter sa propension à courir les routes. Mais il saurait s'accommoder de son physique. Et quant à son caractère… eh bien, il la dresserait, voilà tout. Et quand Aedon accéderait au pouvoir…

— Mon seigneur… Mon seigneur…

Une voix éraillée tira Namitius de ses pensées. Une main terreuse avait saisi sa cape en hermine. Namitius voulut repousser l'importun d'un bon coup de botte, puis s'aperçut qu'il s'agissait de Dizier. Un simple d'esprit. Un mendiant unijambiste, qui éprouvait pour le jeune patricien une affection idiote, depuis qu'un soir de beuverie celui-ci lui avait donné une pièce pour uriner sur l'arc de triomphe.

— Je n'ai pas d'argent sur moi, déclara Namitius pour le faire partir.

Dizier insista, serrant plus fort la fourrure soyeuse. Il ouvrit une bouche à l'haleine pestilentielle, dans laquelle il ne subsistait plus qu'une dent.

— Je ne demande rien, mon bienfaiteur. On dit que tu pars pour les montagnes…

— Oui, et alors ? Lâche ma cape…

Dizier obtempéra, recula d'un pas respectueux.

— Je veux juste te prévenir. Je ne suis pas un sorcier, pas comme le Diseur, mais quand je prie, les saints me répondent.

— Oui, oui… grommela Namitius. Dieu et ses saints sont très éloquents, de nos jours…

Le mendiant releva la tête, fixa le jeune patricien, une ombre trouble au fond des yeux.

— Les saints et la bonne Vierge m'ont parlé, la nuit dernière, prononça-t-il d'une voix plus sourde. Méfie-toi de la brume, mon seigneur. Les monstres viennent avec la brume…

Sur ces mots, le mendiant ferma sa grande bouche, détala en sautillant sur son unique jambe, et disparut dans les ruelles descendantes. Namitius secoua sa cape, se signa par réflexe. Il n'était pas superstitieux, du moins le prétendait-il. Cependant, les paroles de Dizier, ces insanités dénuées de sens, lui avaient fait froid dans le dos. Enfin, s'il devait éviter la brume, sur le Plateau, il n'irait pas très loin… Il caressa d'une main la fourrure de sa cape, comme pour en effacer l'odeur du traîne-misère. Il pressa le pas pour ne pas arriver au cardo trop en retard. Décidément, ce voyage ne s'annonçait pas joyeux.

Dans les bas quartiers d'Andemantunnum, dans une taverne non loin de la prison, Mettius commanda un troisième pichet de vin. Le Faune et lui étaient arrivés la veille au soir à Andemantunnum. Depuis l'aube, l'ancien légionnaire écumait les bouges de la cité, à la recherche de Thya. Il s'enquérait un peu partout de deux jeunes gens, un couple de prisonniers, qui auraient été amenés en ville par un abbé. La fille, brune ou rousse, serait une sorcière. Mais personne ne les avait aperçus, ni n'avait entendu parler d'eux. Thya et Enoch semblaient s'être évaporés dans l'éther.

Le Faune n'accompagnait pas Mettius dans Andemantunnum. Il était resté à l'extérieur de l'enceinte. De toute façon, dans un environnement urbain, son odorat était saturé, il était incapable de pister l'Oracle. Avec un soupir désabusé, le vétéran se servit un gobelet de vin.

— Tu ne devrais pas boire autant, pas sans manger, remarqua une voix derrière lui.

Mettius se retourna. Celui qui venait de parler était un jeune homme, en tunique rouge de légionnaire, sans doute un soldat en permission. Il avait l'air sincèrement préoccupé par la santé de Mettius, et pas méchant. Un instant, Mettius eut l'impression de se revoir lui-même, beaucoup plus jeune, avant Brog, avant ce qu'il avait dû faire dans les montagnes. Quand il était encore innocent.

— Merci, répondit-il, mais je n'ai pas faim.

C'était vrai. Plus il se rapprochait de Brog, et moins il mangeait. Quelque chose lui nouait l'estomac. La culpabilité, sans doute. Cette bonne vieille culpabilité, qu'il avait cru endormir, en devenant marchand de porcs, et qui revenait à la charge, après toutes ces années. Ça, et les souvenirs. Il n'avait pas envie de boire seul.

— Tu veux un verre, petit ?

— Ma foi, pourquoi pas ? répondit le jeune légionnaire.

Il avala une gorgée, ajouta :

— Je pars à midi pour le Monte Vosego, avec ma décurie. Toi, tu as servi dans l'armée, autrefois ?

Mettius hocha la tête.

— Où as-tu combattu ? demanda le jeune homme.

— Dans le Sud, mentit le vétéran. Carthage.

Ici, à Andemantunnum, les jeunes militaires avaient sûrement tous entendu des histoires sur Brog, sur le général Sertor et la fin d'Othon le Vandale. Othon, tué sur les murailles de Brog, et dont le fils Skadan venait, comme un mauvais reflux, cogner aux contreforts du Monte Vosego. Et Mettius n'avait pas envie de répondre à des questions sans fin sur ces vieilles lunes. Pas aujourd'hui.

— Carthage… répéta le jeune homme, rêveur. Au moins, tu as dû avoir plus chaud qu'ici.

Mettius approuva, leva son verre, but à ces saines paroles.

— Et vous, demanda Mettius à son tour, vous partez combattre les Vandales ?

— Les Vandales, oui. Ils ne me font pas peur. Quoi qu'on en dise, ils ne sont que des hommes…

Le jeune légionnaire baissa le nez vers son gobelet, rentra les épaules. Mettius l'encouragea à parler :

— Qu'y a-t-il d'autre, dans les montagnes ?

— Le Diseur, souffla le soldat.

Mettius tressaillit. *Le Diseur.* Ce n'était pas la première fois que le vétéran entendait ce nom, depuis qu'il avait commencé sa tournée des tavernes. Cependant, jusqu'ici, trop occupé à s'enquérir de Thya, il n'y avait guère prêté attention. Là, quelque chose dans la voix du jeune légionnaire, une inflexion particulière, lui fit demander :

— Ce Diseur, qui est-il ? Je ne suis pas d'ici… ajouta-t-il pour s'excuser.

— C'est un sorcier, débita le soldat, très vite. Selon certains, il est de notre côté, il nous aide à combattre les Vandales. Mais pour d'autres… pour d'autres, le Diseur ne sert que lui-même, lui et le peuple des montagnes. Son armée est à peine humaine, elle est composée de créatures sylvestres plus que de mortels. Et une fois qu'ils auront conquis les montagnes, ils porteront le combat dans la plaine.

Les doigts du jeune homme se crispèrent sur son gobelet.

— Il y a sûrement beaucoup d'exagération là-dedans, remarqua Mettius, pour le réconforter.

Le soldat s'efforça de sourire. Un bien faible sourire, mais c'était mieux que rien.

— Sans doute, oui, admit-il. Mais les pouvoirs du Diseur sont réels, souligna-t-il juste après, en tapant de son gobelet contre la table.

Quelques gouttes de vin miellé giclèrent hors du verre. Sans le remarquer, le soldat poursuivit :

— J'ai des camarades, ils ont servi dans les montagnes. Ils ont vu ses pouvoirs à l'œuvre.

Il récita, comme une leçon bien apprise :

— Le Diseur marche dans les montagnes. Il sait ce qui a été, ce qui va être. Ses yeux verts lisent au fond des âmes.

— Des yeux verts, tu dis ? sursauta Mettius.

— Le Diseur a des yeux couleur des feuilles, oui, répondit le jeune soldat. Certains racontent que c'est un centaure, ou qu'il porte des bois comme un cerf.

Ou encore que c'est un homme à la fois très jeune et très vieux, avec de longs cheveux d'un blanc immaculé, un blanc de neige…

— Et il lit l'avenir ? insista Mettius.

Le jeune légionnaire hocha la tête. Mettius blêmit, finit d'un trait le fond de son verre, se resservit aussitôt.

— Qu'est-ce qu'il y a ? s'inquiéta son compagnon de table. Tu ne vas pas bien ?

Mettius avala son vin comme de l'eau. Il essaya de maîtriser, sans y parvenir, le tremblement de ses mains.

— J'ai un peu trop bu, c'est tout. J'ai besoin d'air.

Il sortit de la taverne en chancelant. Dehors, les pluies de la veille avaient laissé des flaques brunes sur la chaussée. Sur le pas de la porte, il manqua de se faire renverser par une charrette de fumier. Il recula. Les roues de la carriole le frôlèrent avec un boucan infernal, l'aspergèrent d'eau boueuse. Le vétéran s'essuya le visage d'une main moite. *Un devin aux yeux verts, aux cheveux blancs, vivant dans le cœur du Monte Vosego. Non, ce n'était pas lui… Ce n'était pas… l'*Autre. *C'était impossible.*

Mettius s'appuya contre le mur, tenta de calmer les battements de son cœur. Des enfants édentés, qui jouaient dans le caniveau, le montrèrent du doigt en ricanant. L'eau sale dégoulinait le long de son cou, imbibait le col de sa tunique. Il s'en moquait. C'est impossible. *L'*Autre *est mort. Je l'ai laissé mourir dans les montagnes.* Il se reprit. L'*Autre* avait eu un nom. Aylus. Aylus. Mettius ne pouvait plus se leurrer. Il n'avait pas oublié Aylus, même s'il avait voulu effacer son nom, comme le général Sertor l'avait ordonné.

Était-ce à cause du vin, de la discussion avec le jeune légionnaire ? Les souvenirs d'Aylus lui revenaient par dizaines. Le visage épuisé mais heureux d'Aylus accueillant la légion de son frère aux portes de Brog. Aylus amoureux donnant le bras à Heledd. Aylus en haut de la muraille, guettant en pleine nuit l'assaut des barbares, ce dernier assaut d'Othon auquel le général Sertor n'avait pas voulu croire, jusqu'à ce que les flèches enflammées pleuvent sur le chemin de ronde. Aylus combattant au cœur de l'incendie, ses vêtements noircis par les flammes, son glaive dégoulinant de sang à la main. Aylus transperçant la gorge d'Othon, sauvant la vie de Mettius. De ce jeune légionnaire loyal, naïf et sincère que Mettius avait été. Aylus blessé, un tronçon de l'épée d'Othon fiché dans la hanche. Et le chirurgien de la légion – quel âge pouvait-il avoir, lui ? Vingt-cinq, trente ans à l'époque… – se précipitant à son chevet. *Cette nuit-là, Aylus m'a sauvé la vie*, se rappela Mettius, et le sentiment de culpabilité lui donna envie de vomir. *Il m'a sauvé la vie, et c'est pour ça qu'on m'a envoyé le tuer.* Il bascula la tête en arrière. *Mais non*, se récria une petite voix dans sa tête, la voix qui l'excusait toujours. *Tu ne l'as pas tué. Tu ne l'as pas achevé.* Mettius secoua la tête. À d'autres ! Il n'avait pas achevé Aylus, il l'avait abandonné, perdant son sang, sur une sente écartée au fin fond de la forêt vosgienne. Il l'avait laissé saigner à mort, comme un goret égorgé par un boucher débutant, dans un endroit désert, où personne ne viendrait le sauver.

Mettius inspira une grande bouffée d'air vicié, l'atmosphère de la ville basse, chargée de relents d'ordures. Se rappeler le passé, oser se souvenir enfin, l'avait libéré et meurtri à la fois. Comme si une chape d'oubli, plus mortifère à sa façon que la cape empoisonnée d'Hercule, venait de glisser de ses épaules, et s'étalait dans le caniveau.

Dans son esprit enfin clair, lavé comme un ciel après l'orage, ne subsistait plus qu'une question, essentielle. Et si Aylus était encore en vie ?

Je dois savoir, se dit Mettius. *Aller jusqu'au Monte Vosego, rencontrer le Diseur. Et puis, s'il est devin, comme on le prétend, il pourra au moins m'aider à retrouver Thya.* Sa décision prise, le vétéran s'essuya la figure et reprit son chemin. Tandis qu'il se dirigeait vers les portes de la ville, à chaque pas sa démarche devenait plus assurée.

Il rejoignit le Faune à un mille environ d'Andemantunnum. Le coureur des bois l'attendait, dissimulé derrière des buissons de mûres, avec leurs chevaux volés. À l'arrivée de Mettius, il se redressa, cligna de ses yeux d'or.

— Tu n'as pas retrouvé Thya ?

— Non, répondit le vétéran en sellant sa monture. Mais je sais qui va nous y aider. Et où nous devons aller.

Il se tourna vers l'est, vers l'horizon.

— Nous devons aller vers les montagnes.

25

Le feu bleu

Quelques jours plus tard, Enoch gravissait sous une pluie diluvienne les pentes du Monte Vosego. L'averse avait rendu glissant le chemin déjà raide, obligeant le maquilleur à mettre pied à terre. Il tirait son cheval par la bride. Autour de lui, la forêt bruissait et craquait sous l'averse. L'eau imbibait ses bottes, détrempait sa cape. Il serrait sa besace contre sa poitrine, ployant la tête pour protéger ses perruques, ses maquillages et ses onguents. Derrière lui, le cheval hennit, s'ébroua, tira sur la bride. Le maquilleur s'arrêta un instant. Il ne pouvait pas continuer ainsi, il avait l'impression que sa monture et lui allaient se diluer et rejoindre sous forme liquide les torrents de la montagne. Il devait trouver un abri. Il scruta le paysage alentour. Les gouttes tombaient si serrées qu'on n'y voyait pas à vingt pas. Enoch flatta l'encolure de son cheval, le poussa à repartir. La bête accepta d'avancer à nouveau.

À un tournant du sentier, Enoch distingua enfin une forme sombre au travers du rideau de pluie. Une cabane. Il sourit, soulagé, empoigna le licol du cheval. Son optimisme coutumier lui revint. Qu'importe s'il tombait sur un nid de latrones, un campement vandale ou un cercle de sorcières. Pour échapper à ce déluge, il aurait demandé l'hospitalité au Diable en personne.

Alors qu'il approchait de la cabane, il comprit que ses occupants n'allaient pas beaucoup le gêner. Les lieux étaient abandonnés. La cahute était déserte depuis plusieurs années déjà, à en juger par la couche de mousse sur les murs, les champignons qui obstruaient les fenêtres, et le buisson de genévrier en travers de la porte. Pourtant, les murs de rondins tenaient encore debout. Enoch passa la tête à l'intérieur. Le toit de bardeaux, renforcé au fil des saisons par des couches de lichens, était resté quasi intact. Allons, songea le maquilleur, la chance tournait à nouveau. Il repoussa à coups de botte les épines du genévrier, entra avec son cheval. Il y avait largement assez de place pour sa bête et lui, dans la cabane. Il attacha sa monture près de la porte. Il réussit à fermer le battant malgré le buisson. La pluie tambourinait sur le toit, s'écoulait çà et là en longs filaments froids par les fentes entre les bardeaux. Mais cela ne suffit pas à entamer la bonne humeur d'Enoch. Il se sentait en sécurité, ici. Protégé par les murs de planches, et, au-dehors, les murs de pluie. La cabane dégageait une odeur familière de poussière et de bois brut. Il y restait encore quelques meubles, un banc fendu, des éclats de vaisselle en terre cuite, même un brasero couvert de toiles d'araignée, oublié dans un coin. Celui-là, Enoch le dégagea de sa gangue blanchâtre, le remplit avec quelques branches de genévrier, réussit à allumer le feu. Bientôt le foyer grésilla en répandant un parfum de sève. La chaleur réveilla quelques abeilles, autour d'une ruche accrochée sous le toit. Elles bourdonnèrent un peu puis rentrèrent dans leurs rayons de miel. Enoch étendit sa cape sur le banc et sortit ses perruques de son sac pour qu'elles sèchent. Lui-même s'allongea par terre non loin du brasero, sur le dos, les bras croisés sous la tête. Dans cette position, il pouvait regarder les flammes. Leurs reflets orangés lui rappelaient Thya, quand elle avait ses boucles rousses. Mais au fond, depuis qu'il l'avait quittée, tout lui faisait penser à Thya. Il s'endormit bercé par l'averse.

À son réveil, il ne pleuvait plus, et deux petits yeux en amande le fixaient. Il recula sur les fesses, sur le sol en terre battue. Face à lui, perché sur le banc fendu, le nouveau venu le regarda faire avec étonnement.

— Attention, prévint-il. Si tu recules encore, tu vas écraser les champignons.

— Et… il ne faut pas écraser les champignons ?

Ce fut tout ce qu'Enoch trouva à dire. Il n'était pas sûr d'être vraiment réveillé. Pourtant, il n'avait rien bu la veille, rien qui puisse expliquer une hallucination, en tout cas. Ou alors c'étaient les vapeurs du feu de genièvre. Ce n'était sans doute pas un buisson ordinaire… Car la créature qui se tenait face à lui, perchée sur le bord du banc fendu… Eh bien, le maquilleur avait beaucoup de mal à croire qu'elle était réelle.

Certes, depuis qu'il avait quitté le Sud, il avait déjà croisé une Ondine aux yeux mauves, ainsi qu'un dieu pêcheur d'âmes. Mais les deux pouvaient passer, de loin, pour des gens ordinaires. L'être qui se balançait sur le rebord du banc, c'était… c'était très différent. Il s'agissait d'une créature haute comme deux fois sa main, dont la peau ressemblait à l'écorce d'un arbre, et qui portait deux petites cornes plantées au milieu du front. Ce quart de portion déclara, avec le plus grand sérieux :

— Les champignons, ce sont les larmes de Vosegus, le génie obscur des monts. Des chamans humains ont enfermé son corps et son esprit dans la pierre sous nos pieds, aux premiers âges du monde. C'est pour ça que parfois, la montagne tremble.

— Le génie obscur pleure des champignons, répéta Enoch, à qui la situation paraissait de plus en plus absurde.

— Et des spores aussi, approuva l'être d'écorce.

Puis, changeant soudain d'humeur, il sourit, demanda :

— Tu as des gâteaux humains ? J'aime beaucoup les gâteaux.

— Dans ma besace, répondit Enoch en la désignant d'un geste. Vas-y, sers-toi.

— Merci, lança l'homoncule, et il partit fouiller le sac.

Il rentra entièrement dans la besace, rampa jusqu'au fond, puis ressortit, triomphal, avec un rogaton de biscuit au miel. Une douceur qu'Enoch s'était fait offrir par une blonde fermière, dans un hameau des contreforts.

L'être d'écorce s'installa avec un air solennel sur la cape d'Enoch, mordit avec délice dans la pâte jaune. Le maquilleur s'assit, amusé, épousseta la terre qui maculait sa chemise blanche.

— Dis-moi, tu es quoi exactement ? demanda-t-il à son invité de poche.

— Un sylvain, répondit l'autre entre deux bouchées. Et toi, ajouta-t-il, tu es venu chercher le trésor des montagnes.

— Non, pas vraiment, sourit Enoch. Pourquoi ?

Le Sylvain secoua la tête, termina sa dernière miette de biscuit, se lécha les doigts, puis déclara :

— Si, tu es venu chercher le trésor. Même si tu ne le sais pas encore. Tous viennent chercher le trésor. Tous tes semblables. Et tous finissent brûlés par le feu bleu. Mais toi, ajouta-t-il avec une compassion sincère, ça m'embêterait que tu meures. Parce que tu es sympathique, et que tu m'as donné du gâteau humain.

Mehercule, jura Enoch par-devers lui, *on dirait que je viens de trouver un allié.* Profitant de sa bonne fortune, il sortit la carte de cuir de sa poche, la déroula devant le Sylvain.

— Tu peux sans doute m'aider, minuscule. Je cherche une clairière avec des pierres disposées comme ça.

Il montra un dessin sur la carte, qui évoquait un triangle distordu. Le Sylvain hocha la tête.

— C'est ça. Les pierres de foudre. La clairière du trésor. C'est bien ici.

Enoch leva un sourcil étonné.

— Ici ? Comment ça ?

— Je vais te guider.

— Avec plaisir.

Il souleva le Sylvain par sa taille frêle, l'assit sur son épaule. Ensemble, ils quittèrent la cabane. Dehors, la forêt s'égouttait, semblait renaître après la pluie.

— C'est juste derrière, indiqua le Sylvain. Tu vois, tu es venu au bon endroit.

Enoch tourna au coin de la cabane, marqua un arrêt.

Au sein d'une carrière, sur le sol sableux et doux, des boules de grès grises, de la taille d'un marcassin, avaient été disposées selon un schéma étrange, qui évoquait, vu d'en haut, un triangle aux lignes hachurées. Les pierres étaient striées, certaines érodées plus que d'autres, recouvertes de lichens qui leur faisaient comme des bonnets tricotés. Enoch s'avança d'un pas prudent, jusqu'à la lisière du sable.

— C'est là que les gens brûlent, dis-tu ? demanda-t-il au Sylvain.

Celui-ci hocha la tête.

— Dans ce cas, remarqua le maquilleur, il vaut mieux que je te dépose avant d'y aller.

Il joignit le geste à la parole, installa le Sylvain sur une branche en hauteur.

Puis il se tourna à nouveau vers la clairière. Le lieu l'attirait et l'inquiétait à la fois. Il avait l'impression, la certitude même, que c'était bien là qu'il devait se rendre. Que pendant toute son existence, ce triangle sablonneux, si loin de chez lui, l'avait patiemment attendu. Et en même temps, il craignait, s'il y mettait les pieds, que le sol s'effondre sous lui, ou alors que du feu en sorte. *Le feu bleu…*

Il s'accroupit, essayant de voir, sous un angle différent, quel secret recelait ces rangs de pierres. Le lieu dégageait une profonde mélancolie, si on prenait le temps de le regarder. Si on y prêtait suffisamment attention. Même les bruits de la forêt, à proximité de la clairière, étaient plus faibles qu'ailleurs.

— Que s'est-il passé, ici ? murmura le maquilleur, comme pour lui-même.

— Il paraît que des humains ont amené une magicienne, ici, il y a longtemps, répondit le Sylvain. Ils l'ont privée de ses pouvoirs, mais sa rage, sa colère sont restées enfermées dans les pierres. C'est ce que la forêt raconte, en tout cas.

Enoch se releva. La rage d'une magicienne morte, c'était donc ça qui protégeait la clairière ? Pourtant, le maquilleur ne percevait aucune aigreur ici, aucune violence. Juste de la tristesse, et des regrets.

— Je ne cherche pas de trésor, remarqua-t-il à voix haute. Je ne vois pas pourquoi je risquerais ma carcasse ici.

Mais alors même qu'il prononçait ces mots, il prit conscience que si, il allait entrer dans le triangle entre les pierres. Parce qu'il ne supporterait pas de repartir sans essayer. Parce qu'il ne pourrait pas vivre le reste de sa vie avec ce doute, à se demander : *et si j'avais osé, ce jour-là, que se serait-il passé ?* Et surtout, la prudence n'avait jamais été son fort. Il se recoiffa d'une main, comme pour se préparer au combat. Se retourna une dernière fois vers le Sylvain.

— Dis-moi, minuscule, tu sais comment on survit au feu bleu ?

— Ça, je n'en ai aucune idée, avoua le petit être.

Il réfléchit, retira du bout de l'ongle une punaise des bois qui tentait de s'infiltrer sous sa peau en écorce. Puis il conclut :

— Je n'ai jamais vu personne survivre au feu bleu.

Par contre, j'ai vu beaucoup de gens mourir. Si ça peut t'aider.

Voilà pourquoi la cabane tient toujours debout, songea Enoch. *Elle a dû être occupée assez régulièrement, au fil des années, par tous ceux qui sont devenus des tas de cendres.* Des cendres… Il grimaça. Le vent des montagnes chuchotait entre les arbres, faisait s'envoler de ses bottes un peu du sable de la clairière. Sauf que, comprit le maquilleur, ce n'était pas du sable. C'étaient des cendres humaines. Et peut-être celles de quelques oiseaux égarés.

Le Sylvain relâcha la punaise sur une feuille, sans la blesser. Enoch prit une grande inspiration. D'un pas bravache, il pénétra dans le triangle entre les pierres.

Au début, rien ne se passa. Enoch se sentit un peu ridicule, de vaciller presque sur ses jambes, juste parce qu'il avait avancé de trois pas dans une clairière. Comme s'il avait cru, un instant, que les boules de grès allaient se dresser, à la manière des têtes d'une hydre, et se jeter sur lui en ouvrant des gueules dentues. Il se relâcha, se permit un petit rire… Puis l'une des pierres grésilla.

Un grésillement très ténu, quasi inaudible, qu'on pouvait confondre avec le vrombissement d'un insecte. Enoch tiqua, jeta un coup d'œil vers la boule de grès. Soudain, des étincelles bleuâtres se mirent à courir à sa surface, en suivant plus ou moins le tracé des stries. Le pouls d'Enoch s'accéléra. Des picotements coururent dans sa cage thoracique. Il baissa les yeux. Une deuxième pierre se mit à étinceler, une troisième. Le vent s'engouffrait entre elles, suivant les lignes de leur étrange triangle, emportait les lueurs bleues avec lui. Enoch voulut bouger, reculer, mais ses bottes s'enfonçaient dans les cendres comme dans des sables mouvants. Il essaya malgré tout de lever un pied. Un réseau d'impulsions électriques traversa la clairière, s'élança le long de ses jambes, remonta son épine dorsale. Son corps se cambra. Il hurla. Les étincelles s'échappèrent à la surface de sa peau, grésillèrent le long de ses bras, sur sa nuque, ses cheveux, jusqu'au bout de ses doigts. Dans un état second, il leva la main, vit avec un sursaut de panique des flammèches bleu pâle, pareilles à des feux follets, s'allumer au bout de ses ongles. La peau, dessous, commençait à rougir, à tirer, à brûler... Ses cheveux s'enflammaient par touffes. Une odeur de poils grillés lui monta aux narines. Dans les premières secondes, la stupéfaction l'emporta même sur la douleur. Le feu irréel l'enveloppait tel un voile, un de ces tissus aériens avec lesquels on cachait les statues des dieux dans les anciens temples. Une aura de mystère et d'harmonie, quelque chose au-delà de l'homme. Au-delà du passage du temps, de la corruption de la chair. Les flammes iridescentes se reflétaient dans l'iris trop clair de ses yeux, comme dans des miroirs jumeaux. Pendant un instant infime, Enoch observa sa propre main avec un étonnement absolu. Puis la douleur le rattrapa. Le feu le broya dans une étreinte d'azur, dévora sa chemise, son épiderme, rongea les couches supérieures de sa nuque et de ses bras. Son corps se changea en un brandon de souffrance. Il voulut hurler à nouveau, le feu lui obstrua la gorge. Il tomba au sol, parmi les cendres, se recroquevilla en position fœtale. Le vent dans la clairière attisait les flammes, la douleur s'avivait au-delà du supportable. Enoch voulut mourir. Il ferma les yeux.

Derrière ses paupières closes, il découvrit une obscurité douce, presque moelleuse, une nuit sans étoiles ni lune, mais dotée d'une étrange et vague luminescence. Enoch s'efforça de refouler sa souffrance, de reprendre le contrôle de ses pensées. Il serra les dents. Dans la pénombre, un enfant avançait à sa rencontre. Un garçon dénutri, le teint blême, affublé, pour tout vêtement, d'une chemise d'homme en haillons, mais une chemise qui ne venait pas de son père. Un gamin aux yeux clairs, trop clairs… Enoch le reconnut, avec un pincement au cœur. Ce jeune garçon, c'était lui. Lui, tel qu'il avait été, dans les *sortes*, dans le village barbare. Mal nourri, mal aimé, rejeté d'un peu partout, mais bien décidé à vivre. Quitte à forcer la chance.

L'Enoch d'autrefois posa sur lui un regard interrogateur.

— De quoi as-tu peur ?

Le maquilleur ricana, tenta une boutade :

— Disons que je flambe comme de l'amadou. J'ai connu plus agréable.

— Tu n'as pas besoin de ça avec moi, répondit le jeune garçon.

Le maquilleur grimaça. La douleur revenait, il lui était de plus en plus difficile de la tenir à distance.

— Je n'ai pas besoin de quoi ?

— De tes plaisanteries. De ton masque. Je sais qui tu es, en dessous.

Enoch grinça des dents.

— Bientôt, je serai une grillade…

Le garçon le considéra un instant de son regard clair, attentif.

— Qui es-tu ? lui demanda-t-il.

— Tu le sais, je suis toi. Enoch.

— Non, je veux dire : qui es-tu, au-delà de ça ?

Enoch se concentra. La douleur pulsait contre la digue de ses paupières, menaçait d'abattre les minces barrières mentales qu'il avait réussi à ériger.

— Je suis maquilleur, raisonna-t-il. Et je suis un bâtard de Nodes et de qui sait quoi… Je ne suis ni un Romain, ni un barbare. Ni un guerrier.

Le garçon s'impatienta :

— Ce que tu n'es pas, ça ne nous intéresse pas. Qu'est-ce que tu es ?

Il plongea ses yeux clairs dans les siens. Un flot d'images afflua à la mémoire d'Enoch. Sa mère se traînant dans les *sortes*, le regard vide. Ses tantes qui murmuraient sur son passage, et les mots qui revenaient dans leurs bouches, qui perturbaient un peu le jeune Enoch d'alors. *Trahison… foudre… châtiment…* Le Sylvain lui avait dit qu'une magicienne avait été dépossédée de ses pouvoirs, au milieu du triangle de pierres, il y avait longtemps. Mais que signifiait longtemps, pour l'être d'écorce ? À présent, c'était la voix de Nodens, le timbre éraillé du dieu pêcheur au bras d'argent, qui résonnait sous son crâne : *je suis Nodens, ton dieu, et tu peux maîtriser la brume et la foudre…*

Enoch recula.

— Non… lâcha-t-il du bout des lèvres.

— De quoi as-tu peur ? répéta l'enfant aux yeux clairs. Dans les *sortes*, quand les autres enfants te jetaient des pierres, tu n'avais pas peur. Pourquoi maintenant ?

Enoch fit *non* de la tête.

— Non, je ne veux pas… je ne peux pas être… ce que vous voulez tous que je sois. Je suis un maquilleur, et plutôt doué, et ça me suffit amplement. Je ne veux pas que ça change.

— Menteur.

Le garçon sourit, de ce demi-sourire sympathique et moqueur, dans lequel Enoch reconnut le sien. Et il s'avoua que le garçon, que lui-même, avait raison, au fond. Il avait toujours souhaité que sa vie change. Il avait rêvé de quitter Varatedo, dès qu'il y avait installé son échoppe. Pendant des années, il avait imaginé les voyages qu'il ferait, les grandes cités où il exercerait son art, les pays inconnus qu'il irait découvrir. Mais il n'était jamais parti. Il n'avait jamais quitté Varatedo, végétant, attendant… quoi ? Que le vent se lève ? Que les bourrasques l'entraînent et le poussent vers l'horizon ? Car durant toutes ces années, il l'admettait maintenant, il avait eu peur. Oh, dans le quotidien, il était courageux, imprudent même, pour les petites choses. Il encaissait plutôt bien les coups, ne s'alarmait jamais sur l'état de ses finances, se créait des ennemis rien qu'en claquant des doigts. Mais remettre en jeu qui il était, ce qu'il était, au plus profond de lui-même… cela l'angoissait trop de se regarder en face. C'était l'un des avantages du métier. Ce sont les clientes, et non les maquilleurs, qui se contemplent dans les miroirs. Et puis le vent s'était levé. Thya avait incarné ce vent, elle l'avait poussé vers l'est, vers l'inconnu. Il était trop tard pour regretter, pour revenir en arrière. De toute façon, il n'en avait plus envie. Il assumerait qui il était, ce qu'il était. Il était un porteur de foudre, héritier des pouvoirs d'un dieu de la mort. Et il n'avait plus peur.

Il rouvrit les yeux sur la clairière. Le feu bleu, le feu de foudre, flambait toujours autour de lui, mais il ne le brûlait plus. Au contraire, les flammes apprivoisées semblaient caresser sa peau, ronronnaient comme un chaton repu. Enoch se surprit à rire, d'un rire franc et sincère. Le feu couvait en lui, telle une boule chaude à l'intérieur de sa poitrine. Il n'avait plus mal, il n'avait plus froid, il se retrouvait heureux et serein comme jamais encore dans sa jeune existence. Il pressentait, bien sûr, que cet état d'euphorie n'allait pas s'éterniser. Mais il ne voulait pas penser à l'avenir, pas tout de suite. Il regarda les flammes jouer au bout de ses doigts, danser tels des lutins farceurs sur ses ongles, sur ses avant-bras... Il se retourna vers le Sylvain, toujours installé sur sa branche. Il lui adressa un clin d'œil. D'un coup la fatigue le submergea. Il s'évanouit.

Il reprit conscience le jour d'après, dans la cabane, allongé près du brasero, avec sa cape comme couverture. Il se sentait faible comme un nouveau-né. Comme ces oisillons sans plumes qui chutaient parfois des nids au-dessus de sa boutique, à Varatedo. Perché au bout du banc, le Sylvain minuscule arrachait d'un air pensif les bourgeons qui, durant la nuit, avaient poussé sur sa peau d'écorce. Quand Enoch ouvrit les yeux, il lui déclara, très sérieux :

— Je suis content que tu ne sois pas mort.

— Moi aussi, reconnut le maquilleur.

Il se redressa. Sa nuque lui faisait un mal de chien, son corps n'était que contusions. Par contre, remarqua-t-il avec soulagement, les brûlures sur sa peau avaient cicatrisé durant la nuit. Il en conservait à peine un souvenir. Sa chemise n'était plus qu'une loque noircie, mais il ferait avec. Il passa une main sur son crâne. Ses cheveux brûlés, eux, n'avaient pas repoussé par magie. Bah, se dit-il avec un haussement d'épaules, peut-être que Thya le trouverait plus séduisant ainsi.

— Tu es lourd, remarqua le Sylvain.

Enoch releva les yeux vers lui.

— C'est toi qui m'as tiré jusqu'ici ?

— Avec des amis. D'autres sylvains. Mais ils sont timides, ils sont partis très vite. Ils avaient peur que tu les voies.

— Et toi ? sourit Enoch. Tu n'as pas peur de moi ?

— Non, assura l'être d'écorce. Tu es un gentil humain. Et puis tu n'es pas très effrayant. Tu t'épuises en manipulant rien qu'un petit peu de foudre.

— *Un petit peu de foudre ?* J'aurais aimé t'y voir !

Le Sylvain lui rendit son sourire. Enoch renversa la tête en arrière, demanda :

— Dis-moi, toi qui t'y connais dans toutes ces choses… Est-ce que maintenant, je peux appeler le feu de foudre ? Comme ça, rien qu'en claquant des doigts ?

— En claquant des doigts, non, ce n'est pas une bonne méthode. Il faut te concentrer, sentir le feu grossir à l'intérieur de toi. Mais il faut de l'entraînement aussi, et de la force. Et pour l'instant, tu manques des deux.

— Pourtant, insista Enoch, ce que j'ai vécu, dans la clairière… ?

— Dans la clairière, reprit le Sylvain, les pierres t'ont montré le feu bleu. Maintenant, tu dois apprendre à l'invoquer, sans elles.

Enoch soupira, pas vraiment déçu, en réalité. Sa transformation en porteur de foudre était très récente. Tant mieux s'il disposait d'un peu de temps pour s'y habituer. Et en attendant, il se trouvait riche d'une confiance en lui toute nouvelle, bien plus solide que son ancien vernis bravache. Ce n'était pas désagréable.

Il recoiffa d'une main ce qui lui restait de cheveux. Le Sylvain lui tendit un *jentaculum*, un petit déjeuner composé d'un morceau de cire, tout dégoulinant de miel. Sans doute un bout de rayon pris à la ruche du plafond.

— Tiens, mange. Le sucre, c'est bon, dans ton cas.

Enoch obéit. Le Sylvain avait raison, cette nourriture lui faisait du bien, il reprenait déjà un peu de vigueur.

Son repas avalé, Enoch s'essuya les doigts sur un lambeau de chemise. Par acquit de conscience, il essaya de convoquer la foudre. Il se concentra, tenta de visualiser une boule de feu se formant sous ses côtes. Il crut voir un reflet bleu fugace colorer le bout de ses doigts. Pendant une seconde, à peine, il sentit une vague chaleur. Mais ce n'était sans doute qu'un point de côté qui se réveillait. Et sa fatigue était revenue. Il abandonna, pour le moment, du moins. Au bout du banc, le Sylvain mâchonnait l'un des bourgeons qu'il avait détachés de sa peau.

— Tu devrais essayer d'invoquer la brume, d'abord, conseilla-t-il. C'est plus facile, la brume.

— Pas sûr qu'on manque de mauvais temps, ce matin, répondit Enoch.

Il dressa l'oreille. Déjà quelques gouttes de pluie tambourinaient sur le toit de bardeaux. Dans son coin, le cheval, nerveux, s'ébroua. Enoch se mit debout, ignorant les plaintes de son corps contusionné.

— De toute façon, il y a plus urgent, ajouta-t-il. Je dois retrouver Thya. Je n'aurais jamais dû la laisser dans les griffes de mon faux père.

Il rajusta ce qu'il lui restait de vêtement, se retourna vers le Sylvain, ajouta :

— À ce propos, minuscule, tu sais aller à Brog ?

26

Les sanglots des monts

De mémoire de charbonnier, on n'avait jamais vu un printemps aussi pluvieux sur les monts. Aylus et sa troupe en faisaient les frais. Ils avaient joué de malchance, tout au long du voyage. En cherchant à éviter les embuscades des latrones et les troupes de Namitius, ils étaient tombés dans des fondrières. Ils avaient été emportés par un torrent en crue. Ils s'étaient retrouvés nez à nez avec des spectres vengeurs, échappés des Enfers comme leurs cousins les *larvae*, mais beaucoup plus coriaces et moins impressionnables qu'eux. Ces aventures avaient décimé leur troupe. À présent, ils n'étaient plus que dix hommes valides, en comptant Arsas et le vieux chirurgien. Chaque soir et chaque matin, Aylus consultait les augures, et chaque fois il ressortait de ces séances de divination le teint plus terne, le front soucieux.

Chaque décision qu'il prenait mettait en péril la vie de ses hommes. Il n'avait le choix qu'entre de mauvaises solutions, et des pires encore. Il devait l'accepter.

Il y avait toujours eu, depuis vingt ans, des escarmouches dans les montagnes. Des pillards, des détrousseurs, des bandes de barbares, des déserteurs de la Légion parfois… venaient s'attaquer aux fermes écartées, égorger les agneaux dans les bergeries des alpages. Jusqu'à une période récente, pourtant, Aylus avait réussi à protéger le peuple du Monte Vosego.

Cependant, depuis l'arrivée de Skadan, le jeune chef vandale, la situation avait empiré. De façon dramatique. Skadan avait une véritable armée avec lui, et en même temps ses hommes savaient aussi se déplacer par petits groupes, se fondre dans la forêt, parmi les ombres. Frapper à l'improviste, comme au hasard, une cabane des cimes ou un hameau dans la vallée. Et les Vandales amenaient la peur avec eux. La peur comme une maladie, une épidémie dévastatrice, comme la peste venue du royaume d'Aksoum, qui sous le règne de Trajan avait dépeuplé l'Empire.

La meilleure arme des Vandales, c'était la peur. Cette arme, c'étaient leurs adversaires, c'était Rome qui l'avait mise entre leurs mains. Rome les avait décrits comme des animaux, des bêtes féroces, alors ils s'étaient mis à agir comme tels. À piller, saccager, tuer comme jamais auparavant. Et plus la terreur grandissait, plus Rome, en face, devenait faible. Mais c'était Rome, qui, en premier, avait lancé ce jeu malsain. Parce que le Sénat, les généraux, les empereurs… avaient cru qu'il serait plus facile de liguer leurs forces contre des démons que contre des hommes. Et cela s'était retourné contre eux.

Dans le Monte Vosego, les Vandales attaquaient en vingt endroits à la fois. Ils semblaient surgir de partout comme des diables, des songes obscurs échappés des Enfers. Aylus n'avait plus assez d'hommes pour défendre des lieux isolés. En dernier recours, il avait lancé un appel. Que tous ceux des montagnes se réfugient dans la forteresse de Brog. Derrière ces épaisses murailles, qui avaient tenu face à plusieurs vagues d'envahisseurs, ils auraient une chance de survivre.

Et maintenant, les Vandales assiégeaient Brog. Aylus l'avait appris la veille, par un charbonnier qui leur avait offert l'hospitalité pour la nuit. Les Vandales avaient établi leur camp contre le fossé de l'est. De leur côté, les centuries romaines menées par Flavius Namitius avançaient à marche forcée vers la forteresse. Aylus l'avait lu dans les augures. Demain, après-demain au plus tard, les Romains aussi seraient au pied de Brog.

Cela aurait pu être une bonne nouvelle, si les Romains étaient venus pour combattre les Vandales. Mais Flavius Namitius, le devin l'avait bien compris, ne s'intéressait qu'à Thya. Et pour les patriciens d'Andemantunnum, le Diseur, avec ses troupes en guenilles, n'était pas moins inquiétant que la horde barbare. Brog allait être prise dans un étau.

Dans le matin blême, debout devant la hutte du charbonnier, Aylus suivit des yeux un vol de passereaux qui partaient vers le sud. Pour une fois, il n'essaya pas d'y voir un présage. Il savait déjà ce que lui apporteraient les jours à venir. D'une main distraite, il fit tourner autour de son poignet son bracelet de runes. Combien de fois, lors de ses premières années dans les montagnes, n'avait-il pas été tenté de repartir vers le sud, lui aussi, comme ces oiseaux fuyant les tempêtes ? Redescendre en Aquitania, retrouver le soleil, Heledd et Enoch, les emmener plus loin encore, vers la plaine du Pô, où il avait grandi ? Ou plus loin, toujours plus loin, passer la Mare Nostrum, traverser Carthage, et s'établir quelque part dans une oasis du désert, hors de la domination des Chrétiens…

Vingt ans plus tôt, lorsqu'il était encore jeune, Aylus avait souvent caressé ce rêve. Cependant, sa vie était ici, dans le Monte Vosego. Il avait juré de protéger ces terres, et il était homme à tenir ses serments. Puis, avait-il pensé à l'époque, cela valait mieux pour Heledd et Enoch, que le monde entier le croie mort.

Il soupira, lâcha son bracelet. Il était temps de réveiller ses hommes. Cette nuit, plusieurs d'entre eux allaient mourir. Aylus avait scruté, dans les brumes de l'avenir, toutes les routes possibles. Il avait vu le danger et la mort, partout. Des éclats de violence, si nombreux, beaucoup trop. Flous. Indéchiffrables. Désormais, il n'y avait plus un seul chemin sûr, pour atteindre Brog.

Aylus passa la tête dans la cahute noire de suie. À l'intérieur, tout le monde dormait encore. Sauf Thya. Assise contre un tas de fagots, elle leva vers son oncle des yeux lourds de reproches. Elle avait les poings et les pieds liés, bien sûr. Aylus la ligotait toujours avant de dormir. Le matin, il lui détachait les chevilles, et lui reliait les poignets à sa propre ceinture, par une corde de chanvre. Elle lui en voulait, il en souffrait. Mais c'était sa croix, et il la portait.

Ce matin-là, en guise de bonjour, elle lui annonça :

— Arsas n'a pas dormi de la nuit. Il a mal à son bras, tu sais, celui qu'on a dû lui couper. Mais toi, tu n'as rien remarqué…

— J'ai remarqué, répondit Aylus. Je ne suis pas cruel, pas autant que tu crois.

Il vint s'asseoir à côté d'elle, en enjambant un de ses hommes endormis.

— Je vais demander à Arsas de rester ici. Et au chirurgien avec lui.

— Qu'est-ce que tu attends ? demanda Thya, sans émotion. Que je te remercie ?

Aylus appuya sa tête contre les fagots, soupira :

— Que tu me comprennes. Un jour, peut-être, tu y viendras.

Ils quittèrent la cahute peu après. Ils n'étaient plus que huit, Aylus, Thya, et six montagnards. Ils laissaient derrière eux Arsas et son docteur. L'adolescent demeura posté devant la hutte couverte de suie, jusqu'à ce que ses anciens compagnons d'armes aient disparu derrière les arbres. Alors le vieux chirurgien le prit par l'épaule et l'aida à rentrer.

Au crépuscule, Aylus et sa troupe firent halte au bord d'un torrent, sortirent du pain et du fromage pour la *cena*, le repas du soir. Aylus avait maigri depuis qu'ils avaient quitté le Plateau. Son visage, déjà osseux, s'était encore creusé. Comme s'il sentait que la fin approchait, et qu'il n'aurait plus besoin de tenir longtemps. Souvent, comme ce soir, il mangeait peu, à l'écart de ses hommes. Il avait besoin de réfléchir. Par contre, il avait gardé Thya près de lui.

Il lui tendit un morceau de pain d'épeautre. Elle l'avala en trois bouchées voraces. Avec ses cheveux noirs décoiffés, sa *stola* effilochée, elle évoquait une ménade, un esprit cruel de la nature, prêt à se déchaîner dès qu'on la libérerait de ses entraves, prête à démembrer des humains.

Thya s'aperçut que son oncle l'observait. Elle ramena sa chevelure en arrière, demanda, de cette voix neutre qui torturait si bien Aylus :

— Nous arriverons quand, à Brog ?

— Demain, si nous ne faisons pas de mauvaises rencontres.

— Et là-bas, tu me livreras à Namitius, c'est bien ça ?

— J'aimerais qu'il y ait une autre voie, lui assura-t-il, pour la dixième fois depuis leur rencontre.

Thya ramassa les miettes de pain sur sa *stola*, les lança au loin pour les oiseaux. Elle demanda, sans regarder son oncle :

— En quoi sont-ils si importants, tes bergers de Brog, pour que tu m'échanges contre leurs vies ?

Aylus attendait cette question depuis plusieurs jours, depuis ce matin où il avait laissé partir Enoch. Il ne se déroba pas :

— Un homme d'ici m'a sauvé, il y a vingt ans. Sans lui, je me serais vidé de mon sang, sur un chemin de ces montagnes. Il m'a aidé alors que mes frères d'armes m'avaient trahi. En retour, je lui ai juré de le défendre, lui et les siens. Depuis, je tiens mon serment.

Il se tourna vers le torrent, se lava les mains dans

l'eau glacée. Thya, pensive, fit jouer ses poignets ankylosés. Il y a quelques semaines encore, à la villa d'Aquitania, elle aurait approuvé sans réserve le discours de son oncle. Rien ne lui paraissait plus important que la parole donnée, alors. Mais depuis... Depuis elle avait découvert un monde plus vaste, plus complexe. Elle avait rencontré Enoch, aussi. Elle ne put s'empêcher de se demander s'il s'était retrouvé dans la même situation qu'Aylus, face au même dilemme, ce qu'aurait choisi Enoch. Son serment, ou bien elle ?

Confusément, Thya ressentait que deux loyautés s'affrontaient là, celle d'Aylus envers les montagnards, et celle qui aurait dû exister entre son oncle et elle. Parce qu'ils étaient deux oracles, ils étaient porteurs de quelque chose de beaucoup plus ancien, beaucoup plus grand qu'eux. Quelque chose qu'ils n'avaient pas le droit de laisser mourir. La morale, songea Thya, était-elle aussi simple, aussi facile à cerner, que le lui avait enseigné son père ? Soudain, cette idée l'effraya, elle frissonna, se frictionna les épaules.

Aylus se releva, remonta sa capuche sur ses cheveux blancs.

— Nous repartons ! lança-t-il à ses hommes. J'espère que vous n'avez pas sommeil, car nous allons marcher cette nuit. Demain, nous verrons l'aube se lever sur Brog !

Un murmure d'assentiment parcourut les rangs clairsemés des montagnards. Aylus tira sur la corde de Thya, la forçant à se remettre debout. Ils reprirent leur chemin.

Dans la nuit, avec le froid, l'humidité, la fatigue, leur marche se changea en calvaire. Aylus, pourtant habitué à ce genre d'expédition, peinait à tenir le rythme qu'il avait lui-même imposé. Chaque fois que Thya butait sur une racine ou glissait sur la terre humide, elle tirait sur la corde qui la reliait à son oncle. À force d'à-coups, la vieille blessure du devin s'était réveillée, une douleur lancinante à la hanche, qui l'accompagnait à chaque pas. Les épicéas, dans la lueur laiteuse, ressemblaient aux dents d'un piège à renard.

Vers minuit, les marcheurs longèrent un bloc de rochers, haut comme trois hommes, large comme cinq bœufs, qui saillait au milieu des arbres tel l'autel d'un dieu inconnu. Des champignons bruns et mous, d'aspect peu ragoûtant, s'accrochaient par grappes aux failles de la pierre. Ils sporulaient, sans doute à cause du printemps. Une nuée de semences iridescentes nimbait le granit sombre de poussière d'étoiles. À cette vue, les montagnards se signèrent.

— *Vosegus*… lâcha l'un d'eux, tout bas.

Aylus le fit taire d'un geste. Ce qu'il voyait là, c'était un mauvais présage. Quand le génie Vosegus relâchait des spores, comme cette nuit, alors il allait y avoir des morts sur les pentes. Un vent glacé, le vent de l'avenir, souleva la cape du devin. Il avait vu cet amas rocheux dans les entrailles d'un lièvre. Mais il avait vu tellement de dangers possibles… Il crut entendre des pas, des respirations, derrière les roches. Dans les épicéas. Il se retourna, nerveux. Ses hommes se placèrent en cercle autour de lui. Thya ne bougeait plus. Il y avait quelque chose d'angoissant et de féerique dans ce spectacle des spores. Une impression de temps suspendu. Une chevêche hulula, quelque part dans les hauteurs. Après, tout alla très vite.

Des humains grimés en monstres, casques à cornes, capes en peaux de bêtes, colliers de crocs, bondirent hors des ténèbres, de derrière les troncs, le rocher, des trous qu'ils avaient creusés dans le sol. Dix, ou quinze, vingt… Impossible de les compter. Lueurs des lames de haches dans la lune. Les hommes d'Aylus tirèrent leurs glaives. Trop tard pour l'un d'eux. Un jeune. Thya le vit chuter à genoux. En se tenant la gorge, qui bavait du sang. Tout autour, le choc du métal, des cris, des ahanements. Aylus repoussa un colosse du tranchant de son arme. Dans le mouvement, sa capuche tomba, ses cheveux blancs claquèrent à la lueur de la lune. Le colosse chargea à nouveau. Pas assez rapide. Aylus glissa en avant, lui perfora le poumon. Le repoussa d'un coup de genou dans le ventre. Le Vandale vacilla. Le devin se retourna, coupa la corde de Thya.

— Cours ! souffla-t-il.

Elle s'élança vers le rocher. Un corps bascula devant elle. Elle recula, se cogna dans un Vandale. Repartit à fond de train, sans savoir s'il la poursuivait. *Cours !* intimait la voix d'Aylus dans son crâne. Elle contourna le rocher, se plaqua contre la pierre. Son cœur tapait à lui enfoncer les côtes. Les spores aériennes tourbillonnaient autour d'elle, lui obstruaient les narines. Elle avait du mal à respirer. Elle toussa. Le sol sous ses pieds se mit à trembler. Elle voulut se raccrocher aux failles dans la pierre. Ses ongles dérapèrent sur les champignons, elle se sentit glisser dans l'humus. Ses doigts creusèrent des raies profondes dans la terre, sans qu'elle parvienne à se retenir. Elle continua à tomber. Et tout devint noir.

De l'autre côté des rochers, la première secousse déstabilisa les combattants. Ils vacillèrent, retinrent leurs coups. Un moment de flottement. Aylus se saisit de l'opportunité, clama :

— Le mont est avec nous !

Ses hommes lui répondirent avec des cris farouches, s'élancèrent vers les Vandales, avant même la fin des secousses. Le mont était avec eux, ils ne se battaient plus seuls, ils n'avaient plus peur. Les barbares redevenaient mortels, malgré leurs défroques de démon. Ils cédaient du terrain. Avec une exaltation sauvage, Aylus enfonça sa lame dans la gorge d'un des assaillants, la retira d'un coup sec. Il sentit une attaque dans son dos, se retourna, bloqua la hache de son nouvel adversaire, tira un poignard de sous sa cape et le lui ficha dans le foie. Le Vandale se dégagea, chancelant. Déjà un autre chargeait. Ses cheveux blancs éclatants faisaient d'Aylus une cible. Il voulut faucher le barbare aux jambes. Il vrilla sur sa mauvaise hanche, la douleur lui cisailla le corps. Sa lame dévia. La hache du barbare allait lui fracasser le crâne. À la dernière seconde, un homme s'interposa. Aylus ne put rien faire. Son sauveur voulut parer le coup, mais n'eut pas assez de temps. La hache lui fracassa le sternum. Il s'effondra au sol. Aylus s'était déjà redressé. Brandissant son glaive à deux mains, il fractura le front du Vandale. Il entendit le craquement de l'os. Le barbare chuta comme une masse. Ses compagnons détalaient, ou étaient déjà morts.

Le vent forcit soudain, fit s'envoler les spores entre les hauts troncs noirs. Les soldats d'Aylus levèrent les yeux, fascinés. La montagne les avait sauvés. Vosegus, cette nuit, avait souhaité une mort, mais pas la leur. Ils rengainèrent leurs glaives, certains joignirent les mains, comme pour une prière.

Aylus seul ne prêta pas attention à l'envol des sporules. Il jeta son arme au sol, s'agenouilla auprès de l'homme qui venait de lui sauver la vie. Celui-ci gisait sur le dos, une large tache rouge s'étalant sur son plastron de cuir. Son visage était blême comme la lune, il grelottait, ses mains tremblaient, il claquait des dents. Dans un effort surhumain, il tourna la tête vers Aylus. Aussitôt, malgré la pénombre, malgré le temps qui avait passé, le devin le reconnut. Ils échangèrent un regard de connivence, comme s'ils s'étaient quittés hier. Comme si l'un d'eux n'avait pas tenté d'assassiner l'autre, vingt ans plus tôt. La proximité de la mort effaçait les dettes. Les regrets.

— Mettius… murmura Aylus.

L'ancien légionnaire sourit au travers de sa douleur.

— Tu vois, prononça-t-il avec peine, je suis revenu.

— Je vois, oui, répondit Aylus, la gorge nouée.

Il lui prit les mains. Elles étaient glacées. Son sang le fuyait si vite… Pourtant, il s'obstinait à parler.

— À la fin… dit-il, sa voix de plus en plus sourde… À la fin je suis revenu…

— Et je suis là, lui assura Aylus.

Mettius bougea les lèvres. Son timbre devenait trop faible pour être audible. Aylus se pencha vers lui.

— Pardonne-moi, lui chuchota le vétéran à l'oreille. Pardonne…

— Bien sûr que je te pardonne, répondit Aylus sans même réfléchir. Je t'ai déjà pardonné.

Une dernière lueur aviva les yeux déjà vitreux du vétéran. Une expression apaisée détendit, un instant, les traits de son visage. Puis sa tête retomba sur le côté. Son cœur avait cessé de battre.

Aylus garda ses mains dans les siennes, resta à genoux à côté de lui, comme s'il ne pouvait se résoudre à le perdre. Ils venaient à peine de se retrouver. Le vent sifflait entre les arbres. Les montagnards l'entouraient, immobiles, respectueux, partageant en silence son deuil. Enfin, le devin se releva, en tenant sa mauvaise hanche. Il alla ramasser son glaive. Derrière lui, des spores aux reflets d'étoiles se collaient à la blessure de Mettius, s'engluaient dans la tache de sang.

27

La fin du voyage

Thya rouvrit les yeux, regarda avec un rien de méfiance où elle était tombée. Elle se trouvait dans une caverne, probablement sous la montagne. Le lieu était désert. Pourtant des torches brûlaient, fichées dans des anneaux aux murs. Un ruissellement sans âge délavait les parois. Ici aussi, comme à la surface, des champignons croissaient sur les roches, d'épaisses lunules brunes et molles. Un parfum de moisissure flottait alentour. À la lumière des torches, les champignons semblaient animés d'une pulsation presque imperceptible, mais bien réelle, comme… comme s'ils respiraient…

Thya secoua la tête, passa une main dans ses cheveux pleins de terre. Elle leva les yeux. Des stalactites par dizaines pendaient du plafond. Par contre, elle ne distingua aucun trou, aucune faille dans la voûte, par laquelle elle aurait pu tomber. Elle s'en doutait un peu, elle n'était pas arrivée ici de manière naturelle. Elle tapa sur sa *stola* boueuse, d'une main agacée. Elle commençait à en avoir assez, de se faire envoyer d'un bout de la Gaule à l'autre, au gré des humeurs du Destin. Elle l'avait compris, à la longue, le Destin se servait des oracles pour jouer avec les mortels. Les visions étaient des masques retors. Des ombres déformées de l'avenir, qu'il projetait dans l'esprit des devins, comme les torches projetaient des serpents d'or liquide sur les parois de la caverne. Vraies et fausses à la fois. Thya avait rencontré Aylus et elle ne sauverait pas son père à Brog, elle avait connu une fille rousse, mais cette étrangère, c'était elle-même. Elle grimaça. C'était un jeu pervers, sans doute, mais à présent, au moins, elle en distinguait les règles. Et elle était décidée à reprendre la main.

Elle lança :

— Qui m'a amenée ici ?

Ses mots se répercutèrent en écho dans les cavernes voisines.

— Un ami, répondit dans son dos une voix familière.

Elle se retourna.

— Mettius ! s'exclama-t-elle, surprise et heureuse à la fois.

Le vétéran sourit. Il se tenait dans la pénombre, à la frontière du rond de lumière des torches. Il paraissait plus fatigué que la dernière fois que Thya l'avait vu, le teint crayeux. Mais c'était sûrement à cause du voyage…

— Comment m'as-tu retrouvée ? demanda Thya.

— Grâce à un ami. Il t'a sentie, dans les montagnes. Et c'est lui qui t'a amenée ici.

— Où est-il ? Je peux le voir ?

— Je lui ai demandé de nous laisser seuls. J'ai… j'ai une promesse à tenir.

Thya ramena ses cheveux en arrière. La solennité du vétéran l'angoissait presque.

— Où sommes-nous ? demanda-t-elle pour alléger l'atmosphère.

— Dans une grotte sous le Monte Vosego, expliqua Mettius.

Il ajouta, en posant une main sur la roche :

— Mon ami m'a raconté qu'il y a des siècles, un génie obscur a été enfermé par des sorciers humains dans ces parois de pierre. Parce que les hommes ont peur de ce qui est plus grand et plus ancien qu'eux.

Sous ses doigts, la pierre parut frémir. Les lunules brunes des champignons ondulèrent. Mais c'était sans doute un effet des vents coulis, qui s'infiltraient dans les profondeurs. Mettius se retourna vers Thya, le visage triste mais résolu.

— Nous n'aurons plus d'autre occasion, princesse. Il faut que je t'apprenne…

— Quoi, à la fin ? s'emporta la jeune oracle.

— La vérité. Sur ce qui s'est passé, à Brog, il y a vingt ans.

Thya se raidit. Elle essuya ses mains moites sur sa tunique, prit une profonde inspiration. *C'est maintenant*, se dit-elle. *Ici, dans cette grotte. La fin de mon voyage. Pourquoi je suis venue ici.* Elle sut, avec une certitude absolue, presque effrayante, que le vétéran n'allait pas lui mentir. Et qu'après cette discussion elle risquait de perdre son père. Une perte définitive, absolue, plus grave et plus profonde que s'il était mort. Mais elle ne reculerait pas. Elle ne reculait jamais. Elle déclara, les lèvres sèches :

— Je suis prête.

Mettius hocha la tête. Comme il l'avait déjà fait, peu après leur rencontre, il demanda :

— Que t'a dit ton père, sur ce qui s'est passé à Brog ?

Elle se passa les mains sur les tempes. Elle déroula l'histoire qui avait bercé son enfance, pour la dernière fois peut-être :

— Brog était assiégée par les Vandales, à peine défendue par une poignée de montagnards et de Nodes. Mon père a fait avancer la légion à marche forcée, il est arrivé à temps pour sauver la forteresse. Les barbares se sont enfuis dans la montagne. Cinq nuits plus tard, Othon, le chef vandale, a ordonné un ultime assaut contre la forteresse. Mais mon père s'y attendait. Il a tué Othon au moment même où il prenait pied sur le rempart.

Elle laissa les échos de sa voix mourir. Voilà, c'était terminé. Elle s'était débarrassée de sa version de l'histoire. Des restes de son innocence, aussi. Plus qu'à entendre la vérité. Elle noua ses cheveux en chignon sur sa nuque pour se donner un peu d'air :

— Rien ne s'est passé ainsi, n'est-ce pas ? C'est Aylus qui a sauvé Brog, Aylus qui a vaincu Othon. Et Aylus n'a jamais trahi.

Un silence. Mettius parut reculer, se fondre un peu plus dans les ombres. Ou bien la lumière baissait, à mesure que se consumaient les torches.

— Pourquoi ? demanda Thya. Pourquoi m'avoir menti, depuis le début ?

Il répondit, d'un timbre plus sourd, comme s'il s'éloignait d'elle :

— C'est plus compliqué que tu ne te l'imagines. À Rome, tout était simple. À Rome, Aylus et Gnaeus Sertor avaient chacun leur place, Gnaeus Sertor dans la lumière, et Aylus derrière, dans son ombre. Je connaissais déjà le général Gnaeus et son frère, à cette époque. Tous deux semblaient heureux.

— Même Aylus ? demanda Thya.

— Surtout Aylus.

Thya n'eut pas de mal à le croire. Les devins se satisfaisaient du peu qu'on leur accordait. Ils s'estimaient déjà heureux si personne ne les dénonçait à l'Église.

— Continue, dit-elle à Mettius.

Le vétéran reprit :

— Puis nous sommes partis pour la Gaule... Plus nous avancions vers le nord, et plus nous pénétrions dans un pays barbare, une société brutale et sans ordre, un monde qui n'avait plus de romain que le nom. Les Vandales nous harcelaient. La solde arrivait avec des mois de retard. Nous manquions de ravitaillement, de couvertures. Parfois nous manquions d'armes. Ce qui nous restait de courage se noyait dans la pluie et la boue. Pourtant, dans ces épreuves, Aylus s'est épanoui. Aylus s'est révélé sûr de lui, charismatique. Tous les hommes l'aimaient, les légionnaires, les Nodes. Il n'était pas seulement oracle, il avait toujours le mot juste pour vous réconforter. Il était sincère, et humble, il s'entendait avec les simples soldats aussi bien qu'avec les officiers. Bon combattant, avec ça. Un guerrier-né, comme son frère. À vous faire regretter qu'il ne soit pas devenu général lui-même. Et courageux, loyal...

À l'évocation d'Aylus, le vétéran reprenait un peu de couleur. Un peu de vie. *Ils étaient amis, Aylus et lui*, comprit Thya. *Autrefois, il y a vingt ans.* Le souvenir de cette amitié rajeunissait l'ancien légionnaire. Même son timbre s'éclaircissait :

— C'est pendant cette campagne qu'Aylus a rencontré Heledd, la mère d'Enoch. Il l'a épousée peu avant d'atteindre les montagnes, et contre toutes les coutumes des Nodes. Mais lui était si populaire, si admiré à l'époque, que personne ne lui en a voulu. Personne ne s'est opposé à cette union, en tout cas.

Mettius sourit, au souvenir de ce mariage. Aylus et Heledd s'étaient unis dans une chapelle de campagne, sur les contreforts du Monte Vosego, devant une assemblée de Romains et de Nodes. La cérémonie s'était conclue par un concert d'acclamations. Aylus et sa belle étaient heureux, amoureux. Certes, Heledd était déjà enceinte, de plusieurs mois, mais tous faisaient mine de ne pas le voir. Avaient-ils fermé les yeux sur d'autres choses ? S'ils l'avaient voulu, auraient-ils pu prévoir… ?

Mettius secoua la tête. Il n'avait plus de temps pour les regrets, pour les remords. L'ombre se rapprochait déjà. L'ombre allait bientôt le prendre. Il poursuivit :

— Avec un détachement de Nodes, Aylus et Heledd sont partis en éclaireurs à Brog. Ils ont trouvé la forteresse assiégée. Une poignée de montagnards en guenilles la défendaient tant bien que mal. Mais avec l'aide d'un devin et d'une prêtresse, ils ont réussi à tenir. Jusqu'à l'arrivée de la légion, qui a mis les Vandales en fuite. Ensuite Sertor s'est persuadé qu'il avait vaincu les barbares. Qu'Othon ne reviendrait plus.

— Mais Othon est revenu, lâcha Thya.

— Oui, cinq nuits après. Aylus l'avait prévu, il l'avait lu dans l'eau et dans l'huile. Sertor n'avait pas voulu le croire. Heureusement, la nuit de l'assaut, Aylus veillait sur la muraille. Il a donné l'alerte, il s'est battu au premier rang, sur le chemin de ronde, et là…

Là, Thya déduisit d'elle-même :

— Là, c'est Aylus qui a vaincu Othon, le chef barbare. Ce n'est pas mon père.

— Oui, approuva le vétéran, c'est bien Aylus. En tuant Othon, au passage, il m'a sauvé la vie.

Thya encaissa. Elle s'attendait à ces révélations, bien sûr, mais le coup n'en restait pas moins violent. Même la victoire sur Othon, la victoire sur le chef vandale… Même cet exploit que son père lui avait raconté tant de fois… avait rejoué pour elle dans la villa d'Aquitania… il appartenait à un autre. Le général Sertor qu'elle avait connu n'était qu'un mensonge, une fable inventée par l'homme en qui, autrefois, elle avait eu le plus confiance.

Elle devina la suite avant que Mettius la lui raconte. L'aura grandissante d'Aylus. La jalousie de Sertor, que rien ne pouvait apaiser. La peur qui rongeait le général. Une peur panique, incontrôlable, qu'un jour son frère prenne sa place. Le don de devin d'Aylus, qui autrefois l'aidait tant, Gnaeus Sertor le voyait désormais comme une menace. Bien sûr, Aylus n'aurait jamais trahi, Mettius en était convaincu, et Thya aussi. Mais Aylus était aimé,

Aylus était respecté, puissant. Et surtout, il était un héros. Le héros que Gnaeus Sertor aurait voulu être. Le sauveur de Brog. Le vainqueur d'Othon le Vandale. Cela, surtout, le général Sertor ne l'avait pas supporté. Alors il avait accusé Aylus de trahison.

— Mais il ne l'a pas condamné devant toute la légion, ajouta Mettius, il n'a pas osé. Non, il a chargé un de ses hommes de l'assassiner. Un homme en qui Aylus avait toute confiance…

La main du vétéran se crispa sur la paroi de la grotte. Cette même main, comprit Thya, qui avait levé un glaive contre Aylus, l'homme qui lui avait sauvé la vie. Était-ce pour ça que Mettius l'avait aidée, elle, depuis qu'elle avait déboulé dans le village des sortes ? Oh, pas consciemment, du moins pas au début… Mais quelque chose en lui, au fond de sa mémoire, avait dû reconnaître un peu d'Aylus en elle. Un lien entre devins.

— Comment… comment assassine-t-on un devin ?

Les mots lui avaient échappé. Quand elle s'en aperçut, il était trop tard pour les reprendre. Tant pis. Ce n'était pas la question la plus polie ni la plus appropriée en un moment pareil, mais elle avait besoin de savoir. Car un devin tel qu'Aylus aurait dû prédire sa mort.

Mettius baissa la tête. Cette demande était naturelle, surtout venant d'elle. Mais Dieu, que la réponse serait difficile… Pourtant, c'était là la dernière étape. Le dernier aveu, pour mériter le pardon. Il lâcha la paroi, ravala sa salive :

— C'est pour ça que le général m'a choisi. Selon lui, Aylus ne croirait jamais que moi, je puisse…

Il déglutit. Les derniers pas étaient les plus ardus. Mais les plus nécessaires.

— … que je puisse l'assassiner.

Enfin, il l'avait dit. Il ne se sentait pas mieux, pas moins coupable. Mais terminer sa confession, maintenant, ne lui pèserait plus. Plus autant.

— Le général Sertor m'a dit qu'Aylus allait le trahir, que ce n'était qu'une question de jours. Qu'il fallait en finir avec cette menace, que c'était mon devoir. Et il était mon général, je n'étais qu'un jeune soldat alors… J'ai entraîné Aylus sur un chemin écarté, une sente de berger, qui grimpait vers les crêtes. Il m'a suivi sans réticence, il ne se doutait de rien. Du moins, c'est ce que j'ai cru à l'époque. Maintenant, avec le recul, je me souviens… il y a tant de détails qui me reviennent en mémoire…

Il balaya du regard la caverne autour d'eux.

— C'est peut-être parce que je suis revenu ici, dans les montagnes. Je me souviens comment Aylus a serré Heledd dans ses bras, avant de quitter Brog. Un peu plus fort, un peu plus longtemps que d'habitude… Nous avons marché quelques milles dans la montagne. Je l'ai frappé deux fois, dans le dos. Il est tombé sur les genoux. Je me souviens, il y avait des orties et de la menthe au bord du sentier. Après ça, je n'ai plus supporté l'odeur de la menthe. Aylus bavait du sang. Il a tourné les yeux vers moi. Et son regard… Ce regard, j'ai voulu l'oublier, je l'ai enterré au plus profond de ma mémoire, pendant toutes ces années.

L'histoire arrivait à son terme. Dehors, sentit Mettius, l'aube allait se lever. Les premiers rayons de soleil sur les crêtes, il avait trouvé ça si beau. Il soupira. Il était un peu plus léger. Plus que deux pas, deux petits pas…

— Le lendemain, le général Sertor a accusé son frère de trahison. Ensuite il nous a interdit ne serait-ce que de prononcer son nom. Ceux qui désobéiraient, il les dénoncerait à l'Église, pour avoir eu commerce avec un devin. Ensuite les anciens du clan node ont ôté ses pouvoirs à Heledd. Et plus personne n'a évoqué Aylus. Comme s'il n'avait jamais existé.

— Mais tu ne l'as pas achevé ! s'exclama Thya. Ce jour-là, sur le sentier de montagne, tu aurais pu achever Aylus, et tu ne l'as pas fait !

Elle se raccrocha avec l'énergie du désespoir à ce bout de vérité. Elle aurait tant aimé que Mettius ne soit pas trop coupable. La statue de son père s'était écroulée, déjà. Certes, elle était lézardée depuis quelque temps, mais les derniers coups de burin avaient été nets et brutaux. Thya en ressentait encore le choc jusque dans ses tripes. Elle se retrouvait si frêle soudain, si vulnérable. Elle voulait croire, encore un peu, en Mettius. Juste un peu.

Le vétéran restait à la limite du rond de lumière. Mais il lui semblait beaucoup plus loin. Vingt ans plus tôt, sur le sentier, dans le parfum de menthe. Avec, devant lui, Aylus qui bavait du sang. Il remarqua :

— J'ai beaucoup pensé à son dernier regard, depuis que je suis revenu ici. Celui qu'il m'a lancé, juste avant que je retourne au camp. C'est aujourd'hui seulement que je l'ai compris. Ce qu'il signifiait. Aylus savait. Il savait depuis le début pourquoi je l'entraînais dans la montagne. Mais il m'a laissé une chance. Il m'a laissé le choix, le tuer ou le laisser vivre. Parce que j'étais son ami. Alors, que je ne l'aie pas achevé, que je l'aie abandonné à son sort, qu'est-ce que ça change… ?

— Je ne sais pas… avoua Thya.

La nuit avait été longue. Thya ne savait pas encore quelles leçons elle allait en tirer, comment elle se débrouillerait par la suite, ce que serait sa vie. Il était encore trop tôt pour y penser. Elle se découvrait vide et libre à la fois. Elle contempla la caverne autour d'elle. Elle avait l'impression qu'elle venait de renaître, ici, sous la montagne, et en même temps qu'elle avait vécu une existence entière en une seule nuit. Les torches avaient presque entièrement brûlé. La jeune oracle ramena quelques mèches folles dans son chignon sur la nuque, se tourna vers Mettius.

— Et maintenant, qu'allons-nous faire ?

— Tu peux faire ce que tu veux, répondit-il. Tu es libre.

Libre… Qu'est-ce que cela voulait dire ? Il expliqua :

— Deux souterrains partent de cette caverne. L'un te mènera dans le monde surnaturel, parmi les dieux anciens, les ondines, les faunes… Ils t'attendent, Thya, ils t'accueilleront comme une reine. À leurs côtés, tu découvriras des merveilles dont tu n'as même jamais rêvé. Tu pourras utiliser tes dons sans crainte. Tu seras respectée, protégée. Et tu ne seras plus jamais seule.

Thya fit la moue, peu convaincue. La proposition était trop belle. Qu'est-ce que cela cachait ?

— Et l'autre chemin ? demanda-t-elle.

— L'autre mène à Brog.

Brog. Évidemment. Pourquoi irait-elle là-bas ? Elle ne savait même pas ce qui l'y attendait. Ou plutôt si, elle ne le savait que trop bien. Et elle n'avait aucune raison d'aller endurer ça. Elle n'avait aucun engagement envers la poignée de montagnards qui s'étaient réfugiés là-bas. Le monde des hommes ne l'avait jamais acceptée. Elle n'était pas comme eux. Elle ne serait jamais comme eux...

— Pourquoi irais-je à Brog ? répéta-t-elle à voix haute.

— Tu es libre, Thya, se contenta de répéter l'ancien légionnaire. À ton tour de faire un choix.

Elle réfléchit. Oui, elle était libre, elle ne se définissait plus comme la fille de Gnaeus Sertor. Ni comme la nièce d'Aylus, le devin des montagnes. Elle n'avait plus de modèle. Ou plutôt, elle se modèlerait elle-même, jour après jour, avec chacune de ses décisions. Chacun de ses choix. Et son premier choix, ce ne serait pas de fuir. De refuser le combat. Elle ne serait pas cette fille-là. Elle aurait des regrets, plus tard, sans doute, en se remémorant ce jour. Mais elle s'arrangerait avec ça. Elle redressa la tête.

— Dans quelle direction est Brog ?

Elle crut voir Mettius sourire.

— Par là, dit-il en lui désignant une sortie.

— Tu m'accompagnes ? proposa-t-elle.

— Autant que je pourrai, princesse.

Il l'avait appelée *princesse*, comme Enoch. Ça l'amusa. Allaient-ils retrouver Enoch à Brog ? Avait-elle envie de le revoir ? Elle repoussa ses questions d'un haussement d'épaules. Ce n'était pas pour lui, de toute façon, qu'elle se rendait à Brog. Mais pour jouer une autre partie contre le Destin. Pour gagner, cette fois. Même si elle ignorait encore comment. Elle décrocha une des torches, la moins entamée, et s'engouffra dans le souterrain.

Le boyau remontait vers la surface en pente raide, et le sol était humide à cause des infiltrations d'eau. Plusieurs fois, Thya dut s'appuyer contre la paroi pour ne pas tomber. Bientôt un vent venu de l'extérieur courba la flamme de sa torche. Elle se retourna pour vérifier que Mettius la suivait toujours. Le vétéran marchait bien dans ses traces, mais il prenait de plus en plus de distance, comme s'il se laissait peu à peu avaler par les ombres. Thya pressa le pas. Elle avait hâte d'arriver. Enfin elle aperçut un croissant de soleil éblouissant, au bout du souterrain. Elle sourit, écrasa sur le sol mouillé le restant de sa torche, qui menaçait de lui brûler les doigts. Elle franchit presque en courant les derniers grades. Au-dessus, elle entendait déjà toute une foule, des ordres, des appels, des dizaines de pas martelant la terre, les hennissements des chevaux…

Elle refit surface dans un puits désaffecté, se hissa sur la margelle en s'aidant d'une coulée de lierre. Elle cligna des yeux à cause de la lumière, regarda autour d'elle. Son cœur manqua un temps. Elle était dans la cour de Brog. Autour d'elle le silence se fit. Tous les montagnards se tournèrent vers elle, comme si elle n'était pas une fille humaine, mais une fée de la montagne, née du lierre et du soleil.

Thya se mit à rire. Elle avait tellement rêvé de Brog. La vieille forteresse avait toujours été là, près d'elle, dans les histoires de son enfance d'abord, puis dans ses visions. Si bien qu'à présent qu'elle s'y trouvait vraiment, Brog lui paraissait presque irréelle. Elle leva les yeux, contempla pour la première fois sous le vrai soleil les vieilles pierres, leur épaisseur rassurante. Même leurs fêlures, leurs lézardes inspiraient confiance. Elles montraient que la vieille dame savait défier le temps.

— Thya ! appela Aylus, debout sur l'escalier qui descendait des remparts.

Thya tourna la tête. C'était bien Aylus, en effet. Et Enoch. Le cœur de la jeune oracle bondit dans sa poitrine. Elle dégringola de la margelle, s'élança vers eux, jetant aux orties, pour une fois, tout son maintien de patricienne. Elle les serra tous les deux dans ses bras. Enoch et Aylus vivants. Certes, elle n'était toujours pas certaine d'apprécier beaucoup son oncle, cependant c'était bon de le retrouver en vie. Quant à Enoch, il restait fidèle à lui-même. Bon, il semblait un peu plus serein, il avait fait des essais de coiffure malheureux, et il était visiblement très ému de la revoir. Ah, et il avait un être bizarre sur l'épaule, comme une marionnette d'écorce. Mais à part ça, il allait bien. Thya avait du mal à tenir ensemble dans ses bras ces deux grands gaillards, mais elle s'en moquait. Elle s'assurait qu'ils étaient bien là, réels, et en vie.

Ne manquait plus que Mettius au tableau. Thya appela :

— Mettius !

Pourquoi tardait-il tant à remonter ? Elle voulut revenir vers le puits, voir ce qui retardait l'ancien légionnaire. Aylus la prit par l'épaule, plongea son regard vert dans le sien. Soudain Thya s'inquiéta. Le soleil lui parut moins vif, l'air plus frais…

— Mettius est mort, dit son oncle. Il est tombé sous une hache vandale, la nuit dernière. Il est mort en me sauvant la vie.

28

Le vent et la brume

L'annonce secoua le corps frêle de Thya. Venant de n'importe qui d'autre qu'Aylus, elle aurait mis sa parole en doute. Mais son oncle, elle le savait, ne lui mentait pas. Deux longues larmes tracèrent des raies claires sur ses joues sales. Elle les essuya d'une main rageuse. Elle renifla, ravala son chagrin. Elle était venue jusqu'ici pour se battre. Demain, après-demain sans doute, elle aurait le temps de pleurer. Elle traversa la cour sans une parole, sous les murmures des montagnards. Elle devinait ce qu'ils se disaient entre eux, qu'elle était l'autre oracle, la nièce du Diseur. Avec ses yeux verts, de toute façon, elle n'aurait pas pu renier leur parenté. Aylus avait promis à ces gens qu'elle les sauverait. Tous ces visages, ces hommes, ces femmes, ces enfants exprimaient tant d'espoir, quand leurs regards se posaient sur elle. Jamais encore elle n'avait eu charge d'âmes, c'était un sentiment inconnu pour elle, un fardeau bien plus lourd que tous ceux qu'elle avait portés. Mais elle l'acceptait. Elle avait fait son choix. Et elle n'allait pas s'apitoyer, ni sur son sort, ni sur eux.

Suivie par Enoch et Aylus, elle gravit l'escalier qui menait au chemin de ronde. De là, elle aperçut les deux armées au pied de la forteresse. Comme dans sa vision, à l'est le grouillement sombre des Vandales, leurs crânes en guise de drapeaux, leurs tentes ornées de peaux de bêtes. À l'ouest, l'ordre impressionnant de l'armée romaine, un vaste camp établi en rectangles réguliers. Les oriflammes or et rouge battant au vent. Thya les observa sans ciller. Elle s'était attendue à être plus impressionnée que ça, en les voyant dans le présent pour la première fois. Mais se confronter à la réalité dissipait ses angoisses. Elle se révélait sereine, l'esprit clair. Consciente des périls, pas submergée par ses peurs.

Le vent était plus fort au sommet des remparts. Il emmêlait ses cheveux noirs, les rabattait devant son visage. Enoch tira deux épingles de sa ceinture, fixa bien serré le chignon de la jeune oracle. Elle s'efforça de lui sourire, même si le cœur n'y était pas.

— Merci.

— À ton service, princesse, répondit-il, avec un clin d'œil et une révérence.

C'était un rien surjoué, mais Thya sentit revenir toute leur complicité, leur connivence. Elle eut un peu moins froid.

Derrière eux, Aylus s'impatientait. Il se racla la gorge pour obtenir leur attention. Thya et Enoch se retournèrent vers lui. Il leur annonça :

— J'ai reçu hier un message des Romains, d'un certain Flavius Namitius. Il est convaincu que tu es ici, Thya. Et, maintenant, c'est le cas. Namitius nous propose un marché. Si je te livre à lui, il offrira des terres sur le Plateau aux Vandales. En échange, ceux-ci nous laisseront, mon peuple et moi, vivre en paix dans nos montagnes.

— À ton avis, ils tiendront parole ? demanda Thya. Ce Namitius, et les Vandales ?

Aylus avait déjà réfléchi à la question.

— Namitius se moque bien que les barbares occupent la moitié de la Gaule, du moment qu'il te récupère. Mais je ne comprends pas pourquoi il tient à toi à ce point.

— C'est un ami de mon frère, répondit la jeune oracle, avec une moue qui en disait long.

Aylus ne put s'empêcher de sourire :

— Les bonnes habitudes se transmettent de génération en génération, dans la famille.

— J'aimerais te présenter Aedon, un jour, remarqua Thya, acerbe. Il te plaira beaucoup. Et pour les Vandales ?

— Les Vandales ne s'opposeront pas de front à la Légion romaine. Ils sont trop peu nombreux. Non, ils accepteront l'offre de Namitius. En apparence, du moins.

— Quitte à nous poignarder dans le dos par la suite ?

— Pourquoi pas, si l'occasion se présente ?

— Ce n'est pas un marché très avantageux, conclut Thya. Mais c'est mieux que rien, je suppose.

Aylus regarda sa nièce en face.

— Pourquoi es-tu revenue ? Pour quelle raison, si ce n'est pour accomplir ton devoir ?

Enoch voulut intervenir. Aylus l'arrêta d'un geste. Thya se gratta la nuque, les épingles à cheveux lui rentraient dans le crâne. Ce n'était pas une sensation très agréable, pourtant ça lui avait manqué. *Les épingles*... songea-t-elle. Soudain son regard s'éclaira.

— Envoie une réponse à Namitius, dit-elle à son oncle. Dis-lui que demain, à l'aube, je me rendrai à lui.

À nouveau, Enoch tenta de protester :

— Princesse, je t'interdis...

Elle le prit par le bras, ne le laissa pas parler.

— Viens, je vais t'expliquer.

Elle se tourna vers son oncle, ajouta :

— Je vais vous expliquer, à tous les deux.

Ils tinrent conciliabule au sommet des remparts, entre les bourrasques. Là où aucune oreille indiscrète ne risquait de les entendre. Quand ils redescendirent, Thya avait les joues plus rouges, à cause du vent. De l'excitation, aussi.

Aylus passa la fin de la journée à préparer les défenses de Brog, au cas où leur plan échouerait. Même si la vieille forteresse aurait du mal à soutenir un assaut des Vandales. Mais ça, il préférait ne pas y penser. Thya dormit, d'un vrai sommeil, pour la première fois depuis des jours, dans une petite chambre meublée d'une unique paillasse, à l'étage de la plus haute tour. Dans un coin discret de l'écurie, Enoch, assisté du Sylvain, se concentrait en vain pour invoquer la foudre. Il ne réussit qu'à obtenir quelques reflets bleus sur ses ongles, au prix d'un violent mal de tête.

— Tu devrais d'abord essayer la brume, commenta l'être d'écorce.

Enoch grimaça, fit contre mauvaise fortune bon cœur :

— Bah, soyons honnêtes, je ne me voyais guère mettre le feu aux chevaux.

Le Sylvain approuva.

La nuit suivante, aucun d'eux ne réussit à fermer l'œil. Enoch rejoignit Thya dans sa chambre. Ils tuèrent le temps en jouant aux *latroncules,* parce que c'était rassurant, parce que c'était simple. Parce qu'ils allaient miser gros à l'aube, et qu'ils ne voulaient pas vivre cette nuit comme si c'était leur dernière en ce monde. Le Sylvain suivait leurs coups en dépiautant un gâteau de semoule, aromatisé au garum et au miel. Un peu après minuit, Enoch en eut assez de perdre.

— C'est bon, lâcha-il avec bonne humeur, j'abandonne !

— Mauvais joueur ! lança Thya.

— Donne-moi un gage, si tu l'oses.

Elle se détourna, faussement froissée. Il marcha jusqu'à la fenêtre. Du haut de la tour, il apercevait les torches du camp romain qui constellaient de lucioles la montagne. Et, plus loin, la forêt à nouveau, et les crêtes des monts se découpant en ombres gigantesques sur le fond de ciel noir. L'air embaumait la sève, l'humidité, toutes les eaux de pluie dont s'était gorgée la terre. Enoch frissonna. Il avait l'impression que le printemps des monts pénétrait au travers de sa peau, se coulait dans ses muscles, dans ses nerfs, jusque dans ses os… C'était une sensation troublante, mais pas désagréable. Il entendit Thya approcher dans son dos. Elle se lova contre lui, lui frôla le crâne d'un doigt inquisiteur, là où ses cheveux avaient brûlé.

— Tu ne m'as toujours pas dit comment tu t'es fait ça… remarqua-t-elle.

— Une mauvaise rencontre, répondit-il simplement.

Ce n'était pas vraiment un mensonge, vu ce qu'il avait traversé. Et puis il ne voulait pas parler du feu bleu à Thya, pas si tôt. Pas cette nuit. Cette nuit, il ne souhaitait rien d'autre que de garder la jeune oracle contre lui. Avoir l'impression qu'il la protégeait. Qu'elle avait besoin de lui, même si elle était plus puissante, plus dure que lui ne le serait jamais. Il avait traversé la foudre, mais elle provoquait le Destin, tentait de distordre le cours des choses. Tout cela, dans ce corps si frêle qui flottait dans sa *stola*. Une tendresse incroyable lui gonfla le cœur. Il laissa tomber ses dernières défenses, se retourna vers elle et l'enlaça comme s'il avait peur de la perdre, comme s'il serrait dans ses bras le printemps tout entier. Elle lui rendit son étreinte. Alors, sous les doigts du maquilleur, sans même qu'il s'en rende compte, s'étirèrent des lambeaux de brume…

29

L'aube

Le lendemain, à l'aube, une silhouette hésitante aux longs cheveux noirs, en *stola* effilochée, franchit les portes de Brog. Elle leva son bras devant son visage pour se protéger du soleil déjà vif. À quelque distance de la forteresse, Namitius et sa troupe attendaient, leurs oriflammes claquant au vent frais de l'aurore. Namitius lui-même, juché sur un cheval hongre, avait du mal à retenir son impatience. Pour ce moment solennel, il avait ôté son bonnet et ses gants. Son front dégarni luisait dans la lumière naissante. Ses mains par contre restaient dans l'ombre, dans les replis de son manteau de fourrure, ses bagues éteintes enserrant ses doigts boudinés. Un sourire de triomphe glissa sur son visage mou. Enfin, il la tenait, la fameuse sœur d'Aedon. Aedon la lui avait bien décrite. Des cheveux noirs mal coiffés, la poitrine trop plate pour une femme, et des yeux trop clairs pour une Romaine. La fille qui se tenait devant lui correspondait au portrait. *Aedon n'a pas exagéré*, songea Namitius. *Elle est vraiment laide.* Tant mieux, au fond. Ce serait plus facile d'obtenir sa main.

La jeune fille en *stola* déchirée avançait vers la troupe romaine, sur le chemin poudreux du col. Depuis la forteresse de Brog, debout au sommet des murailles, un garçon aux yeux verts ne la quittait pas des yeux. Le garçon avait des cheveux blond paille, mal coupés, qui lui frôlaient les épaules. Il se tenait debout devant Aylus. Avec ses iris d'émeraude, il aurait pu passer pour le fils, voire le petit-fils du Diseur. Il portait des habits bruns épais, trop larges pour son corps frêle, qui écrasaient sa silhouette. Une grosse écharpe rugueuse lui entourait le cou.

— Tu aurais dû rester dans ta chambre, murmura Aylus derrière lui.

— Non, répondit le garçon blond d'un ton sans appel. C'est moi qui l'ai entraîné là-dedans. Je ne peux pas détourner les yeux.

La fille s'inclina devant Namitius. Le jeune patricien se rengorgea, ce qui fit trembler son double menton comme de la gelée de mûres. Les cheveux de l'Oracle tombaient en rideau devant son visage. Gardant la tête baissée, elle prononça, d'une voix sourde :

— Je suis venue me livrer à vous, Flavius Namitius. Maintenant, sauvez mes amis.

— Je n'ai qu'une parole, répondit Namitius, sur un ton plus doux que d'ordinaire.

L'humilité de la fille lui plaisait. Le fait qu'elle n'ose pas le regarder, aussi. Elle savait au moins s'avouer vaincue.

— Je demande une seule faveur, ajouta-t-elle, toujours de cette voix rauque et basse, sans doute enrouée d'émotion.

— Parle, n'aie pas peur.

— Je ne fais pas confiance aux Vandales. Eux sont des barbares, des animaux sans parole et sans foi. Je crains qu'ils n'attaquent le chef des montagnards, celui qui s'appelle Aylus, dès qu'ils seront hors de votre vue.

— Tu sembles tenir beaucoup à cet Aylus, remarqua Namitius, soudain suspicieux.

La fille improvisa :

— Il m'a secourue quand les bandits m'ont attaquée dans la forêt. Je lui suis redevable. Et c'est un vieil homme, blanchi par de nombreux hivers. Si les Vandales s'en prennent à lui, il ne pourra pas se défendre.

— Eh bien, il n'a qu'à nous accompagner jusqu'à Andemantunnum, proposa Namitius, bon prince.

La jeune fille se récria :

— Oh non, c'est un homme modeste, un pâtre des montagnes. Il ne survivrait pas dans une grande cité.

Namitius soupira. Il avait froid et il s'impatientait. Si seulement il avait gardé son bonnet fourré… Il sentait les regards de sa troupe posés sur lui. Chacun attendait que *lui* parle, que *lui* prenne une décision. Enfin, il allait faire preuve d'un peu de bonté envers sa prisonnière, cela lui donnerait le beau rôle. Le héros vainqueur et compatissant.

— Dans ce cas, dit-il, comment protéger ce brave vieil homme ?

— Fournis-lui une escorte pour qu'il rejoigne sa famille, de l'autre côté des montagnes. Et, ajouta-t-elle d'un ton plus humble encore, je resterai ton obligée.

Namitius hésita à peine. Détacher une décurie ou deux ne lui coûterait pas grand-chose. De plus, s'il ramenait à Aedon une Thya matée et conciliante, il en obtiendrait bien quelque reconnaissance.

— Très bien, concéda-t-il, nous protégerons cet Aylus.

— Merci, souffla la jeune fille, soulagée.

— Mais dis-moi, ajouta Namitius en grec, comment puis-je être certain que tu es Thya, et pas une sauvageonne des montagnes ?

Il avait parlé dans cette langue à dessein, aucune paysanne ne comprenait le grec. La jeune fille en face se retint de sourire, répondit, avec un parfait accent de Corinthe :

— Méfie-toi de mon frère, noble guerrier. Il mord mieux qu'un renard de Thèbes.

Rassuré, Namitius se frotta les mains.

Les Vandales levèrent le camp vers midi. En fin de journée, un cheval quitta la forteresse de Brog. Il portait deux cavaliers sur son dos, un homme âgé et un adolescent. Aylus et le garçon blond. Un détachement de vingt légionnaires s'avança à leur rencontre. L'officier de tête leur annonça :

— Nous avons ordre de vous escorter jusqu'à votre famille.

Aylus remercia. Il se tenait courbé, le visage las, avec, jetée sur les épaules, une peau de chèvre rongée aux mites qui le faisait paraître plus fragile et plus vieux. Assis devant lui, le garçon blond, des cheveux devant le visage, fixait d'un regard morne l'encolure de leur monture.

La petite troupe se mit en branle, les légionnaires entourant le cheval d'Aylus et du garçon blond. Ils partirent de Brog par le chemin du col, en se dirigeant vers le nord-est. Alors que la forteresse rapetissait derrière eux, le Diseur sentit son cœur se serrer. Il avait beau se répéter qu'il avait fait tout son possible pour aider les gens des montagnes... Il avait l'impression de les abandonner. D'être un déserteur, pour la première fois de son existence. Presque un traître. Les défenseurs de Brog quittaient la citadelle, ils s'éparpillaient dans les monts, pendant que les gardiens des deux camps, les Romains et les barbares, s'observaient en chiens de faïence. Avec un peu de chance, les montagnards seraient en sécurité quand Namitius s'apercevrait du tour qu'on lui avait joué. Quand les Vandales exigeraient leur dû, et que les Romains refuseraient de le leur donner.

Oui, songea Aylus, avec un peu de chance ceux de Brog. Et lui, le devin, avait de nouvelles responsabilités. Envers Thya. Sa nièce. L'autre oracle. Elle n'avait plus de famille, à part lui. Que Gnaeus Sertor soit mort ou pas n'y changeait rien, au fond. Thya avait perdu tout ce sur quoi reposait sa vie. D'un geste protecteur, Aylus serra la taille du garçon blond devant lui, le garçon aux yeux verts qui lui ressemblait tant, qui aurait pu être son fils. *Tu peux compter sur moi.*

Le garçon blond, lui, résistait à l'envie de se gratter le crâne. Les épingles qui tenaient sa perruque tiraient sur son cuir chevelu depuis le matin. Enoch les avait plantées le plus fermement possible, pour qu'elles tiennent bien. Et longtemps.

Le jour avançait. Les deux cavaliers et leur escorte quittèrent le col et rentrèrent dans la forêt. De grands tétras lançaient leur *kree kree* rocailleux entre les arbres. Loin de là, dans le camp romain, la fille en *stola* s'était recroquevillée dans un coin de sa tente. Elle avait posé sa tête sur ses genoux, ses longs cheveux noirs dénoués voilaient à demi son visage. Elle était seule sous sa tente. Elle avait les pieds et les poings liés, mais cela n'avait aucune importance. Cela n'allait pas l'arrêter. Elle entendit un grattement léger sur sa gauche, leva les yeux. Le Sylvain minuscule pointait sa tête cornue sous le tissu de la tente. Il courut vers la prisonnière, la pseudo-Thya, commença à dénouer ses liens.

Dans la forêt, Aylus perçut un frémissement, entre les arbres. Ç'aurait pu être un cerf, un chevreuil ou un lynx. Cependant, l'instinct de devin lui soufflait autre chose. Des hommes les suivaient. Des Vandales. Aylus serra plus fort la taille du garçon blond, lui désigna du menton les ombres dans les fourrés. Le garçon hocha la tête, glissa une main vers son poignard.

Dans sa tente, au camp romain, la pseudo-Thya massa ses poignets libérés pour faire circuler le sang. Se félicita d'avoir pris un jour une cliente originaire de Corinthe pour amante. Puis, sans prendre le temps d'ôter sa perruque brune, elle posa les mains à plat sur le sol, appela en pensée toute l'humidité de la terre, toute l'eau des récentes pluies qui changeaient en éponge les prés verts du Monte Vosego. Lentement, des lambeaux de brouillard se formèrent entre ses doigts…

Dans la forêt, soudain, des Vandales déboulèrent d'entre les arbres, haches et épées levées. Les légionnaires se regroupèrent en une formation compacte autour du cheval d'Aylus, pointèrent leurs pilums vers l'ennemi. Aylus tira son glaive. Le garçon blond devant lui saisit son poignard. Un Vandale lança une hachette vers eux. Le garçon l'esquiva au dernier moment, la hachette lui frôla le crâne, arrachant sa perruque blonde, libérant ses longs cheveux noirs.

— Thya, attention ! cria Aylus dans son dos.

Déjà les barbares bousculaient les rangs des légionnaires. L'un d'eux tenta de saisir les rênes du cheval, Thya lui planta son poignard dans la main.

Enoch avait emporté trois perruques en quittant Varatedo. Ses trois plus belles perruques, une rousse, une brune, et une blonde. Trois leurres pour contrer le Destin. Il avait coupé court la perruque blonde, dans la nuit, pour transformer Thya en jeune homme. Puis il avait enfilé sur son propre crâne la longue perruque brune, sur ses cheveux à demi brûlés. Avec du maquillage, il avait affiné ses traits, féminisé son visage. L'illusion n'était pas extraordinaire, mais Namitius ne s'attendait pas à voir une sublime beauté. Namitius imaginait Thya telle qu'Aedon l'avait décrite. Et Thya savait ce que son frère disait d'elle.

À présent, le brouillard naissait sous les doigts d'Enoch. Le brouillard s'étirait hors de la tente, atteignait la hauteur d'un enfant. Enoch se redressa. Il n'avait plus besoin du contact avec le sol. La brume avait acquis sa vie propre, elle allait bientôt s'étendre sur tout le camp romain, et au-delà. Bientôt, elle recouvrirait les tentes des légionnaires, celles des Vandales, les hampes des drapeaux et la forteresse de Brog.

Ce n'était pas un brouillard naturel. C'était une purée de pois épaisse et trompeuse, qui manipulait les sens des hommes, créait des illusions, se chargeait de fantômes… Déjà des cris de panique montaient du camp romain.

— Nous sortons ? demanda le Sylvain minuscule, juché sur l'épaule d'Enoch.

Le maquilleur enleva enfin sa perruque brune, la garda à la main telle la dépouille d'un grand corbeau. Une douzaine d'épingles plaquaient ses cheveux à demi brûlés sur son crâne, lui donnaient un air étrange, un peu effrayant.

— Oui, répondit-il au Sylvain, nous sortons.

D'un pas assuré, il quitta la tente, et s'enfonça dans la brume infernale, qu'il avait lui-même invoquée.

1. La forêt d'Aquitania 11
2. Une jeune oracle 20
3. La vision 30
4. La fuite dans la nuit 43
5. Les *sortes* 57
6. Varatedo, par la Via Aquitania 73
7. Une nouvelle vision 86
8. De nouvelles alliances 92
9. L'élégante aux cheveux rouges 105
10. Les rêves et l'aube 126
11. Burdigala 134
12. Sequana 144
13. Le voyage vers l'est 163
14. Un pays de sorcières 179
15. Dans les ruines de l'Empire 192
16. Le sens du devoir 201
17. Andemantunnum 212

18. Secrets et prières 218
19. Le retour des mauvais rêves 235
20. Le choix d'Enoch 249
21. Les jeux cruels du Destin 264
22. L'autre oracle 277
23. Tu m'en voudras 289
24. Vers les montagnes 297
25. Le feu bleu 307
26. Les sanglots des monts 323
27. La fin du voyage 335
28. Le vent et la brume 350
29. L'aube 356

DU MÊME AUTEUR

Aux Éditions Scrineo

LA VOIE DES ORACLES

THYA (Folio Science-Fiction nº 564)

ENOCH (Folio Science-Fiction nº 576)

AYLUS

Aux Moutons électriques, éditeur

PORCELAINE

UN ÉCLAT DE GIVRE

Aux Éditions du Pré aux clercs

LA DERNIÈRE LAME

Composition : IGS-CP à L'Isle-d'Espagnac (16)
Achevé d'imprimer par Novoprint,
à Barcelone le 12 décembre 2016
Dépôt légal : décembre 2016

ISBN : 978-2-07-077355-8/Imprimé en Espagne

297200